D1365422

CE PAYS DE RÊVE

DU MÊME AUTEUR

Saga LA FORCE DE VIVRE :
Tome I, *Les rêves d'Edmond et Émilie*, roman, Montréal, Hurtubise, 2009, format compact, 2012
Tome II, *Les combats de Nicolas et Bernadette*, roman, Montréal, Hurtubise, 2010, format compact, 2012
Tome III, *Le défi de Manuel*, roman, Montréal, Hurtubise, 2010, format compact, 2012
Tome IV, *Le courage d'Élisabeth*, roman, Montréal, Hurtubise, 2011, format compact, 2012

Saga CE PAYS DE RÊVE
Tome I, *Les surprises du destin*, roman, Montréal, Hurtubise, 2011
Tome II, *La déchirure*, roman, Montréal, Hurtubise, 2012
Tome III, *Le retour*, roman, Montréal, Hurtubise, 2012
Tome IV, *Le mouton noir*, roman, Montréal, Hurtubise, 2013

Saga LES GARDIENS DE LA LUMIÈRE
Tome I, *Maîtres chez soi*, roman, Montréal, Hurtubise, 2013
Tome II, *Entre des mains étrangères*, roman, Montréal, Hurtubise, 2014
Tome III, *Au fil des jours*, roman, Montréal, Hurtubise, 2014
Tome IV, *Le paradis sur terre*, roman, Montréal, Hurtubise, 2015

Saga IL ÉTAIT UNE FOIS À MONTRÉAL
Tome I, *Notre union*, roman, Montréal, Hurtubise, 2015
Tome II, *Nos combats*, roman, Montréal, Hurtubise, 2016

Saga IL ÉTAIT UNE FOIS À QUÉBEC
Tome I, *D'un siècle à l'autre*, roman, Montréal, Hurtubise, 2016
Tome II, *Au gré du temps*, roman, Montréal, Hurtubise, 2016

Saga LE TEMPS DE LE DIRE
Tome I, *Une vie bien fragile*, roman, Montréal, Hurtubise, 2017
Tome II, *Une vie nouvelle*, roman, Montréal, Hurtubise, 2017
Tome III, *Les années fastes*, roman, Montréal, Hurtubise, 2018

Un p'tit gars d'autrefois – L'apprentissage, roman, Montréal, Hurtubise, 2011
Un p'tit gars d'autrefois – Le pensionnat, roman, Montréal, Hurtubise, 2012

MICHEL LANGLOIS

CE PAYS
DE RÊVE

TOME 4 : LE MOUTON NOIR

Hurtubise

Catalogage avant publication de Bibliothèque et Archives nationales du Québec et Bibliothèque et Archives Canada

Langlois, Michel, 1938-, auteur

 Ce pays de rêve / Michel Langlois.

 Réédition.

 Édition originale : 2011-2013.

 Sommaire : 1. Les surprises du destin -- 2. La déchirure -- 3. Le retour -- 4. Le mouton noir.

 ISBN 978-2-89781-168-6 (vol. 1)
 ISBN 978-2-89781-169-3 (vol. 2)
 ISBN 978-2-89781-170-9 (vol. 3)
 ISBN 978-2-89781-171-6 (vol. 4)

 I. Langlois, Michel, 1938- . Surprises du destin. II. Langlois, Michel, 1938- . Déchirure. III. Langlois, Michel, 1938- . Retour. IV. Langlois, Michel, 1938- . Mouton noir. V. Titre.

 PS8573.A581C4 2018   C843'.6   C2018-940643-7
 PS9573.A581C4 2018

Les Éditions Hurtubise bénéficient du soutien financier du gouvernement du Québec par l'entremise du programme de crédit d'impôt pour l'édition de livres et de la Société de développement des entreprises culturelles du Québec (SODEC). L'éditeur remercie également le Conseil des arts du Canada de l'aide accordée à son programme de publication.

Financé par le gouvernement du Canada | Canadä

Conception graphique : René St-Amand
Illustration de la couverture : Marc Lalumière
Maquette intérieure et mise en pages : Andréa Joseph [pagexpress@videotron.ca]

Copyright © 2013 Éditions Hurtubise inc.

ISBN 978-2-89781-171-6 (version imprimée)
ISBN 978-2-89723-082-1 (version numérique PDF)
ISBN 978-2-89723-083-8 (version numérique ePub)

Dépôt légal : 2e trimestre 2018
Bibliothèque et Archives nationales du Québec
Bibliothèque et Archives Canada

Diffusion-distribution au Canada :
Distribution HMH
1815, avenue De Lorimier
Montréal (Québec) H2K 3W6
www.distributionhmh.com

Diffusion-distribution en Europe :
Librairie du Québec/DNM
30, rue Gay-Lussac
75005 Paris FRANCE
www.librairieduquebec.fr

Imprimé au Canada
www.editionshurtubise.com

Personnages principaux

Abel : domestique noir des Perré.

Bréard, René : négociant associé de Clément.

Brouillard, Nicole : préceptrice des enfants Perré.

Dassonville, Justine : épouse de Clément Perré.

De Lamirande, René : époux de Françoise Perré.

Dumesnil, Pierre : époux de Marie-Louise Perré.

Huberdeau, Pierre : ami de Clément.

Jimmio : domestique noir des Perré.

Larchevêque, Félicité : domestique des Perré.

Pélissier, Alexandrine : fille de François Pélissier et Françoise Perré.

Pélissier, Marcellin : fils de François Pélissier et Françoise Perré.

Perré, Alexandre : fils de Clément Perré et Justine Dassonville.

Perré, Clément : fils de Marcellin Perré et de Radegonde Quemeneur, époux de Justine Dassonville.

Perré, Françoise : fille de Clément Perré et Justine Dassonville, épouse de René de Lamirande.

Perré, Isabelle : fille de Clément Perré et Justine Dassonville, épouse de Fanchère.

Perré, Joseph : fils d'Alexandre Perré et petit-fils de Clément Perré.

Perré, Marcellin : époux de Radegonde Quemeneur dite Laflamme et père de Françoise (Fanchon), Renaud, Marie, Ursule, Simon et Clément.

Perré, Marie : fille de Marcellin Perré et Radegonde Quemeneur.

Perré, Marie-Louise : fille de Clément Perré et Justine Dassonville, épouse de Pierre Dumesnil.

Personnages historiques

Barolet, Claude (v. 1690-1761): Marchand, écrivain de la Marine et notaire, il arrive à Québec en 1708 et travaille comme clerc chez le notaire Louis Chambalon. Il épouse à Québec le 3 novembre 1716 Françoise Dumontier. Il s'adonne un temps au commerce, puis reçoit une commission de notaire royal en 1728. Il exerce comme notaire jusqu'à sa mort survenue en 1761.

Bégon de la Picardière, Michel (1667-1747): Fils de Michel Bégon, haut fonctionnaire, lui-même cousin de Jacques de Meulles, intendant de la Nouvelle-France de 1682 à 1686. En 1690, il est nommé commissaire de la Marine en France. Il succède à Antoine-Denis Raudot comme intendant de Nouvelle-France en 1710 mais n'arrive au pays qu'en 1712, accompagné de son épouse Jeanne-Élisabeth de Beauharnais. Il remplit le poste d'intendant jusqu'en 1726. On lui doit les premiers travaux de fortification autour de Québec. Il profite de sa situation pour tenter de faire fortune par des moyens illégaux. Nommé en 1723 intendant du Havre, il ne regagne la France qu'en 1726. Nommé intendant de l'Amirauté en 1736, il meurt dans sa seigneurie de La Picardière en janvier 1747.

Bigot François (1703-1778): Fils de Louis-Amable Bigot et de Marguerite Lombard, il naît à Bordeaux le 30 janvier 1703. À vingt ans, il devient administrateur au ministère de la Marine, puis commissaire de la Marine en 1728. Il est nommé commissaire ordonnateur à Louisbourg en 1739. Déjà à cette époque, il met en place les pions qui vont lui permettre de faire fortune. Il rentre en France en 1745 après la prise de l'île Royale. Il est nommé intendant de la Nouvelle-France en 1748 et il le reste jusqu'à la prise de Québec en 1759. Il retourne en France en 1760 pour subir un procès pour toutes les malversations survenues durant son administration. Exilé en Suisse, il meurt à Neuchâtel, le 12 janvier 1778.

Bréard, Jacques-Michel (1711-1775): Fils de Jacques Bréard et de Marie-Anne Asselin, il est baptisé à Rochefort le 7 décembre 1711. Entré dans la Marine comme cadet en 1730, il est nommé contrôleur de la Marine à Québec en 1748. Sa tâche consiste à surveiller les finances, les magasins, les constructions et le recrutement. Ne se considérant pas obligé de travailler uniquement pour le gouvernement, il détourne à ses fins l'argent qui fait sa fortune. Sentant sans doute la soupe chaude, il demande son rapatriement en France en 1755. Il est arrêté et mis en prison à la Bastille en 1762, puis condamné au bannissement de Paris pour neuf ans en 1763. Il se retire sur sa terre des Portes. Il meurt le 22 mars 1775.

Claverie, Pierre (1719-1756): Fils de Jean Claverie et de Jeanne La Barthe, il arrive au Canada en 1745 comme officier de la Marine. Il gravit rapidement les échelons de la société en devenant l'ami de Bigot, Bréard, Estèbe et Varin. Ayant la conscience élastique, il n'hésite pas à se faire le prête-nom de l'intendant Bigot et du marchand Gradis pour fournir en marchandises tous les magasins de Québec. En 1754, il achète les seigneuries de Rivière-du-Loup-en-Haut (Louiseville) et de Madawaska. Alors qu'il venait d'obtenir le poste de garde-magasin en remplacement d'Estèbe, il meurt à Montréal au mois d'août 1756.

Cadet, Joseph-Michel (1719-1781): Né à Québec le 24 décembre 1719, fils de François-Joseph Cadet et de Marie-Joseph Daveine, il n'a pas treize ans quand il se joint à l'équipage d'un navire marchand se rendant à l'île Saint-Jean (Île-du-Prince-Édouard). Il travaille ensuite pour son oncle Augustin Cadet, boucher à Québec, et devient lui-même marchand boucher. En 1757, il obtient le poste de munitionnaire général des armées françaises au Canada. Après s'être enrichi par toutes sortes de trafics, il gagne la France en 1760 et se rend à Paris en 1761 où il est arrêté et emprisonné à la Bastille. Il se fait quelque peu délateur et est condamné en 1763 à neuf années de bannissement de Paris et à six millions de livres en remboursement au Trésor de France. Sa sentence est commuée en 1764 et son amende réduite de moitié. Il paye le tout en 1768 et se retire sur une de ses propriétés près de Blois. Il meurt à Paris en 1781.

Deschenaux, Joseph Brassard (1722-1793) : Fils de Charles Brassard Deschenaux et de Marie-Joseph Hébert, il naît à Québec le 1er août 1722. Instruit par un notaire logeant chez ses parents, il entre au bureau de la Marine et dès 1745 devient secrétaire de l'intendant Hocquart, puis, en 1750, secrétaire de l'intendant Bigot. Il ne se gêne pas pour falsifier des registres à son bénéfice et à celui de Cadet. Condamné en 1763 à cinq ans de bannissement de Paris, à cinquante livres d'amende et à trois cent mille livres de restitution au Trésor de France, il ne se soucie guère de cette sentence étant demeuré à Québec. Sa peine est commuée en 1767 et il n'a plus que cent mille livres à rembourser. Il rachète à Péan les seigneuries de Livaudière et de Saint-Michel, celle d'Avène des Méloizes, celle de Neuville et, plus tard, une partie de la seigneurie de Beaumont et le quart de la seigneurie de Belair. Son passé ne l'empêche pas d'être ensuite nommé marguillier de Notre-Dame-de-Québec et caissier de la fabrique lors de la construction de la cathédrale de Québec. Il meurt à Québec le 16 septembre 1793.

Estèbe, Guillaume (1701-v. 1779): Fils d'Arnaud Estèbe et d'Élisabeth Garde, il naît à Gourbit dans l'Ariège. Il se rend à Québec en 1729 comme marchand forain. Il épouse à Beaumont en 1739 Élisabeth-Cécile Thibierge. Dès 1736, il est nommé conseiller au Conseil supérieur, poste qu'il occupe jusqu'en 1758. Il obtient en 1739 des intérêts dans l'exploitation des pêcheries de loups-marins sur la côte du Labrador. Il s'associe à Bréard et Bigot et fait fortune en l'espace de dix ans. Avec Claverie il est propriétaire du magasin La Friponne. En 1763 il est condamné à six livres d'amende et à restituer trente mille livres au Trésor de France. Pendant plus de vingt ans, il occupe le poste de secrétaire du roi à la chancellerie de Bordeaux. Il se retire à Saint-Domingue (Haïti) en 1779. On perd ensuite sa trace.

Gradis, Abraham (v. 1699-1780): Fils du commerçant portugais David Gradis, il naît vers 1699. Avec son père, il développe à Bordeaux la compagnie David Gradis. Il obtient en 1748 l'exclusivité du commerce avec le Canada et crée la Société du Canada. Il a comme associé l'intendant Bigot lui-même et le contrôleur Bréard. Malgré son commerce avec Bigot, il obtient en 1763 du ministre de la Marine Choiseul le commerce des possessions françaises d'Afrique occidentale. Il y achète l'île de Gorée, puis de Cayenne et des Antilles. Il pratique la traite négrière. Il est naturalisé français en 1779. Il meurt en 1780, laissant une fortune évaluée à huit millions de livres.

Hocquart, Gilles (1694-1783): Fils de Jean-Hyacinthe Hocquart et de Marie-Françoise Michelet du Cosner, il entre dans la Marine où on le trouve de 1722 à 1729 à Rochefort. Il est nommé intendant de la Nouvelle-France en 1731. Durant son séjour au pays, il s'efforce de promouvoir l'agriculture et le commerce. Il encourage les entreprises et notamment les Forges du Saint-Maurice. Mais les mauvaises récoltes de 1741 à 1743 et la guerre entre la France et l'Angleterre en Amérique du Nord de 1744 à 1748 viennent à bout de lui. Il est rappelé en France en 1748 où il devient intendant à Brest jusqu'en 1764. Il meurt en 1783.

Lafitau, Joseph-François (1681-1746): Né à Bordeaux en 1681, il entre chez les jésuites en 1696, enseigne à Limoges, à Saintes et à Pau avant de se rendre au Canada comme missionnaire auprès des Iroquois du Sault-Saint-Louis, près de Montréal (Caughnawaga). On lui doit la découverte de ginseng. Il repasse en France en 1717 et y est nommé procureur pour les missions de la Nouvelle-France, poste qu'il occupe jusqu'en 1741. Il meurt à Bordeaux en 1746.

Martel, Pierre-Michel (1719-1789): Fils de Jean Martel et de Marie-Anne Robinau, il naît à Québec en 1719. Dès 1738, il travaille au service de l'intendant Hocquart. Nommé écrivain du roi en 1742, il tombe sous la protection de Bigot en 1748. En 1755, il devient contrôleur de la Marine, puis commissaire de la Marine à Montréal en 1757. Il s'associe à Péan, Bigot et le reste de la bande la même année. En 1764, il passe en France, est incarcéré à la Bastille et, après un semblant de procès, blanchi de toute malversation. Il se retire à Tours où il meurt en 1789.

Péan, Michel-Jean-Hugues (1723-1782): Fils de Jacques-Hugues Péan et de Marie-Françoise Pécaudy, il naît à Contrecœur en 1723. Entré dans les troupes de la Marine, il est enseigne en second en 1738, enseigne en pied en 1742, aide-major en 1745 et capitaine en 1750. Il épouse en 1746 Angélique Renaud d'Avène des Méloizes et s'associe à Bigot dès l'arrivée de ce dernier en 1748. Impliqué dans le commerce du blé et l'exploration des postes de la mer de l'Ouest, il s'enrichit rapidement. Sa fortune est évaluée à près de sept millions de livres en 1759. Il rentre en France en 1760 avec son épouse et Bigot dont elle est la maîtresse. Il est arrêté et incarcéré à la Bastille en 1761. D'abord banni pour neuf ans, il voit sa peine commuée à six mois et doit restituer six cent mille livres au Trésor de France. Il se retire sur son domaine d'Orzain près de Blois. Il meurt en août 1782.

Renaud d'Avène des Méloizes, Angélique (1722-1792): Fille de Nicolas Renaud des Méloizes d'Avène et d'Angélique Chartier, elle naît à Québec le 11 décembre 1722. Elle épouse Michel-Jean-Hugues Péan le 3 janvier 1746 à Québec. Devenue la maîtresse de Bigot, elle passe en France en sa compagnie en 1760 après avoir vendu sa part de la seigneurie de Neuville à Nicolas Renaud d'Avène des Méloizes en 1757. Retirée dans son château d'Orzain, elle le vend en 1791 et meurt le 1er décembre 1792 à son hôtel de Blois.

Rigaud de Vaudreuil de Cavagnial, Pierre, marquis de (1698-1778): Fils de Philippe de Rigaud de Vaudreuil et de Louise-Élisabeth de Joybert, à dix ans il est enseigne dans les troupes de la Marine avant d'être promu major en 1725. Il est nommé gouverneur de Trois-Rivières en 1733 et occupe le poste de gouverneur de la Louisiane de 1742 à 1753. Il est nommé gouverneur de la Nouvelle-France en 1755. C'est lui qui signe la reddition du Canada à l'Angleterre en 1760. Rentré en France, il est incarcéré à la Bastille le 30 mars 1762 puis relâché dix-huit mois plus tard. Il se retire dans sa maison de Paris et meurt le 4 août 1778.

Varin de la Marre, Jean-Victor (1699-v. 1786): Il naît à Niort en 1699 et devient écrivain de la Marine à Rochefort en 1721. Il est nommé contrôleur de la Marine au Canada en 1729. En 1733, il devient conseiller au Conseil supérieur de Québec. La même année, il épouse à Québec Charlotte Liénard de Beaujeu. Il est subdélégué de l'intendant en 1736 et s'occupe de l'émission de la monnaie de cartes, des Forges du Saint-Maurice et de la construction navale du roi. Il est nommé commissaire de la Marine à Montréal en 1747 où il se fixe et où il fait la pluie et le beau temps. Il contrôle le prix des fournitures dans les magasins du roi et fait fortune. En 1759, son capital est estimé à quatre millions de livres. Il est incarcéré à la Bastille en 1761. Banni à perpétuité de France en 1763, il doit payer une amende de mille livres et restituer huit cent mille livres au Trésor de France. Il obtient l'autorisation de se retirer en Corse, puis peut revenir en France en 1780 où il s'établit à Malesherbes et meurt entre cette date et 1786.

N.B. : Pour toute information additionnelle concernant ces personnages, veuillez consulter le *Dictionnaire biographique du Canada*.

Autres personnages aussi mentionnés :

Bégon, Élisabeth (1696-1745) : Née Robert de la Morandière à Montréal en 1696, elle est connue par la correspondance qu'elle a entretenue avec son gendre Michel de Villebois de la Rouvillière, entre 1748 et 1752. Elle meurt à La Rochelle en 1755.

Berryer, Nicolas René (1703-1762) : Né à Paris en 1703, il meurt à Versailles en 1762. Secrétaire d'État en France, c'est comme ministre de la Marine qu'il fut mêlé à l'Affaire du Canada.

Corpron, Jean (1729-après 1765) : Il est l'associé de Joseph-Pierre Cadet.

Dolbec, Romain (1685-après 1754) : Fournisseur de viande à Québec sous Hocquart et Bigot.

Dupont, le sieur : Rapporteur de l'Affaire du Canada.

Lévis, François-Gaston, duc et chevalier de (1719-1787) : Commandant en second de l'armée française lors de la prise de Québec

Maurin, François (1726-après 1765) : aide-munitionnaire général des vivres.

Montcalm, Louis-Joseph, marquis de (1712-1759) : Commandant de l'armée française à la prise de Québec.

Moreau, Jacques de la Vigerie : Procureur général pour l'Affaire du Canada.

Pénissault, Louis : Associé et commis de Cadet.

Querdisien Trémais, Charles-François Pichon (1724-1784) : Commissaire de la Marine chargé de l'enquête dans l'Affaire du Canada.

Avant-propos

Quand quelqu'un a le malheur de naître le dernier d'une famille, il y a de fortes probabilités qu'il voie disparaître un à un ceux qu'il aime. Ce fut le sort de Clément Perré, né à Verchères à la fin du xviie siècle, au manoir de son père, Marcellin Perré.

Son rang de cadet fit également qu'il connut à peine Renaud, Fanchon et Simon, les aînés de la famille. Renaud, parce qu'il quitta le manoir pour ne presque plus y revenir ; Fanchon, parce qu'elle se maria et partit pour Montréal alors qu'il venait tout juste de naître ; Simon, parce qu'il alla étudier à Québec au moment où lui, son cadet, avait à peine cinq ans. Il ne les vit tous les trois qu'occasionnellement par la suite au manoir de leur père.

Des trois, c'est sa sœur Fanchon qu'il connut le mieux parce que, après la mort de son premier époux, elle vint résider pendant un temps au manoir et leur rendit fréquemment visite par la suite, ce qui fut l'occasion pour Clément de jouer avec ses cousins dont l'aîné avait à peu près son âge. Il garda d'elle le souvenir d'une femme douce et toujours souriante.

Il eut beaucoup de peine quand il apprit qu'elle avait été emportée par les fièvres malignes. Sa mort déclencha une suite de décès, comme si sa disparition avait sonné le glas pour les plus vieilles personnes du manoir. Leur cuisinière Augustine mourut la première à la suite de Fanchon, puis leur serviteur Jimmio, que Clément aimait bien, sans doute en raison de son rang de cadet, et ensuite leur chère mère.

Dix années plus tard, leur père les quittait à son tour. Il ne restait de la famille, à fouler encore le plancher des vaches, que sa sœur Marie et lui. Il est vrai que quand ces malheurs arrivèrent, Clément ne vivait plus au manoir qu'il avait quitté à l'âge de dix-huit ans pour se lancer tête première en quête de ce qu'il pensait être la vie idéale. Aux yeux des siens, et avec raison, il devint rapidement le mouton noir de la famille. Chaque famille a, paraît-il, le sien. Chez les Perré, ce fut lui.

Ce jour où, l'esprit rempli d'idées toutes aussi farfelues les unes que les autres, il quitta le manoir, il était loin de se douter du tourbillon dans lequel la vie allait l'emporter. Son histoire vaut la peine d'être connue. Les lignes suivantes veulent faire la lumière sur ce que fut sa vie.

PREMIÈRE PARTIE

L'ERRANCE

(1710-1726)

Chapitre 1

Clément

Mené par Jimmio, le cheval Dagobert franchit lentement les portes du jardin et prit la route de Verchères. Le vieux serviteur ne semblait pas vouloir presser l'équipage, car quelque chose le tracassait. Il dit :

— Monsieur Clément, avez-vous peine ?

— De quitter ces lieux ? Un peu, bien entendu, mais n'est-ce pas notre lot à tous de devoir un jour nous éloigner du nid paternel pour voler de nos propres ailes ?

— Bien ! Permettez à Jimmio demander, vous faire quoi ?

— Je l'ignore encore, mais je ne saurais, comme Renaud, courir aux Anglais ni, comme Simon, explorer des terres inconnues. Je ne suis guère habile de mes dix doigts, le coup de feu ne m'intéresse pas plus que le bréviaire. Que me reste-t-il ? Devenir marchand pour exploiter Pierre, Jean, Jacques ? Nenni, très peu pour moi. Me balader et faire la courbette auprès des grands pour en retirer quelques faveurs ? Jamais de la vie ! À la rigueur je pourrais devenir geôlier…

À voir l'expression qui se peignit sur le visage de Jimmio, Clément éclata de rire. Le vieil homme comprit qu'il n'apprendrait rien de neuf sur les projets de Clément et il préféra faire bifurquer la conversation sur un sujet qui lui tenait véritablement à cœur.

— Monsieur Clément, Jimmio ferait.

— Quoi donc ?

— Inventer chauffer maisons. Devenir riche. Cesser geler.

— Ah ! L'idée n'est pas mauvaise, mais je n'ai point l'imagination qu'il faut pour pareille invention.

— Pas notaire comme père à vous ?

— Écrire des contrats de mariage, des obligations, des quittances, des ventes de terre, des marchés, des donations, des partages, des inventaires de biens ? Allons, c'est bien trop routinier. Il me faut quelque chose de plus diversifié, quelque chose qui me permettrait d'apprendre du nouveau tous les jours sans avoir à me déplacer, car je songe sérieusement à prendre femme. Mes frères ont trop couru pour même songer à se marier. Ils le feront peut-être sur leurs vieux jours, mais entre nous, ce n'est pas le moment indiqué pour fonder foyer.

— Quand vous, serez marié ?

— Mon bon Jimmio, quand je trouverai la femme qu'il me faut. Ce jour-là, si ce n'est pas trop tard pour toi, je t'inviterai à mes noces.

— Ce sera dans longtemps ?

— Quelques années sans doute, le temps que je fasse un peu fortune.

— Vous docteur, peut-être ?

— L'idée n'est pas mauvaise. Je verrai bien une fois rendu à Québec.

— Jimmio serait heureux, vous docteur.

— Vraiment !

— Pour soigner moi, trop vieux, mal partout.

— Qui vivra verra ! lança Clément.

Le cheval marchait maintenant au pas. Jimmio le fit accélérer. Clément bâilla, puis prit ses aises sur le banc, avec l'intention bien avouée de piquer un somme. Le vieux serviteur s'en rendit compte et lui demanda :

— Je réveillerai vous ?

Même s'il n'était pas encore dans les bras de Morphée, Clément ne répondit pas. Il songeait aux recommandations que son père lui avait faites avant son départ. Il ne l'envoyait pas à Québec pour qu'il y prenne du bon temps, mais bien pour qu'il s'engageât sérieusement dans ses études. Son avenir en dépendait. Son père souhaitait le voir revenir au manoir après quelques années, diplômé dans une profession lui assurant un bon avenir.

— Ton frère Renaud est soldat et heureux de l'être, lui avait dit son père. Je ne me suis pas opposé à son choix. Ton frère Simon a décidé d'être cartographe. Ce fut sa décision et je l'ai respectée. Toi, que comptes-tu faire ?

— Je verrai une fois à Québec.

La réponse n'avait pas enchanté son père. Il n'avait pas insisté pour lui proposer ou encore le contraindre à s'engager dans une profession qu'il n'aurait sans doute pas aimée. Au moins, là-dessus Clément demeurait libre et il en fut en quelque sorte reconnaissant à son père. Mais il n'était pas fixé pour autant sur ce que lui réservait l'avenir.

❖

Trois jours plus tard, parce qu'il fallait bien faire un choix, Clément s'inscrivit en médecine au Séminaire de Québec. Il fut impressionné par la vastitude de cet édifice de quatre étages, aux épais murs de pierre, mais il n'y resta pas trois semaines. Il se souvenait d'avoir dit au vieux Jimmio qu'il se ferait geôlier. En voyant le nombre de clefs que certains ecclésiastiques du Séminaire portaient sur eux, il avait l'impression qu'ils étaient tous des geôliers. Entre ces quatre murs, il se sentait en prison. Quoique bien conscient que s'il quittait le Séminaire, sa décision déplairait beaucoup à ses parents et qu'en plus, il lui faudrait gagner sa vie d'une manière ou d'une autre, il n'hésita pas pour autant à partir. Il n'avait pas un sou et ne savait pas trop comment il pourrait se procurer de l'argent. Il se demandait où il irait. Son premier souci fut de se trouver un toit pour la nuit. Flânant à la Basse-Ville, il vit l'annonce d'une chambre à louer. Elle lui parut plus ou moins convenable. Mais on ne fait pas le difficile, surtout quand on n'a pas un sou vaillant à offrir. Usant de tous ses charmes, il parvint à convaincre la propriétaire de la lui louer pour deux jours.

—Je suis un gentilhomme, madame, vous avez ma parole : je vous réglerai mon dû dans deux jours tout au plus.

—Allez ! C'est toujours la chanson que des jeunes hommes de famille comme vous entonnent et nous ne voyons jamais ensuite le moindre sol pour en défrayer le coût.

—Je n'ai qu'une parole, ma bonne dame, vous verrez. Mais en attendant, je vous laisse tout ce que je possède.

Il ouvrit le coffre qui contenait tous ses biens : ses hardes d'hiver et quelques livres.

La femme y jeta un coup d'œil.

—Si je ne tiens pas ma promesse, vous pourrez vous dédommager. Mais rassurez-vous, vous n'aurez pas à le faire. Ces objets me sont aussi chers que la prunelle de mes yeux. Dès demain, je serai au travail. À peine de ne point manger, je vous remettrai tous les sous que je gagnerai.

Le lendemain, il s'engagea chez le marchand Lavigueur afin de tenir ses livres de comptes. C'était un homme affable et compréhensif, et il accepta de lui avancer les sols nécessaires à la location de sa chambre. Ça n'empêcha pas pour autant Clément de s'ennuyer à mourir chez ce marchand, tant il haïssait passer des journées entières à aligner des colonnes de chiffres.

Son patron ne se montrait pourtant pas très exigeant, se contentant de l'amener avec lui à l'arrivée des navires. Là, Clément s'installait au quai de débarquement, surveillant les marchandises qu'on y déchargeait et que son maître lui indiquait avoir commandées. Il ne manquait pas de spécifier dans quel état elles étaient arrivées, précaution indispensable car souvent des marchandises abîmées durant la traversée étaient cause de procès et de récriminations.

Une fois ce travail accompli, il devait voir à inscrire au jour le jour lesquelles de ces marchandises étaient vendues, afin de dresser un inventaire complet de ce qu'il faudrait faire venir de France.

Clément s'aperçut très vite qu'il ne ferait jamais fortune à travailler à la tenue de livres pour le compte d'un marchand. Ce travail ne lui permettait d'espérer aucun avancement, il toucherait le même petit salaire de crève-faim année après année. Ça lui apprenait cependant une chose : un marchand devait être très rigoureux dans la tenue de ses livres de comptes et également dans l'inventaire des marchandises dont il disposait. Après quelques semaines de ce travail, il en eut assez et décida d'aviser le marchand qu'il aurait à se trouver un autre employé :

— Désolé, monsieur Lavigueur. Je vous remercie de m'avoir engagé, mais ce genre de travail ne me convient pas vraiment et je vous informe de ma décision de vous quitter dans trois jours.

Le marchand le regarda d'un air contrarié.

—Je te croyais plus vaillant que tu ne l'es. Je suppose que, comme beaucoup de fainéants, tu crois que l'argent pousse dans les arbres et que tu n'as qu'à attendre l'automne pour qu'il te tombe dans les mains comme les feuilles. Apprends que ce n'est pas ainsi que ça se passe dans la vie. Mais à quoi bon ! Je me rends bien compte qu'à vouloir te sermonner, je perds ma salive et mon temps. La vie se chargera bien de te ramener sur terre. Mais je t'avise tout de suite : ne reviens pas me voir, je n'aurai pas de travail pour toi.

Il en était maintenant à son dernier jour de service et il réfléchissait à sa malheureuse situation tout en reportant dans le livre de comptes les profits du marchand Lavigueur. Une idée lui effleura l'esprit. Il serait si facile de fausser certains chiffres tout en empochant la différence. Repassant les dernières entrées qu'il venait de faire, il tenta de voir de quelle façon il pourrait les trafiquer de telle sorte qu'en allant solliciter une dernière fois les débiteurs de son maître, il pourrait glisser la différence dans ses goussets.

La tentation s'avérait si forte qu'il s'empressa de songer à autre chose, mais comme un moustique tenace, cette idée lui revenait sans cesse à l'esprit. Des propos de son père lui remontèrent alors à la mémoire et l'empêchèrent de mettre ses desseins à exécution :

« J'aimerais toujours mieux entendre de votre bouche et en toute vérité la pire de vos bêtises, que de l'apprendre par quelqu'un d'autre à la suite de tous les mensonges que vous auriez inventés pour éviter de me la révéler. À mes yeux, la vérité est le seul chemin qu'un homme digne de ce nom doit emprunter.»

Il s'imagina devant son père occupé à lui raconter comment il s'y était pris pour falsifier les comptes du marchand Lavigueur afin de mettre la main sur quelques livres tournois. Il se figura le dialogue qui s'en serait ensuivi. Son père lui aurait certainement dit:

— Ce que tu tentes de m'expliquer, c'est que l'occasion fait le larron.

— J'avais faim. Je n'avais pas d'autres moyens de m'en tirer.

— En as-tu seulement cherché?

— Oui, mais je ne trouvais rien que je puisse faire et personne ne m'embauchait.

— Un homme qui a du cœur déniche toujours du travail.

Son père, il le savait, n'accepterait jamais des excuses de la sorte. Pourtant, Clément était réellement au pied du mur. S'il ne voulait pas succomber à son idée de fausser les chiffres de son employeur, il n'avait qu'une chose à faire: changer d'air. Il quitta le service du marchand comme il le lui avait dit. Plus tard, toutefois, il resta étonné lui-même qu'un pareil stratagème lui ait traversé l'esprit.

Il lui fallait maintenant trouver autre chose, mais quoi? Il n'en avait vraiment aucune idée et il avait beau repasser dans sa tête tout ce qui lui plairait de faire, il se rendait bien compte que rien de cela ne lui apporterait la richesse. Or, précisément, c'était ce à quoi il rêvait. Maintenant qu'il n'avait plus de travail, il s'avisait qu'il avait peut-être été trop vite en affaires. Il se demandait ce qu'il deviendrait et comment il allait désormais gagner sa croûte afin de pouvoir dormir tous les soirs le ventre plein et sous un bon toit. Cependant, il était très ambitieux, débrouillard et possédait une certaine confiance en ses moyens, aussi ne se laissa-t-il pas abattre, convaincu de trouver rapidement sa voie.

Chapitre 2

Commis aux écritures

N'ayant pas de quoi payer son retour jusqu'à Verchères, et ne voulant surtout pas que son père apprenne qu'il n'était plus au Séminaire, Clément pila sur son orgueil et alla frapper à la porte du notaire Dubreuil. Il ne prit pas de détours pour lui demander :

— N'auriez-vous pas besoin d'un clerc ?

Le notaire, qui donnait l'impression d'être un homme posé, l'examina longuement des pieds à la tête avant de lui dire :

— C'est sans doute la Providence qui te mène chez moi aujourd'hui au moment même où l'intendant songe à m'offrir le poste de premier secrétaire ! Il y aura tant à faire à son service que j'accepterai sa proposition, mais à la condition d'être secondé par un clerc. J'ai donc besoin d'un commis aux écritures. Mais rien ne me dit que ce sera toi. Je n'ai pas l'intention de m'encombrer d'un incompétent. Il me faut d'abord savoir de quel bois tu te chauffes. Sais-tu au moins écrire sans fautes ?

— Oui ! Cela va de soi.

— Tu ne sembles pas manquer d'assurance. Es-tu au moins sûr de ce que tu avances ou le fais-tu par bravade ?

— Je connais mes limites en d'autres domaines, mais au sujet de l'écriture, je sais ce que je vaux.

— Alors, montre-moi ce que tu sais faire.

Le notaire lui tendit une plume d'oie et un encrier, puis après avoir fouillé dans son bureau encombré d'un tas de registres et de liasses de papier, il finit par trouver ce qu'il cherchait : une large feuille qu'il tendit à Clément. Les mains derrière le dos, il se mit à arpenter la pièce en réfléchissant avant de prononcer :

— Écris ce qui suit :

Québec, le 16 octobre 1712

Monsieur Audibert,

Tel que convenu entre nous, je me suis rendu ce matin chez le sieur Langevin afin de percevoir la somme qu'il vous doit. Inutile de vous dire qu'il s'est exclamé bien haut ne pas vous devoir ce que vous exigez de lui. Il soutient qu'il ne payera pas avant de voir vos livres et que vos écritures ne correspondent certes pas aux sommes inscrites au fur et à mesure dans ses livres de comptes pour tout ce qu'il a acheté de marchandises chez vous.

Je ne doute pas qu'il ait pu oublier, volontairement ou pas, d'inscrire certaines de ces marchandises. Il exige que vous veniez le rencontrer pour comparer sa liste à la vôtre, sinon il menace d'avoir recours à la Prévôté. Je lui ai conseillé d'abord de venir lui-même vous rencontrer puisqu'il est votre débiteur, et ensuite seulement de prendre arbitre si nécessaire, plutôt que de risquer des frais devant la Prévôté.

Il n'a rien voulu entendre de ce que je lui proposais. Je ne sais quelle mesure prendre dans ce cas et j'attendrai plus d'informations de votre part pour pousser plus loin cette affaire.

Votre tout dévoué…

— Quant au reste, ça ira, signifia le notaire, je m'en occuperai et signerai avec paraphe.

Ayant terminé ses écritures, Clément saupoudra l'encre des dernières lignes pour s'assurer qu'elles fussent bien sèches, puis souffla pour évacuer l'excédent de poudre. Le notaire s'empara alors de la lettre et la lut attentivement.

— C'est bon, jeune homme, votre écriture me va, votre calligraphie de même, et je vois que vous avez bien appris puisque je ne trouve pas de fautes dans ces lignes. Si le cœur vous en dit, je vous engage tout de suite pour quelques petits travaux d'écriture, sinon nous nous reverrons demain.

— Vous me voyez prêt à travailler dès maintenant.

— Dans ce cas, veuillez vous asseoir au secrétaire que voici et me faire copie des lettres suivantes.

Le notaire lui tendit une pile de feuilles. Clément se mit aussitôt au travail.

—Vous serez payé à la page, jeune homme, à condition que vous n'y fassiez ni faute ni rature. Je vous préviens cependant que votre engagement ne deviendra définitif que le jour où je remplirai le poste que doit me confier l'intendant. En attendant, j'aurais bien quelques petits travaux pour vous, mais selon les demandes qu'on me fera. Ne vous attendez donc pas à du travail quotidien. Est-ce que cela vous convient?

Clément s'empressa de répondre:

—Cela me va.

—Dans ce cas, vous passerez me voir tous les matins et nous aviserons. Mais à propos, il serait peut-être temps que je m'informe de qui vous êtes et d'abord de votre nom?

—Clément Perré.

Le notaire leva les yeux au plafond et murmura:

—Ce nom me dit quelque chose. Voyons…

Il réfléchit encore un moment et dit:

—Ah! Ça me revient! Seriez-vous par hasard parent avec le notaire Perré de Verchères?

—C'est mon père.

—Ah, bon! Ça explique sans doute votre si bonne écriture. Je suis honoré que vous ayez choisi de travailler pour moi plutôt que pour votre père.

Clément hésita avant de répondre:

—C'est que je n'ai pas vraiment choisi… Ce sont les circonstances qui m'y ont poussé et comme je vis présentement à Québec, je me suis tourné vers vous afin de faire ce que je sais faire de mieux. Il me faut comme tout le monde gagner le pain que je mange.

— Peu importe les raisons qui vous ont incité à frapper à ma porte. Je pense que vous vous plairez ici si vous faites bien votre travail.

— Vous pouvez compter sur moi.

— Je ne suis pas un maître très strict, sauf en ce qui concerne la tâche que je vous confie. Là-dessus, je suis intraitable. Les documents que vous écrirez devront être parfaitement rédigés, sinon vous devrez les reprendre à vos frais.

— À mes frais ?

— En effet ! Dans la vie, il faut apprendre à réparer ses fautes. Je tiens également à vous informer que ce que vous ferez de votre vie, en dehors d'ici, ne me concerne pas. Mais je vous préviens, soyez toujours à l'heure et toujours à jeun. Je vous attendrai tous les matins à sept heures précises. Si j'ai du travail à vous donner, vous l'accomplirez de sept heures à sept heures avec un arrêt d'une heure pour dîner et une pause de quinze minutes à cinq heures. Bien entendu, vous serez en congé le dimanche et les fêtes d'obligation. Vous serez rétribué au nombre de pages que vous écrirez. Vous savez sans doute que le tarif est d'un sol la page. De la sorte, nous nous entendrons fort bien.

Quand il regagna sa pension ce soir-là, Clément fut en mesure d'en apaiser la propriétaire en l'assurant qu'il avait enfin trouvé un travail qui, en peu de temps, allait bientôt lui permettre d'avancer la pension d'un mois.

Chapitre 3

Au palais de l'intendant

Le jour où Clément s'était présenté chez le notaire Dubreuil, deux semaines auparavant, ce dernier lui avait laissé entendre qu'il aurait besoin d'aide parce que l'intendant Bégon avait l'intention d'en faire son secrétaire. Cependant la nomination tardait à venir. Voyant qu'il devrait exercer des pressions pour obtenir le poste, le notaire décida d'expédier à l'intendant une lettre qu'il confia à Clément.

— Tu me portes cette lettre au palais et tu la remets en main propre à l'intendant et à nul autre.

— Cela sera fait.

— Si quelqu'un d'autre, sous prétexte de s'en charger lui-même, insiste pour que tu la lui donnes, tu refuses. C'est toi et toi seul qui dois lui remettre et tu attends le temps voulu.

— Vous pouvez compter sur moi.

Sans perdre un instant, Clément sortit. Puis, se ravisant, il revint sur ses pas. Un vent glacial balayait les rues, rappelant que l'hiver était tout proche. Clément enfila un manteau plus chaud et se dirigea directement vers le palais où logeait l'intendant. Il n'y était jamais allé. Quand il emprunta la côte du palais, il fut impressionné par l'importance du bâtiment qui lui avait donné son nom. Il eut beau frapper à coups redoublés à la large porte de chêne de l'entrée principale, personne ne vint répondre. S'apercevant que la porte n'était pas fermée à clef, il entra. Une fois à l'intérieur, il se rendit vite compte à quel point l'édifice s'avérait grand et qu'il serait difficile de repérer les appartements de l'intendant. Il se dirigea tout bonnement dans le premier corridor qui s'ouvrait devant lui, comptant bien y rencontrer quelqu'un qui saurait le mettre sur la bonne voie. Il se retrouva soudain à la porte d'une vaste salle, hésitant à y pénétrer, quand un homme l'interpella :

— Où allez-vous comme ça, jeune homme ?

— Chez l'intendant.

— Vous n'y êtes pas du tout. Cette salle est celle du Conseil supérieur. Qu'est-ce qui vous amène chez l'intendant ?

— Une lettre à livrer.

— Donnez, je le ferai pour vous.

— Je dois la lui remettre en main propre.

— Vous ignorez qui je suis, sinon vous n'auriez pas refusé mon offre. Je pourrais vous faire arrêter pour cet affront et vous faire incarcérer dans la prison qui se trouve juste au-dessous de là où nous sommes.

Clément se demanda à qui il avait affaire. Puis, s'avisant qu'il était sans doute en présence de quelqu'un qui n'avait pas tout son jugement, il dit :

— Vous pourriez me faire incarcérer, mais vous ne le ferez pas, parce qu'il n'y a pas de raison de le faire.

Son interlocuteur haussa les épaules.

— Il n'est nul besoin d'attendre une bonne raison pour emprisonner les récalcitrants.

— Justement, je ne suis pas un récalcitrant. Je ne fais qu'obéir aux ordres de mon maître.

— Parfait ! J'aime les gens loyaux.

— Tout cela ne me dit pas où loge l'intendant.

— Vous le trouverez en retournant sur vos pas.

Clément n'attendit pas la suite. Le voyant s'éloigner, l'homme lui cria :

— Le corridor opposé ! Le corridor opposé ! L'intendant est à l'opposé !

Clément ne se fit pas prier pour accélérer le pas et se retrouva bientôt dans l'autre aile du palais, là où vivaient l'intendant et les siens. Un serviteur l'intercepta.

— Que puis-je faire pour vous ?

— Je désire rencontrer l'intendant.

— S'il fallait que l'intendant reçoive tous ceux qui le veulent voir et sans rendez-vous, le palais déborderait de tous ces quémandeurs.

— Comment prendre rendez-vous, alors ?

— En vous adressant à son secrétaire.

— Et où puis-je le trouver ?

— Pour l'instant, il est absent, mais veuillez me suivre, je vous indiquerai où il loge. Ce sera plus facile pour vous de le retracer la prochaine fois que vous viendrez.

Le serviteur emprunta un escalier les menant un étage plus bas. Puis, se ravisant, il demanda au visiteur :

— Pardonnez, jeune homme, ce qui peut vous paraître indiscret de ma part, mais devez-vous rencontrer l'intendant pour une affaire de longue durée ?

— Le temps de lui remettre une lettre de mon maître.

— Je puis alors m'en charger moi-même.

— C'est bien aimable à vous, mais j'ai ordre de la lui remettre en main propre.

— Dans ce cas, si c'est urgent, vous devrez patienter. L'intendant et son secrétaire ne seront pas au palais avant deux ou trois heures.

— Fort bien ! Je saurai attendre. Pouvez-vous m'indiquer où il serait convenable de le faire ?

Le serviteur l'invita :

— Saurez-vous vous accommoder de nos appartements ?

— Volontiers !

Ils descendirent un autre étage et se dirigèrent dans un coin du bâtiment d'où émanaient des odeurs qui mirent Clément en appétit.

— Si je me fie à mon odorat, les cuisines ne sont pas loin.

— Nous y sommes presque.

—Je serais curieux d'y mettre le nez.

—Nous le ferons si Béatrice nous laisse entrer.

Le serviteur poussa la porte.

—Un visiteur, dit-il. Peut-il attendre ici ?

Clément n'entendit pas de réponse, mais le serviteur le fit entrer. Deux autres hommes étaient assis à une table au fond de la pièce, là où le mena son guide qui annonça d'un ton enjoué :

—Voilà un jeune homme qui cherche de la compagnie !

Clément les salua et se présenta en leur tendant la main. Le serviteur qui l'avait conduit jusque-là dit :

—Voici Joseph et Amable, et je suis Jean-Baptiste.

Clément s'attabla avec eux et causa longtemps en leur compagnie de tout et de rien. Il croyait ne jamais les revoir, mais la Providence en déciderait autrement. Le destin de Clément bascula quand, au bout de deux heures, il fut enfin introduit chez l'intendant.

—Monsieur l'intendant, dit-il, voici une lettre de mon maître, le notaire Dubreuil.

—Ah ! Tiens, ce cher Dubreuil qui se manifeste. Vous a-t-il dit d'attendre ma réponse ? Mais au fait, qui êtes-vous ? Son clerc ?

—Clément Perré, commis aux écritures du notaire.

Pour une deuxième fois en peu de temps, Clément vit quelqu'un réagir au nom qu'il venait d'entendre.

—Perré… Ce nom me dit quelque chose. Attendez que je me souvienne. Votre père ne serait-il pas lui-même notaire ?

— Il l'est, à Verchères.

— Ah, bon! Je me souviens de lui. Je l'ai rencontré à mon arrivée en ce pays en compagnie du seigneur de Verchères. Que diriez-vous, jeune homme, de travailler pour mon secrétaire? Les affaires d'un pays ne sont-elles pas plus importantes que celles d'un notaire, peu importe qui il est?

Pris de court, Clément hésita avant de répondre.

— Il est vrai que travailler à l'intendance est fort alléchant… Mais je ne voudrais point déplaire à messire Dubreuil. Il sera suffisamment secoué d'apprendre qu'il ne pourra pas travailler pour vous sans perdre en plus mes services.

— Jeune homme, si ce que je vous offre vous plaît, je me charge d'arranger les choses auprès de Dubreuil.

— Je serais bien sot alors de ne pas accepter.

— Dans ce cas, vous allez vous asseoir et attendre patiemment que mon secrétaire ait rédigé la lettre que je destine à ce cher Dubreuil, et vous la lui remettrez.

Quand Clément sortit du palais avec la lettre en main, il réfléchissait profondément.

«Je viens d'accepter un travail qui, s'il m'apportera de bons revenus, m'ôte toute possibilité de faire fortune à l'avenir. J'aurais sans doute mieux fait de poursuivre mes études de médecine.»

Il doutait fort d'avoir fait là le bon choix. Mais la nécessité du pain quotidien l'emporta sur ses doutes. Le lendemain, il entra au service du secrétaire de l'intendant et se vit confier la transcription de divers documents devant servir aux archives de l'intendant. S'il se trouva aussitôt à l'aise auprès des serviteurs dont il avait fait la connaissance et auxquels il se mêlait, son travail s'avérait par contre monotone. Lui qui s'était juré de ne pas faire le même travail que son père, voilà qu'il se trouvait de nouveau assis du matin au soir devant un bureau à recopier des documents.

Toutefois, son salaire avait beaucoup augmenté, ce qui n'était pas à dédaigner. De plus, comme le lui avait laissé entendre l'intendant, les affaires du pays se révélaient beaucoup plus diversifiées. Cependant, puisqu'il ne faisait que recopier des documents de peu d'importance, son travail n'avait rien de très excitant à ses yeux. Jusqu'au jour où il s'avisa du contenu de ces papiers…

Chapitre 4

Le palais incendié

Deux mois s'étaient écoulés depuis que Clément se rendait tous les jours au palais pour y accomplir une tâche qu'il trouvait répétitive, mais qu'il appréciait davantage d'une semaine à l'autre parce qu'elle lui permettait de mettre plus souvent le nez dans des documents de première main concernant la bonne marche du pays. Il ne savait pas où tout cela le mènerait, mais il se disait qu'un jour peut-être, il en saurait suffisamment pour faire payer très cher son silence. Ses démons de la richesse à tout prix continuaient de le hanter. Il sentait bien que, dans la gestion de l'intendant, tout n'était pas clair. Il se disait qu'un ou plusieurs documents compromettants pourraient le rendre très riche et qu'il finirait bien par mettre la main sur quelque chose qui se prêterait à son dessein. Il n'eut cependant pas le temps de mettre celui-ci à exécution.

Le nouvel an n'était vieux que de cinq jours quand toute la ville fut mise en émoi. Clément fut réveillé en pleine nuit par les cris des badauds dans la rue. Il les entendit dire que le palais brûlait. Il y courut, mais en vain. Quand il arriva sur les lieux, tout avait flambé. Auprès d'un témoin du sinistre, il s'inquiéta aussitôt de l'intendant et de son secrétaire.

— L'intendant s'en est tiré, lui assura l'homme qui se trouvait là presque au début de l'incendie, mais son secrétaire est à l'hôpital et il y a des morts parmi les serviteurs.

Dans la foule des badauds rassemblés sur les lieux malgré le froid, Clément chercha en vain l'un ou l'autre des serviteurs dont il partageait le dîner depuis deux mois. Il allait retourner à son appartement quand il entendit son nom :

— Monsieur Clément !

Reconnaissant la voix de Jean-Baptiste, celui qui l'avait introduit à sa première visite au palais, il se retourna et le vit venir vers lui, l'air soucieux, encore sous le choc de ce qu'il venait de vivre. Compatissant, Clément s'informa :

— Comment vas-tu, mon bon Jean-Baptiste ?

— Aussi bien qu'on puisse se sentir après la perte d'un ami.

D'une voix inquiète, Clément demanda :

— Qui est-ce ?

— Amable.

— Pas vrai ! Et lui qui devait se marier bientôt…

— Il y est resté, de même que deux des servantes de l'intendant. Il semble qu'il ait été piégé par les flammes en allant prévenir les deux femmes.

— Et le sieur Seurrat ?

— Le secrétaire ? Cet imprudent est retourné à sa chambre après avoir été prévenu par Amable que le feu était au palais. Sans doute qu'au moment où il a voulu sortir, la grande salle était en feu. Aucune autre issue que le jardin ne s'offrait à lui. C'est là que nous l'avons trouvé, inconscient, dans la neige, tout le bas du corps gelé comme de la pierre. Il a dû suffoquer en raison de la fumée. Pour avoir voulu fuir la chaleur, il risque de mourir de froid.

— Comment le feu a-t-il pris ?

— Je l'ignore, mais une chose est sûre, il a débuté dans le cabinet même de l'intendant. À dix heures, comme c'est le cas depuis le début de l'hiver, j'ai fait le tour de toutes les cheminées du palais afin de m'assurer qu'aucun feu n'y couvait. En revenant de ma tournée vers minuit et demi, j'ai aperçu de la fumée qui sortait par le trou de la serrure du cabinet de l'intendant. La poignée de porte était chaude, j'ai réussi à l'ouvrir mais tout flambait déjà. J'ai refermé aussi vite et j'ai couru prévenir l'intendant et sa femme, de même que le secrétaire. Après quoi, j'ai réveillé les autres serviteurs. Pour son malheur, Amable est allé avertir les deux femmes de chambre de l'intendant qui couchaient tout au fond du palais. Nous ne les avons pas revues, non plus que ce pauvre Amable.

— Ça m'étonne qu'ils n'aient pas pu se sauver.

— La fumée les aura asphyxiés. Le feu a couru si vite qu'une heure et demie a suffi pour raser le palais.

❖

Deux jours s'écoulèrent, puis l'intendant fit demander Clément.

— Nous avons subi des pertes matérielles énormes et aussi des pertes humaines. Mon secrétaire est à l'hôpital entre la vie et la mort. Les affaires de l'État doivent se poursuivre. De nous tous, c'est vous, jeune homme, qui connaissez le mieux nos archives. Elles étaient heureusement dans les voûtes qui n'ont pas été touchées par les flammes. Saurez-vous y retrouver les documents suivants ?

Il tendit une liste à Clément qui y jeta un coup d'œil.

— Je les retracerai.

— Il me les faut dans les plus brefs délais.

— J'y verrai.

Quand il réussit à se frayer un chemin dans les ruines afin d'accéder aux voûtes, Clément fut étonné de constater qu'aucun document n'avait brûlé. Ils étaient couverts de suie, mais la chaleur ne les avait pas abîmés, les flammes ne s'étant pas rendues jusque-là. Il repéra les pièces réclamées par l'intendant et, sans perdre de temps, il les lui apporta directement chez le gouverneur où l'intendant était temporairement hébergé. En le voyant surgir couvert de suie, le portier voulut le mettre à la porte.

— Qui êtes-vous pour vous présenter ainsi chez le gouverneur ?

— Qui je suis ? Le commis aux écritures de l'intendant !

— Vous auriez pu avoir la décence de vous changer avant de vous présenter ici.

— Je l'aurais fait, s'il ne s'agissait pas d'une urgence. Mais, précisément, c'en est une. Ces documents sont plus importants que ma tenue.

Le portier lui donna l'ordre d'attendre debout dans l'entrée en lui faisant défense formelle de s'asseoir ou de bouger jusqu'à son retour. Au bout d'une quinzaine de minutes, il revint en compagnie de l'intendant qui, le toisant, lui dit :

— Vous ressemblez à un ramoneur !

— Un ramoneur qui vous rapporte les papiers demandés.

L'intendant les prit du bout des doigts.

— Vous me semblez avoir si bien su vous débrouiller, dit-il, que je vous confie la tâche, après les avoir nettoyées, de récupérer toutes les archives. Je vous indiquerai où vous devrez les faire porter pour les mettre en sécurité.

Pendant les semaines suivantes, Clément s'affaira à cette besogne, s'ingéniant, afin d'en tirer plus tard des copies, à noter tout ce qui lui paraissait susceptible de le servir dans son dessein de monnayer son silence. Entre-temps, vers la fin de janvier, le secrétaire de l'intendant mourut des suites de ses engelures. Clément terminait son travail de récupération quand le nouveau secrétaire fut nommé. C'était un curieux homme.

En l'apercevant, Clément se renfrogna. Le regard sournois de cet individu ne lui annonçait rien de bon. Ce qu'il appréhendait se produisit deux jours plus tard, lorsque le nouveau secrétaire le convoqua pour lui dire :

— Ayant sous mes ordres un commis aux écritures qui m'est dévoué depuis plusieurs années, je me passerai de vos services.

— Puis-je m'entretenir avec l'intendant ?

— Point n'est besoin. Il est d'accord avec ma décision.

Clément se dit : « Voilà comment on vous remercie pour votre zèle. » Du même coup, son projet de monnayer son silence mourut avant même d'être vraiment né. Il se retrouvait une fois de plus Gros-Jean comme devant. Regagnant sa chambre, il s'assit, se tapa sur le front et, se souvenant que depuis son arrivée à Québec il n'avait donné aucun signe de vie à ses parents, il décida de leur écrire tout en camouflant un peu la vérité sur son état.

Québec, 18 mai 1713

Chers père et mère,

Vous serez sans doute malheureux d'apprendre que je n'ai pas pu me faire à des études au Séminaire de Québec. J'ai quitté l'endroit peu de temps après y avoir séjourné. Par contre, vous serez plus heureux de savoir que n'ayant plus un sol vaillant, je me suis débrouillé pour me trouver divers emplois qui m'ont permis de me tirer d'affaire jusqu'à présent. Après avoir travaillé pour un marchand, je me suis fait à l'idée de m'adonner quelque temps au travail de commis aux écritures chez le notaire Dubreuil, de Québec. De là, j'ai été engagé pour un emploi similaire, mais plus rémunérateur, auprès du secrétaire de l'intendant.

Vous aurez appris l'incendie du palais et la mort du secrétaire. L'intendant a eu recours à mes services pour la sauvegarde des archives. C'est à ce travail que je m'applique depuis. Voilà une tâche vraiment intéressante tant me passent sous les yeux de nombreux documents de première main concernant la bonne marche du pays. Il n'est pas dit toutefois que j'y passerai ma vie, parce qu'un tel ouvrage me garde vraiment trop captif. Mais pour lors, c'est ce qui m'occupe et me permet de vivre décemment.

Je me propose, dès que j'aurai un peu de répit, de faire un saut à Verchères. Je brûle du désir de vous entendre parler de ce qu'a été la vie au manoir depuis que je l'ai quitté. Il s'agit d'être éloigné des siens pour mesurer toute l'importance qu'ils tenaient dans notre vie. Mon passage parmi vous me donnera également l'occasion de vous parler plus longuement de ce qu'a été ma vie depuis mon départ. N'attribuez pas mon long silence à de l'indifférence à votre égard. Imputez plutôt cela au fait que je dois travailler très dur pour gagner honorablement ma vie et, malheureusement, ma tâche me retient constamment auprès de l'intendant qui a grande confiance en moi et se dit fort satisfait de mes services.

Je vous espère tous en bonne santé et je suis votre fils très affectionné.

Clément

Chapitre 5

Jouer avec le feu

Une fois de plus, Clément se trouvait devant rien. Il alla noyer sa peine au premier cabaret rencontré sur sa route. Il venait tout juste d'y pénétrer quand un homme qui semblait le connaître l'aborda.

— Ne travailles-tu pas auprès de l'intendant?

— C'était vrai, mais jusqu'à aujourd'hui seulement.

— Comment ça?

— On m'a remercié de mes services, il y deux heures à peine.

— Ah, *shit*! s'exclama son interlocuteur. Ce n'est vraiment pas de chance.

— Et pourquoi donc?

— Je comptais te confier une tâche qui nous aurait rendus très riches.

— Vraiment?

L'homme secoua la tête et répéta, l'air profondément déçu:

— Ce n'est pas de chance!

Clément commanda un verre de guildive.

— Pour noyer ma peine, dit-il.

L'homme le regardait avec insistance et finit par lui dire, au bout d'un moment :

— Peut-être est-ce encore possible… Je te surveillais depuis quelques jours. J'avais pour toi une mission fort lucrative.

— Laquelle, donc ?

— M'apporter une signature de l'intendant et du procureur.

— Pourquoi faire ?

— Tu poses trop de questions. Si je te demandais cette faveur, saurais-tu le faire ?

— La signature de l'intendant et du procureur ? Peut-être bien. Mais je ne travaille jamais pour rien et sans savoir à qui j'ai affaire.

— Ça, je vais te l'apprendre. De nouveau, me trouverais-tu ces signatures ?

— Sans doute.

— Comment ?

Avant de répondre, Clément s'assura que personne n'écoutait, puis il dit à mi-voix :

— Je peux retourner sur place sous prétexte d'y chercher des objets oubliés m'appartenant. Mais pourquoi vous rendrais-je ce service ?

— Parce que ça pourrait te rapporter gros.

— De quelle façon ?

L'homme lui dit :

— Suis-moi !

Ils sortirent de l'auberge pour se diriger vers la Basse-Ville. Après avoir tourné au coin d'une rue plongée dans l'obscurité, les deux compères pénétrèrent dans un hangar tout aussi peu éclairé que les alentours. L'homme se dirigea vers un poêle où brillaient quelques tisons. S'emparant d'une éclisse de bois, il l'enflamma aux tisons et s'en servit pour allumer une chandelle. D'une armoire basse dressée au fond de la pièce, il sortit un attirail d'imprimerie. Clément ne voyait pas où l'autre voulait en venir jusqu'à ce qu'il lui présente les fausses cartes qu'il avait imprimées. Il n'y manquait que les signatures de l'intendant et du procureur pour devenir de la monnaie de carte. Clément les examina de près. Il passa la réflexion :

— Je me demande bien qui a pu avoir l'idée de se servir de jeux de cartes pour en faire de la monnaie…

— L'idée n'est pas si mauvaise, dit l'homme. C'était sans doute la façon la plus simple de remplacer la monnaie manquante. Sans ces cartes, toutes les transactions monétaires du pays seraient compromises. Quant à moi, cette façon de faire me va fort bien : c'est la monnaie la plus simple à falsifier. Tu sais sans doute que le gouverneur est sur le point de procéder à une nouvelle émission de monnaie de cartes.

— En effet, je me souviens d'une ordonnance récente où il était question d'en produire de nouvelles parce que les anciennes sont tellement gâtées qu'on a de la difficulté à les lire. L'intendant disait justement qu'elles pourraient être contrefaites en France.

Son nouvel ami ne manqua pas de s'exclamer, sourire aux lèvres :

— Il a sans doute oublié de mentionner qu'elles pourraient l'être également en Nouvelle-France !

Reprenant son air sérieux et crispant la mâchoire, il se fit menaçant :

— Si tu révèles ce que tu viens de voir et d'entendre, tu peux dire adieu à la vie.

Clément le regarda sans broncher. Bien malgré lui, il avait de l'admiration pour cet homme qui était parvenu à réaliser une si belle imitation.

— Vous avez fort bien reproduit la signature du gouverneur. Comment n'avez-vous pas pu imiter celles de l'intendant et du procureur ?

— Parce que sur une émission de monnaie de cartes, ils rapetissent leur signature, ce qui la rend beaucoup plus difficile à reproduire.

— Fort bien. Et alors ?

— Une signature récente de l'intendant et du procureur à la mesure voulue me serait d'une très grande utilité.

— Pourquoi donc ?

— Pour le moule que j'en ferai et l'étampe que j'en tirerai.

Sur ce, il retourna fouiller dans l'armoire d'où il avait tiré ses accessoires d'imprimerie. Il en revint avec en main un moule qu'il montra à Clément et avec lequel il avait reproduit la signature du gouverneur.

— Deux autres moules semblables, dit-il. Un pour la signature de l'intendant et l'autre pour celle du procureur, et le tour est joué.

Clément examina le moule, se faisant une idée de la dimension des signatures recherchées. L'homme expliqua :

— Il faut que mes cartes soient aussi bien réussies que les vraies.

— De quelle valeur seront celles que vous vous proposez de fabriquer ?

— Des entières et des demi-cartes. Ce sont celles de plus grande valeur et donc qui rapportent le plus. Raison de plus pour qu'elles soient parfaitement imitées.

— Tout cela est illégal. Si vous êtes pris, vous risquez l'échafaud.

— Encore faudrait-il que quelqu'un d'avisé se rende compte qu'il s'agit de fausse monnaie. Mais un ouvrage bien fait ne risque pas d'être découvert.

Clément se prit la tête entre les mains en se disant : « Que m'arrive-t-il, me voilà en présence d'un fraudeur et je suis prêt à lui rendre service ? »

Le lendemain matin, malgré ses réticences, et parce que depuis son congédiement, il rêvait de se venger du nouveau secrétaire, il retourna au palais. En le voyant paraître, le secrétaire l'apostropha :

— Que fais-tu ici ?

— Je viens recouvrer un objet qui m'est précieux et que j'ai oublié.

— Quoi donc ?

— Un encrier.

— Où ça ?

— Dans l'armoire où je le rangeais.

Le secrétaire le regarda, l'air soupçonneux. Clément pensa tout de suite qu'il irait lui chercher l'encrier, mais sans plus se préoccuper de lui, il le laissa fouiller dans l'armoire où il avait l'habitude de ranger plumes, encre et papier. Clément vit tout de suite que ce qu'il espérait trouver y était toujours. Son remplaçant auprès du secrétaire le regardait avec suspicion. Il lui dit d'un ton qui ne souffrait pas de réplique :

— À ce que je vois, les fouines ne sont pas toutes dans les champs.

L'autre se pencha subitement sur son travail qui semblait tout à coup l'absorber entièrement. Mine de rien, tout en jetant un coup d'œil au commis, Clément fouilla rapidement dans l'armoire et mit la main sur des documents qu'il y avait rangés et qui attendaient d'être copiés. Il savait qu'il y trouverait les signatures requises et de la taille désirée. D'un geste vif, il les fit disparaître dans son pourpoint. Il se retira ensuite avec en main, bien en évidence, un vieil encrier. Au secrétaire qui lui demandait pourquoi il y tenait tant, Clément répondit :

— Parce que ce fut mon premier encrier et qu'il m'a porté chance. Je m'en serais voulu de ne point le rapporter.

Le secrétaire haussa les épaules en se bornant à dire :

— Chacun ses marottes !

Clément sortit du palais en pensant : « C'était trop facile ! » Il se demandait si tout cela ne finirait pas par lui retomber sur le nez. Il s'apaisa en disant : « Qui ne risque rien n'a rien ! » Sans plus tarder, en prenant tout de même des précautions afin de ne pas être reconnu, il alla retrouver le faussaire dans son repaire. Son larcin fut acclamé avec l'enthousiasme mérité. Le faussaire s'empara des documents et les examina en vitesse. Il lança tout à coup un « hourra ! » retentissant.

— Regarde, dit-il à Clément. Celle-là est parfaite et celle-ci également. Je pourrai les reproduire à la perfection. Ça te vaudra deux cents livres, soit cent par signature.

Clément tendit la main. L'autre le considéra, l'air étonné.

— Pour lors, je n'ai pas cette somme, mais tu la toucheras sur le fruit rapporté par ces fausses cartes. Ça ne saurait guère tarder puisque je peux maintenant effectuer mon travail de façon parfaite.

— Dans combien de temps puis-je espérer recevoir mon dû ?

— D'ici quelques jours.

Clément attendit patiemment. Il se rendait tous les deux jours chez le faussaire, mais les fausses cartes n'étaient pas encore imprimées.

— Je ne prends pas de risques, lui dit un jour l'homme. Je ne les imprimerai et ne les ferai circuler que lorsque celles de l'intendant seront émises. Sois patient, c'est pour bientôt.

Voyant que Clément insistait pour être payé, l'homme lui fit une offre :

— Demain, j'aurai les fausses cartes en main. Si tu veux, je t'en donne quatre de cent livres. Tu seras de la sorte doublement payé.

— Ce ne sont pas des fausses que je veux, lui dit Clément, ce sont des vraies !

— Mais je ne t'ai jamais dit que je te payerais avec des vraies...

Les nouvelles cartes émises par le gouverneur apparurent sur le marché sans que Clément ait touché les deux cents livres promises. Il ne savait trop que faire. L'homme lui dit :

— J'irai te porter moi-même l'argent que je te dois.

— Quand ?

— Bientôt.

Clément prit son mal en patience et il fit bien, car deux semaines plus tard, il apprit que le faussaire avait été arrêté. Il pensa fuir avant d'être écroué à son tour et se prépara en conséquence, rangeant ses hardes et quelques autres effets au fond d'une barque louée avec l'intention de s'en servir en cas d'urgence. Comme le procès avait lieu le même jour, il attendit de voir comment le faux-monnayeur s'en tirerait.

Il alla traîner dans un cabaret où il avait l'habitude de se rendre, l'oreille tendue à tout ce qui se disait. Il apprit ainsi, par la bouche de quelques hommes réunis autour d'un verre, que le faussaire, interrogé sur la manière dont il avait obtenu les signatures de l'intendant et du procureur, avait tout simplement répondu :

— Leurs signatures, nous les trouvons partout. Il est si facile de mettre la main sur une copie d'ordonnance. On en affiche aux portes des églises et des moulins.

Les hommes s'indignèrent du fait que le juge n'avait pas condamné cet homme à mort, mais seulement à l'exil. Soulagé, Clément poussa un long soupir. Il venait vraiment de l'échapper belle, mais il avait inutilement pris ce risque, car il n'avait pas touché un sou.

Chapitre 6

Une nouvelle association

Par la lettre expédiée à Verchères, il espérait apaiser ses parents, mais il se trouvait de nouveau au même point, ses faibles économies fondant à vue d'œil, et il voyait venir rapidement le moment où il n'aurait plus un sou vaillant. Un jour, par un heureux hasard, un voyageur désireux d'être conduit à la Côte-de-Beaupré s'adressa au charretier qui logeait à la même pension que Clément. Au souper, l'homme déclara :

— J'ai, dans deux jours, à mener un voyageur à la Côte-de-Beaupré. Pour mon malheur, je viens d'apprendre que je ne pourrai pas le faire. Je suis convoqué en justice ce jour-là.

Sa réflexion ne tomba pas dans l'oreille d'un sourd. Clément s'offrit spontanément à le remplacer :

— Conduire un cheval n'a rien de sorcier ! s'exclama-t-il. Je pourrais vous accommoder si ça vous va.

— Tu saurais le faire ?

— Certainement ! s'exclama Clément, même s'il n'avait jamais tenu les cordeaux puisque cette tâche incombait à Jimmio. Je l'ai fait maintes fois au manoir de mon père.

— À la bonne heure ! Tu me tires une épine du pied.

Deux jours plus tard, il accueillait près de lui, sur le banc de la charrette qu'il s'apprêtait à conduire, un homme de forte corpulence qui avait le verbe haut et le rire facile. À voir la façon dont son voyageur était vêtu, Clément conclut qu'il s'agissait certainement d'un marchand passablement fortuné. Quand ils furent bien en place, Clément commanda au cheval d'avancer. L'animal docile se mit en marche et Clément n'eut dès lors plus qu'à se fier à l'instinct de la bête habituée à faire le trajet jusqu'à Château-Richer et à se laisser conduire. Son passager était de fort belle humeur. Cependant, une chose semblait le préoccuper et tout au long du trajet, il n'aborda pas d'autres sujets que celui des moyens à prendre pour devenir riche. D'ailleurs, Clément lui-même le lança sur cette piste :

— Sauf erreur, vous êtes marchand, n'est-ce pas ? J'aimerais le devenir, mais par où commencer ?

— Par le commencement. Il y a un début à tout, jeune homme. J'ai appris mon métier au côté de mon père. On ne peut guère débuter un négoce si on ne possède pas au départ un petit magot.

— Mais comment mettre la main sur les deniers nécessaires ?

— Ah ! Jeune homme, je vois que vous avez beaucoup à apprendre. Vous ne me semblez pas sot, aussi je veux bien partager un secret avec vous.

D'un air suffisant et satisfait de sa grosse personne, le marchand fit craquer ses doigts et, après avoir fait sonner un peu de monnaie dans ses goussets, déclara :

— Je n'avais pas un sou vaillant quand j'ai rapporté pour la première fois des centaines de livres.

Clément s'en montra fort étonné.

— Vraiment ! Des centaines ?

— C'est la pure vérité.

Ne manquant pas de flatter le personnage dans le bon sens du poil, il dit :

— C'est admirable, monsieur, d'être parti de rien pour parvenir à tant. Il n'y a que des personnes très avisées qui peuvent obtenir de tels résultats. Pour ma part, je ne saurais y faire.

Le marchand, qui semblait aimer faire la leçon aux autres, ne manqua pas de dire à Clément :

— Jeune homme, dans la vie, il faut être habile. C'est la seule façon de s'élever dans la société.

— Me ferez-vous l'honneur de me révéler enfin ce secret qui vous a rendu riche ?

Regardant tout autour de lui comme si quelqu'un avait pu les épier, le marchand baissa un peu le ton avant de poursuivre :

— Les hommes en général sont des êtres naïfs. Il suffit de les étudier pour découvrir parmi eux ceux qui vous feront confiance.

— Et alors ?

— Vous leur faites croire n'importe quoi. Vous leur dites que vous connaissez une façon infaillible de faire

CE PAYS DE RÊVE

beaucoup de sous et soyez certains qu'ils vont vous écouter.

Sans bien s'en rendre compte, Clément lui-même, fasciné par les propos de cet homme, était précisément en train de tomber dans le panneau. Il intervint de nouveau en s'écriant :

— Vous en conviendrez, ce n'est pas tout de le leur dire, il faut réellement connaître cette façon de faire des sous !

Le marchand le dévisagea et s'écria d'une voix triomphale :

— Pardi, jeune homme ! Ne me dites pas que vous ignorez vraiment que lorsqu'on ne possède pas un sol vaillant, il n'y a qu'un seul moyen infaillible de faire de l'argent ?

— Je l'ignore, je l'avoue.

— Pourtant, rien n'est plus simple !

— Vraiment ?

— Il suffit tout simplement d'utiliser l'argent des autres.

Clément n'y comprenait plus rien. Le marchand s'en avisa et dit :

— Allons, mon bon ami, comment pensez-vous que ceux qui nous dirigent ont fait fortune ?

Voyant que Clément ne répondait pas, le marchand vint à son aide :

— Mais, voyons ! Avec l'argent du peuple, cela va de soi ! Pourquoi, pour notre compte personnel, hésitons-nous à faire comme eux ?

— Parce que c'est risqué et malhonnête.

— Risqué ? Nenni ! Il suffit de savoir comment manœuvrer. Malhonnête ? Pas tant que ça ! J'ai acheté des marchandises avec l'argent que d'aucuns me remettaient à cette fin. Bien entendu, je me suis payé pour mes services. Les marchandises achetées, je les ai revendues trois fois leur prix. Mais est-ce nécessaire d'en aviser les prêteurs ? Je ne leur ai remis que la valeur de leur prêt, plus une part minime du profit. Ils n'y ont vu que du feu. Je ne les ai pas trompés. Ils ont accepté mes conditions et je n'ai eu qu'à tirer la couverte de mon bord. Il faut savoir qu'à un bout, il y a le prêteur et à l'autre, l'acheteur. C'est lui qu'il faut convaincre de payer le gros prix. Les profits se font là. Tu piges dans l'assiette au beurre et, au besoin, tu inventes une raison pour expliquer à ceux qui t'ont confié leurs sous pourquoi tu n'as pas obtenu tous les profits escomptés. Mais tu t'arranges pour les contenter en leur remettant tout de même un petit profit. Habituellement, ça leur suffit.

— Quelles raisons peut-on évoquer pour justifier des profits moindres ?

— Les fluctuations du marché, la trop grande abondance de marchandises, des détériorations durant le transport, etc. Tu inventes au besoin.

— Mais ce n'est guère loyal…

— Pas loyal, peut-être, mais drôlement efficace. Ton premier magot, tu l'as. Tu t'en sers désormais uniquement à ton profit. Tu en retires tous les bénéfices des marchandises vendues. Ce qui t'a coûté une livre t'en rapporte trois ou quatre et ainsi de suite.

Clément écoutait avec tellement d'attention et d'intérêt que le marchand s'en avisa. Au même moment, le cheval fit un brusque écart alors qu'un renard traversait la route presque dans ses jambes. Clément dut vivement réagir pour l'empêcher de s'énerver, ce qui déclencha les rires de son passager.

— Dis donc, mon jeune ami! La Providence vient de t'envoyer un message. Dans la vie, ne faut-il pas être aussi rusé qu'un renard? Mes propos semblent te distraire et t'intéresser particulièrement... Je te vois autrement que charretier. Sais-tu lire, écrire et compter?

— Comment un fils de notaire ne le saurait-il pas?

Le marchand s'exclama :

— Tu es le fils d'un notaire! Mais alors tu as toutes les connaissances nécessaires pour faire fortune!

En lissant sa moustache, il regarda Clément d'un air mystérieux, un sourire au coin des lèvres. Son expression était celle d'un homme qui mijotait quelque chose.

— Je me cherche un adjoint. Que dirais-tu de travailler pour moi?

— J'ignore jusqu'à votre nom.

Il tendit la main à Clément, l'interrogeant du regard.

— René Bréard, négociant en tout.

— En quoi consisterait mon travail?

— Tu m'as bien dit que tu sais écrire, lire et compter ? Je te confierais la tenue de nos livres.

Sans plus hésiter, Clément lui tendit la main.

— Clément Perré, votre nouvel associé.

L'autre l'examina comme s'il avait mal entendu.

— Vraiment ? Tu serais prêt à travailler pour moi ?

— Pour moi aussi, répondit Clément, d'un air malicieux, mais avec vous. N'est-ce pas en quoi consiste une association ?

Le marchand lui donna un coup de coude dans les côtes.

— Voilà qui fait plaisir à entendre ! Nous formerons une bonne équipe.

Ils entrèrent dans la première auberge de la Côte-de-Beaupré pour lever leur verre à la réussite de leur association. Bréard, comme se plaisait déjà à l'appeler Clément, paya la tournée. Puis il expliqua à Clément que, déjà, leur association allait commencer à porter fruit :

— Nous allons nous arrêter en route afin de prendre chez les habitants des commandes de guildive des Antilles. Tu prendras tout en note.

Ce fut ce qu'ils firent et Clément ne manqua pas d'admirer le marchand pour la façon qu'il avait de soutirer à l'avance aux gens la moitié de ce que leur coûterait ce rhum avant même qu'ils en aient vu la couleur.

— Je vous garantis la meilleure guildive qu'on puisse trouver sur toutes les mers que j'ai sillonnées, et Dieu sait que j'ai vu du pays ! Au printemps, je vous rapporte vos pintes. Vous vous louerez de pouvoir goûter pareil élixir. Il guérit tout : les maux de gorge, les flux de poitrine, les maux de cœur, les indigestions, les rhumes et il vous réchauffe le cœur au beau milieu des plus grands froids de l'hiver. Vous avancez quatre livres en acompte et vous pouvez vous réjouir à l'avance de ce que vous allez recevoir. Vous m'en donnerez des nouvelles et je parie que l'an prochain vous courrez après moi et que vous doublerez vos commandes.

Clément inscrivait celles-ci au fur et à mesure dans un livre de comptes.

— Vous pouvez dormir sur vos deux oreilles, mon adjoint porte dans notre registre vos noms, vos acomptes et toutes vos commandes au chiffre près. Nous en laissons une copie entre les mains du gouverneur.

— La copie entre les mains du gouverneur, lui demanda Clément, sur la route du retour, est-ce vrai ?

— Jamais de la vie ! C'est de la poudre aux yeux pour rassurer tout ce beau monde.

— Et si jamais un habitant allait s'informer de l'existence de cette liste ?

— Rien de plus simple ! Le gouverneur l'a égarée. Ce qui compte dans tout ça, c'est la guildive de seconde qualité qu'on rapporte. Est-ce qu'il y en a seulement un d'entre eux qui sait ce que goûte vraiment un bon rhum ? Celui que nous allons leur livrer est déjà plus qu'entièrement payé par ce qu'ils m'ont avancé.

Ce qu'ils vont me verser au printemps sera net dans mes goussets.

Les propos de son ami commençaient déjà à déplaire à Clément. Il aurait dit « dans nos goussets » qu'il ne se serait pas méfié, mais Bréard n'avait parlé que des siens. Arrivé à Québec, Clément voulut officialiser leur entente par un contrat notarié.

— Allons donc, jeune homme ! Pas besoin de contrat, ma parole et la tienne suffisent. Aurais-tu d'ailleurs de quoi payer le notaire ? Non, mon bon, apprends une première leçon : "L'argent qu'on garde pour soi, les autres ne peuvent s'enrichir avec." Maintenant, ramasse tes effets, nous passons en France par le premier navire en partance.

Clément ramena le cheval et la charrette à son propriétaire puis il réfléchit un bon moment avant de donner suite à cette association de bonne foi. Il aurait préféré voir le tout sur papier. « Mais, se dit-il, qu'est-ce que j'ai à perdre d'essayer ? »

Malgré le refus de Bréard d'officialiser leur association, quelques jours plus tard, il s'embarquait en sa compagnie. Le marchand lui payait son passage sur un navire en partance pour La Rochelle via les îles d'Amérique.

Chapitre 7

Les premières leçons

Le navire avait à peine quitté Québec que Clément dit soudainement à son nouvel ami :

— Je vais certainement passer pour un sans-cœur.

— Pourquoi donc ?

— Je quitte le pays sans en prévenir mes parents.

— Et qu'est-ce que ça change ? Il faut bien s'en éloigner un jour.

— En ce moment, je devrais être en plein travail de commis aux écritures auprès du secrétaire de l'intendant.

— Disons que ta vie prend une autre direction. Tu es commis aux écritures auprès du marchand René Bréard.

Clément, en le dévisageant, s'interrogea à voix haute :

— Est-ce que je prends vraiment la bonne décision ?

— Ça, tu l'apprendras dans les mois à venir, répondit le marchand. Mais en ce qui me concerne, je puis déjà te dire que je ne regrette pas notre association.

❖

À leur arrivée à La Rochelle, Bréard conduisit Clément à l'auberge du Chat qui rêve.

— C'est ici que nous pensionnerons, dit-il, mais pour quelques jours seulement, car nous ne perdrons pas de temps avant de passer à l'attaque.

— À l'attaque de qui, de quoi?

— Des marchands de fourrure.

Clément se rendit vite compte que la pension où ils logeaient, sans être minable, était loin d'offrir le luxe auquel étaient en droit de s'attendre des voyageurs. Bréard lui semblait être un marchand prospère et il aurait dû voir à les loger dans un endroit plus convenable. Clément ne s'en plaignit cependant pas.

Une semaine plus tard, à bord d'une patache, le moyen de transport le plus lent, il prenait la route de Paris en compagnie du marchand. Cette fois, il osa s'exprimer:

— N'aurions-nous pu voyager dans une meilleure voiture?

— Est-ce toi qui défraies les coûts du passage?

Ne trouvant rien à répondre à cette remarque, Clément fit dévier la conversation en demandant:

— J'apprécierais savoir chez qui nous nous rendons, au juste.

— Chez nul autre que le chapelier Dumouchel, rue de la Vieille-Draperie, à Paris.

Ils couchèrent en route à deux reprises et chaque fois dans des auberges miteuses. Clément se demanda pourquoi, puis il en conclut que son associé était très près de ses sous. « Sans doute, se dit-il, en a-t-il beaucoup moins qu'il ne le laisse entendre. »

❖

Une fois à Paris, Clément eut un mouvement de recul quand ils pénétrèrent dans l'atelier du chapelier. Une forte odeur s'en dégageait, que le marchand attribuait aux acides servant au nettoyage et à l'assouplissement des peaux utilisées à la fabrication des manteaux. Le marchand, qui ne visitait certainement pas l'atelier pour la première fois, le conduisit dans une vaste pièce où on fabriquait des chapeaux de castor. Au moyen d'une plane, des ouvriers s'affairaient à arracher les poils des peaux. Devant ce spectacle, Bréard voulut parfaire les connaissances de son associé.

— Sais-tu qu'il y a deux espèces de peaux de castor ? Le castor gras et le castor sec. Il faut environ sept heures pour fabriquer un seul chapeau. Le feutre qui les compose se fait avec cinq onces de poil de castor gras et deux onces de poil de castor sec.

Clément écoutait ces explications avec attention, tout en s'intéressant au travail des hommes. Bréard le poussa bientôt du coude en l'invitant à le suivre :

— Viens, que je te montre le plus intéressant pour nous.

Il entraîna Clément dans une autre partie de la pièce, où des ouvriers fabriquaient une autre sorte de chapeaux, ceux-ci faits d'un tiers de laine de vigogne et de deux tiers de poil de lapin, le tout recouvert d'une mince couche de poil de castor. Bréard lui précisa, en se frottant les mains :

— Voilà les chapeaux qui vont me permettre de faire un bon magot.

Une fois de plus, Clément remarqua qu'il n'avait parlé que pour lui-même.

— Qu'ont-ils de si particulier ?

— Ce sont des demi-castors, trois fois moins chers que les vrais.

Bréard s'empara de deux des chapeaux et les lui tendit.

— Lequel est un chapeau de castor ? Lequel est contrefait ?

Clément ne put faire la différence ; Bréard triompha.

— Ceux qui n'y connaissent rien n'y voient que du feu. Il leur faudrait briser leur chapeau pour se rendre compte qu'il n'est pas tout de castor.

Baissant la voix et clignant de l'œil vers Clément, il ajouta :

— Nous achèterons à moindre prix ces chapeaux contrefaits pour les revendre au même prix que les vrais. Tu verras tout l'argent qu'on peut gagner à ce commerce.

Clément ouvrit de grands yeux. Sa surprise semblait si grande que Bréard s'empressa d'ajouter :

— Allons donc ! Aurais-tu des scrupules ? Deuxième leçon, et non la moindre, jeune homme, tout bon marchand te le dira : "Si tu veux devenir riche, apprends que les chemins détournés mènent toujours plus vite à la fortune que ceux qui paraissent bien droits."

Ils ne quittèrent pas l'atelier sans que Bréard obtienne ce qu'il était venu y chercher. Le marchand s'assura aussi que le chapelier était intéressé par les peaux de castor promises dès l'automne suivant :

— Vous êtes toujours preneur pour de nouvelles peaux ?

— Je le suis toujours dans la mesure où le prix auquel on me les vend me convient.

— Vous avez toujours fait affaire avec mon père de son vivant. Avez-vous eu à vous en plaindre ?

— Que non !

— Tel père, tel fils. Vous n'aurez qu'à vous louer d'avoir traité avec moi.

Il passa un marché par lequel le chapelier avançait une somme de six mille livres tournois pour l'achat de marchandises à troquer contre des peaux de castor livrables à La Rochelle à neuf livres la peau. Clément, qui connaissait la teneur des marchés de ce genre, leur servit en quelque sorte de notaire.

— Je n'ai qu'une parole, assura Bréard en saluant le chapelier. L'automne prochain, vous aurez en main les peaux attendues, de première qualité et au prix dont nous venons de convenir.

Deux jours plus tard, les voyageurs reprenaient la route de La Rochelle. Tout le long du trajet entre Paris et La Rochelle, Bréard parvint à vendre à trois fois leur valeur la centaine de chapeaux contrefaits achetés au chapelier. Clément eut la tâche de les transporter d'une place à l'autre et d'une patache dans l'autre, et ce jusqu'à épuisement du stock. Pour garder ses chapeaux près de lui, il fit tout le voyage sur le banc du conducteur. Pas un seul instant, il ne songea au danger d'agir de la sorte. Si les choses avaient mal tourné, lui seul aurait été arrêté avec les chapeaux contrefaits, mais cette idée n'effleura jamais son esprit.

Chapitre 8

Le métier rentre

Ils passèrent le reste de l'hiver à vaquer à l'achat de marchandises pour le compte du chapelier et pour celui de Bréard. Partant de bon matin, ils faisaient les boutiques des marchands. Bréard négociait l'achat de la moindre bagatelle, marchandant le prix du plus petit bouton et des paquets d'aiguilles avec autant d'acharnement qu'il le faisait pour les marmites, les couteaux et les fusils. Il ne pliait jamais devant le prix proposé par un marchand ; si celui-ci ne cédait pas, avec un air offusqué, il claquait la porte pour se diriger ailleurs. Clément et Bréard arpentèrent de la sorte des dizaines de boutiques, tant à La Rochelle qu'à Rochefort et même à Bordeaux, s'arrêtant pour la nuit dans des auberges douteuses où les puces ne manquaient pas, mais où Bréard marchandait chaque fois le prix de la chambre.

Clément le secondait de son mieux, tenant à jour les registres et se tapant les copies de longues listes de marchandises qu'ils devraient laisser en France à titre de connaissements au départ des navires dans lesquels il les feraient transporter jusqu'à Québec, tout comme celles qu'ils gardaient pour eux. Toutes les marchandises ainsi achetées étaient entreposées dans des fûts en attendant de trouver place dans les vaisseaux au moment voulu. Sur chaque fût, Bréard faisait graver sa marque, un *B* à l'endroit, un autre à l'envers. Le marchand ne vivait et ne parlait que de l'argent qu'il allait faire.

— Avec ces marchandises échangées contre des fourrures, disait-il à Clément, je fais du deux cents pour cent.

Clément ne s'était jamais habitué à le tutoyer. Jouant le jeu, il murmurait chaque fois d'une voix extasiée :

— Si vous ne me le disiez pas, je ne le croirais jamais.

— C'est pourtant ainsi, tu verras, quand nous vendrons le tout aux habitants de Québec. Une fois les marchandises vendues et les peaux achetées, les six mille livres du chapelier lui rapporteront quelque chose comme dix mille livres. Quant à moi, je ferai tout aussi bien que lui.

Une fois de plus, Clément aurait préféré l'entendre parler au «nous» plutôt qu'au «je». Il commençait à trouver quelque peu curieuse l'association qui le liait au marchand et s'en voulait de ne pas avoir insisté pour la faire coucher sur papier devant notaire.

«Il me fait travailler pour lui, songeait-il, et sans doute que je n'en retirerai pas un sou. Il prétextera qu'il a payé mon passage, ma nourriture et mon logement pour m'exclure de ses marchés.»

Cependant une autre chose l'inquiétait et il s'en ouvrit au marchand :

— Avez-vous un congé de traite ?

— Pourquoi donc ?

— Personne ne peut vendre des fourrures s'il n'a d'abord obtenu un congé de traite.

— Il y a des exceptions à tout, railla-t-il, et René Bréard en est une.

Renversant sa tête en arrière, l'homme partit d'un grand rire, fier d'avoir suscité l'étonnement de Clément. Vraiment, le comportement de cet homme surprenait de plus en plus son associé...

❖

Ils montèrent sur le *Saint-Jean-Baptiste-de-Dieppe*, troisième navire en partance de La Rochelle pour Québec cette année-là. Le tiers des marchandises qu'ils avaient achetées trouva place dans la cale. Le marchand s'était assuré que leur vaisseau passait par les îles d'Amérique. Il n'aimait rien tant que se vanter, ne manquant jamais une chance de le faire en présence de Clément :

— Je ne suis point homme à mettre tous mes œufs dans le même panier. Nos marchandises voguent vers Québec dans trois vaisseaux différents. Je n'oublie pas que, sur cent vaisseaux qui entreprennent un tel voyage, un se retrouve au fond de la mer. S'il arrivait malheur à l'un des trois, je n'aurais pas tout perdu, comme d'aucuns que je connais.

— Vous êtes prudent, reconnut Clément. Vous ne faites pas comme la Perrette de monsieur de La Fontaine avec son pot au lait.

— C'est ainsi qu'on devient riche, mon garçon : en tenant compte du moindre détail. Tu vois, plutôt que de nous embarquer sur un vaisseau qui gagne directement Québec, j'en ai choisi un qui fait escale aux îles d'Amérique.

— En Martinique ou en Guadeloupe ?

— En Martinique. Tu n'as pas oublié pourquoi ?

— Ah, que non : le rhum ! Il faut faire d'une pierre deux coups.

— Tu devrais de préférence dire trois coups, car la guildive de la Martinique fera grossir ma fortune et tu verras bien comment.

Clément ne s'étonnait plus de l'entendre parler de la sorte. Il n'était jamais question d'autre chose que de *sa* fortune gagnée par des moyens plus ou moins honnêtes en misant sur la naïveté des gens. Clément se sentait de plus en plus piégé et il regrettait d'avoir fait si vite confiance à cet homme. Il reconnaissait toutefois que Bréard manifestait un extraordinaire don de vendeur, savait bien manœuvrer ses pions et, surtout, qu'il ne manquait pas d'assurance.

❖

Dès qu'ils furent en Martinique, Bréard, se rengorgeant comme un pigeon, dit à Clément :

— Regarde-moi faire ! Si un jour tu peux en faire autant, ta richesse est assurée.

À peine eut-il foulé le sol qu'il se dirigea droit vers un entrepôt dont les effluves ne pouvaient tromper : c'était une fabrique de rhum. Se tournant vers Clément, il déclara :

— Il y en a plusieurs ici. Ce qu'il faut, c'est les mettre en concurrence. Tu leur fais croire que tu es acheteur de trois mille pintes de rhum. Tu leur demandes leur prix. Tu laisses entendre qu'un concurrent offre le même nombre de pintes à moindre prix. Ils s'empressent de baisser leur tarif. Tu dis : "Je vais voir ailleurs !", et tu passes la porte. Tu joues la même pièce à chacune des fabriques et tu choisis celle qui te consent le meilleur prix. Tu y retournes et tu déclares que tu acceptes d'acheter trois cents pintes à condition qu'ils te vendent la pinte au même montant qu'ils te faisaient pour trois mille, à prendre ou à laisser.

— Et ça marche ?

— Presque à tout coup ! Parfois, ils vont vouloir augmenter leur prix en raison du moins grand nombre de pintes achetées. Tu menaces alors de t'adresser à la concurrence et hop ! tu gagnes le gros lot.

Bréard fit exactement comme il l'avait conté. Une fois ses trois cents pintes achetées, il donna congé à Clément pour le reste de la journée.

— Tu peux aller te promener. On se retrouvera ce soir. J'ai des gens à rencontrer, mais rien d'autre à acheter.

Clément ne se fit pas prier pour se promener dans les alentours, se familiarisant avec cet endroit si différent de tout ce qu'il connaissait, tant par la végétation que par la couleur des habitants. Pendant ce temps, Bréard se mit à la recherche d'une barrique vide similaire à celle qu'il venait d'acheter. Il y transvida la moitié de la barrique de rhum et fit ajouter l'eau nécessaire pour remplir les deux fûts. Après quoi, il se frotta les mains. Il détenait maintenant six cents pintes de rhum alors que n'en figuraient que trois cents sur ses registres.

❖

Revenus à Québec, ils ne tardèrent pas à prendre la route de la Côte-de-Beaupré. Clément tenait la liste de ceux qui avaient versé un acompte et, comme des colporteurs, ils s'arrêtaient chez chacun de ces habitants pour livrer les pintes de rhum promises. Clément s'étonna toutefois : le marchand n'insistait pas pour prendre de nouvelles commandes.

— Pourquoi, pendant que nous y sommes, n'en profiterions-nous pas pour leur offrir de renouveler ?

— Ils doivent verser les livres en surplus pour payer les pintes qu'ils reçoivent, ce n'est pas le temps de tenter de leur en soutirer davantage pour des pintes à venir. Il sera préférable de revenir au début de l'au-tomne, avant le départ des derniers navires. On pourra alors insister en leur disant que c'est la dernière chance qu'ils auront de s'en procurer pour l'année qui vient.

Tout heureux de recevoir enfin leur remède miracle, les habitants qui avaient déjà versé quatre livres en acompte s'empressaient de remettre les quatre livres restantes. De la sorte, comme s'en vanta Bréard, les trois cents pintes lui rapportaient cent cinquante livres nettes puisqu'elles lui revenaient à trois livres et demie la pinte :

— En plus, elles ont fait des petits.

Clément n'y comprenait plus rien. Il demanda :

— Comment ont-elles pu faire des petits ?

— Si Jésus-Christ changeait l'eau en vin, moi, René Bréard, je la change en rhum !

Clément saisit tout à coup. Se rappelant qu'ils n'avaient acheté qu'une barrique, il comprit ce que signifiait l'existence de la deuxième : les trois cents pintes supplémentaires obtenues de la sorte ne coû-taient pas un sou et rapportaient mille deux cents livres, sans qu'on en trouve la trace dans leurs registres. Vraiment, ce Bréard était un homme très rusé…

Chapitre 9

Gros-Jean
comme devant, mais en pire

L'association de Clément avec Bréard se poursuivait, mais Clément n'avait pas encore gagné un sol. Lorsqu'il décida de s'informer du moment auquel il toucherait les premiers émoluments pour son travail, la réponse du marchand fut évasive:

— Bientôt! Pour lors, toute ma fortune est investie dans l'achat des fourrures que je dois livrer au chapelier l'automne prochain.

— Est-ce à dire que je devrai attendre à l'an prochain avant d'obtenir les fruits de notre association?

— De quoi te plains-tu? Tu manges à ta faim, tu es bien logé, tu voyages, tu apprends, que veux-tu de plus?

— Un salaire pour mon travail. Je n'ai jamais un sou. Je dois vous quémander chaque denier. Ce n'est pas une vie intéressante. Une vraie association ne fonctionne pas comme ça.

—Sois patient, ça viendra. Après tout, ce sont mes sous qui ont rendu tout ça possible, l'aurais-tu oublié? Tu n'avais pas un sol vaillant quand tu m'as rencontré.

—Oui, mais, depuis, combien d'heures ai-je consacré à notre association?

Pour l'apaiser, le marchand délia sa bourse et lui donna cinq livres.

—Pour tes dépenses personnelles, dit-il. Tu me sembles fatigué. Aussi, j'irai seul faire le négoce des fourrures.

Le lendemain, Clément eut beau le chercher, Bréard s'était envolé de Québec. Il ne le revit que deux semaines plus tard, de retour de voyage et fort satisfait du marché qu'il venait de conclure.

—Nous aurons nos fourrures avant le départ des derniers vaisseaux pour la France. Nous monterons sur l'un d'eux et nous serons pour ainsi dire assis sur notre fortune, puisque les centaines de peaux de castor que nous apporterons dormiront dans la cale.

—Que dites-vous là? Vous expédierez toutes ces peaux par le même vaisseau?

—Troisième leçon, jeune homme: "Il est préférable, en certaines circonstances et pour d'excellentes raisons, de ne pas trop disperser ses avoirs. Il vaut mieux parfois prendre des risques que de ne rien faire."

—Que voulez-vous dire au juste?

Tout ce qu'il obtint fut la réponse suivante:

—Je t'expliquerai en temps et lieu.

❖

Alors qu'il se préparait de nouveau à passer en France en compagnie de Bréard, l'attention de Clément fut attirée par une ordonnance affichée à la porte du moulin du Mont-Carmel.

Une lettre du ministre nous informant qu'il se commet de plus en plus de fraudes concernant le commerce des fourrures, nous, intendant de la Nouvelle-France, avisons tous ceux chez qui seront trouvés des castors non déclarés, ou qui tenteront d'en passer en fraude, qu'ils seront sévèrement punis pour leurs actions. L'amende minimale sera de mille livres tournois et pourra s'élever à beaucoup plus selon la gravité de la faute.

Cette ordonnance ne manqua pas d'inquiéter au plus haut point Clément, qui s'empressa d'en parler à Bréard :

— Nos fourrures n'entrent-elles pas dans cette catégorie ?

Bréard se moqua :

— Allons donc ! Il n'y a rien à craindre de la part de ceux qui, comme moi, connaissent tous les trucs pour faire passer des fourrures sous le nez des inspecteurs. Tu peux dormir sur tes deux oreilles.

Les paroles du marchand apaisèrent Clément. Jusque-là, tout ce que Bréard avait dit s'était réalisé. Tout, d'ailleurs, se déroula admirablement bien jusqu'à quelques heures du départ. Ils étaient déjà à bord du navire qui s'apprêtait à mettre les voiles quand s'y présenta le commissaire chargé de la traite des fourrures. Il avait eu vent que des fourrures qui ne portaient pas son sceau avaient été chargées sur ce navire. Il les fit saisir et retint le vaisseau à Québec tant que durerait l'enquête lui permettant de savoir à qui elles appartenaient. Il ne mit guère de temps à faire la lumière, et fit arrêter Bréard et Clément. Les deux associés ne croupirent pas longtemps en prison. Dès le lendemain, ils passèrent en jugement. Pendant ce temps, le navire sur lequel ils devaient traverser en France fut retenu à quai au cas où le capitaine ou d'autres membres de l'équipage soient convaincus de complicité.

Au procès, Bréard joua la comédie.

— Où avez-vous obtenu ces fourrures ?

— Je l'ignore. Demandez-le à mon associé, c'est lui qui a profité de mon absence de Québec pour en faire l'achat.

En entendant ce mensonge, Clément bondit. Il hurla :

— Il ment comme un charretier ! Je n'ai acheté aucune fourrure.

Un gendarme s'approcha et le fit taire. Le juge intervint en disant :

— Vous parlerez quand on vous avisera de le faire.

Se tournant vers Bréard, il continua son interrogatoire.

— Vous vous êtes absenté de Québec combien de temps ?

— Deux semaines !

— Pour aller où ?

— À Montréal, acheter des marchandises que je dois livrer en Martinique.

— Quelqu'un de Montréal peut-il certifier ces achats ?

— Certainement ! Le sieur Dupré.

— Nous le convoquerons.

— Le temps qu'il arrive et le dernier vaisseau sera parti pour la France. Vous souhaitez ma ruine ? N'oubliez pas que je suis un honnête marchand. Si vous me faites manquer mon voyage en France dûment autorisé par le gouverneur, je vous poursuivrai pour la valeur de mes pertes. Qu'avez-vous besoin d'interroger le sieur Dupré, les factures qu'il m'a fournies ne vous suffisent-elles pas ?

Ces arguments semblèrent faire fléchir le procureur. Bréard en profita pour détourner l'attention de l'homme de loi sur Clément.

— Monsieur le procureur, si vous voulez vous en prendre à quelqu'un, intéressez-vous plutôt aux faits et gestes de mon associé. Il n'y a qu'une année que je travaille avec Clément Perré. On ne sait pas avec qui on s'associe tant qu'on n'a pas été quelque temps à l'œuvre avec lui. Je le croyais honnête homme, puisque issu d'une famille qui n'a rien à se reprocher. Mais voilà que depuis peu, il m'était permis de douter de lui. Il tenait au jour le jour nos livres de comptes. Dernièrement, en les vérifiant, j'y ai trouvé des irrégularités.

— Par exemple ?

— En Martinique, nous avions acheté deux barriques de guildive, il n'en a inscrit qu'une seule. J'ai aussi relevé des chiffres inexacts concernant certaines marchandises rapportées de France. Ainsi, il n'a mentionné que trois marmites de fer alors que nous en avions trente, deux fusils quand nous en possédions vingt, et ainsi de suite.

En entendant le marchand déblatérer de la sorte, Clément rageait. Il n'avait pas les registres sous les yeux, mais il était certain que Bréard les avait falsifiés en faisant disparaître ou apparaître des zéros aux bons endroits. Prêtant foi aux paroles de Bréard, le procureur interrogea Clément :

— Votre associé ici présent affirme que vous avez faussé certains chiffres de vos registres et que vous avez même trafiqué des fourrures à son insu. Qu'avez-vous à dire pour votre défense ?

— Rien du tout, sauf que je n'ai ni falsifié les registres ni acheté des fourrures.

— Comment expliquez-vous alors que nous retrouvons votre signature au bas de ce reçu ?

— Quel reçu ? C'est impossible, je n'ai signé aucun reçu.

Le procureur lui tendit une feuille sur laquelle Clément reconnut en partie son écriture et sa signature : « Je certifie par la présente avoir reçu de messire

Morin le nombre de trois cents peaux de castor gras et autant de castor sec. Signé Clément Perré. »

Clément devint cramoisi de rage.

— C'est un piège, monsieur le procureur. Avant de partir pour Montréal, le marchand René Bréard, qui se dit mon associé depuis un an et qui ne m'a pas encore versé un sou des deniers gagnés par nous depuis ce temps, m'a demandé de préparer des reçus et de les signer afin d'endosser les achats qu'il devait faire à Montréal. Il m'a dit : "J'ai besoin de ta signature démontrant que tu es d'accord avec les démarches et les achats que je ferai." Si vous lisez bien ces reçus, vous constaterez que le début est de mon écriture et que le reste y a été ajouté. Il est évident qu'il s'est servi d'un de ces papiers pour m'incriminer et faire passer sur mon dos l'achat de ces fourrures de contrebande. Il avait préparé son coup depuis longtemps, voulant m'en rendre responsable au cas où quelque chose ne tournerait pas bien.

— Jeune homme, j'ai du mal à croire que vous disiez la vérité. J'examinerai de près vos registres et les reçus, puis j'aviserai.

Le lendemain, Clément était condamné à mille livres d'amende pour achat illégal de fourrures et falsification de livres de comptes. Il ne pouvait s'expliquer comment le procureur ne s'était pas rendu compte de la supercherie de Bréard. L'examen des reçus démontrait de toute évidence qu'ils avaient été trafiqués. Relâché, le marchand monta sur le vaisseau en partance pour la France. Incapable de défrayer le coût de l'amende, Clément fut condamné à rester emprisonné. Dès qu'il le put, il s'adressa au procureur en ces termes:

— Comment voulez-vous que je rembourse mille livres si je reste en prison sans pouvoir travailler?

— Vous n'aviez qu'à ne pas frauder.

— Vous savez parfaitement bien que je ne suis pas coupable!

— Cette chanson-là, je la connais. Tous les condamnés l'entonnent dès qu'ils sont en prison.

— Est-ce que je passerai ma vie derrière les barreaux?

— À moins que vous n'ayez quelqu'un qui se porte garant de vous et qui paye cette somme.

— Pensez-vous que tout le monde possède mille livres prêtes à être mises à la disposition de la justice? Libérez-moi et je travaillerai à rembourser cette somme. Cette cause a été mal jugée. Le coupable se sauve présentement en France.

Le procureur se fâcha:

— Ne répétez jamais ce que vous venez de dire parce que je saurai bien vous le faire regretter par une peine encore plus sévère.

Cette discussion ne l'avait avancé à rien. Clément ne voyait personne apte à défrayer le coût de son amende. Il était pris au piège et se promettait, si jamais il le croisait un jour, de régler son compte à Bréard, de même qu'à celui de ce juge de malheur assez idiot pour ne pas tenir compte de sa version des faits.

« À moins… », se dit-il.

Il n'osait pas croire qu'un juge puisse s'être laissé acheter par un marchand.

Chapitre 10

Le retour au bercail

Clément, coincé, dut se résigner à vivre en prison, y disposant de tout le temps nécessaire pour réfléchir à sa mésaventure. Il s'était fait avoir comme un novice par ce marchand retors. Au bout de deux mois, s'apercevant qu'il passerait le reste de sa vie en prison s'il ne tentait pas quelque chose, il décida, après mûres réflexions, de mettre de côté son orgueil et d'écrire à son père.

Québec, 22 octobre 1714

Cher père,

Vous me voyez bien repentant de ne point vous avoir donné plus souvent de mes nouvelles. Me souvenant que vous nous disiez préférer connaître de notre bouche la vérité, fût-elle difficile à avaler, que d'entendre de belles paroles, je vous avoue que, contrairement à ce que je vous ai écrit l'an dernier, je ne suis plus au service de l'intendant.

Puis-je compter sur votre magnanimité pour me tirer du mauvais pas dans lequel je me trouve présentement ?

Ayant travaillé à la tenue de livres pour le marchand René Bréard, ce dernier s'est servi de moi pour camoufler ses malversations en falsifiant les chiffres, et il est parvenu de la sorte à me faire emprisonner et condamner à mille livres d'amende.

Je suis honteux de faire appel à vous pour me tirer de la prison où je croupis déjà depuis deux mois, mais vous êtes le seul recours qu'il me reste.

Je promets sur mon honneur de faire tous les efforts nécessaires pour vous rembourser cette dette.

Votre fils Clément

Deux semaines plus tard, Marcellin arriva à Québec. Il se rendit directement chez le lieutenant civil afin de payer l'amende de mille livres et se fit expliquer en long et en large les motifs de la condamnation de son fils. Il exigea même, avant de payer, de voir les reçus incriminants. Le lieutenant prétendit qu'ils avaient été égarés. Marcellin lui dit :

— Je ne suis pas un blanc-bec qui n'entend rien à nos lois. Étant notaire, je sais parfaitement que tous les documents ayant servi à un procès doivent être conservés. En conséquence, avant de rembourser mille livres pour la libération de mon fils, j'exige de voir ces documents sinon je m'adresserai au gouverneur lui-même.

Le lendemain, le magistrat avait miraculeusement retrouvé les reçus, que Marcellin examina longuement.

— Il me paraît évident, lui dit-il, que ces reçus signés de bonne foi par mon fils ont été ensuite trafiqués. Comptez sur moi pour en informer le gouverneur.

Mis au fait de la situation, le gouverneur déclara qu'il n'était pas en son pouvoir d'intervenir contre un jugement de cour. Marcellin en avait assez entendu. Il paya l'amende et se dirigea droit vers la prison. Muni des autorisations nécessaires, sans un mot, il tira Clément de sa geôle et l'amena avec lui à la première auberge près du palais. Il lui dit d'abord :

— Si j'en juge par l'allure que tu as, la prison ne te vaut rien. Tu n'as plus que la peau sur les os. Tu vas commencer par te restaurer quelque peu. Quand tu auras le ventre plein, peut-être seras-tu plus enclin à écouter ce que j'ai à te dire.

Au terme du repas, Marcellin, bien assis devant son fils, lui débita le discours suivant :

« Écoute-moi sans m'interrompre. Je reconnais que tu as eu le courage de me révéler la vérité comme je vous ai toujours demandé de le faire. Cette démarche parle en ta faveur. Tu as dû également piler sur ton orgueil pour m'écrire cette lettre. Sache bien que j'ai pilé aussi sur le mien pour me rendre jusqu'à Québec en taisant les vrais motifs qui m'y conduisaient. Je n'ai donc pas informé ta mère du contenu de ta lettre. Elle, qui s'inquiète et se morfond à ton sujet depuis ton départ, n'aurait sans doute pas pu surmonter la peine qu'elle aurait eue de te savoir en prison. Aussi, je consens à ce que tout cela reste entre nous. Je ne te crois pas coupable et je l'ai fait savoir à qui de droit.

« Par contre, si tu avais seulement voulu montrer un peu plus de cœur en nous tenant informés de tes déplacements et de ta vie en général, je te pardonnerais volontiers cette incartade que j'attribue à l'inexpérience de la jeunesse, mais sache bien que rien n'excuse ta conduite à notre égard depuis deux ans que tu nous as quittés. Nous ne méritons d'aucune manière un tel comportement de ta part. Tu conviendras, si tu es sincère, que nous nous sommes toujours efforcés de te donner le meilleur de nous-mêmes afin que tu puisses affronter la vie avec les outils les plus appropriés.

« Malgré tout, je passerai également l'éponge sur ce que tu viens de vivre pour la seule et bonne raison d'éviter que ta mère, de même que tes frères et tes sœurs, apprennent ce qui vient de t'arriver. L'honneur de notre famille est en jeu.

« En partant de Verchères, j'ai prétendu que je me rendais à Québec pour m'enquérir de ce que tu devenais. J'ai promis à ta mère que si je te retrouvais, je te ramènerais à Verchères. Que tu le veuilles ou non, tu feras le trajet du retour avec moi. Une fois au manoir, nous aviserons de ce qui sera le mieux pour toi.

« N'oublie surtout pas que tu es encore mineur et qu'il est de mon devoir de père de veiller sur toi. Tu as encore beaucoup à apprendre de la vie. L'aventure que tu viens de vivre devrait te servir de leçon. Que tu sois coupable ou non n'est pas la question. Ce qui est important, c'est que tu saches à l'avenir que les hommes ne sont pas tous aussi droits que ceux que tu as côtoyés depuis ton enfance. Un arbre qui pousse droit n'a pas raison de se mettre à crochir, sinon sous l'influence de ce qui l'entoure. Il faut savoir choisir ses amis, ce que tu n'as visiblement pas su faire.

«Je comprends, remarque-le bien, que ce sont parfois des choses qui arrivent et je suis enclin à fermer les yeux sur ce que je considère une erreur de jeunesse. Si tu veux, nous nous chargerons de te faire repartir du bon pied. Au besoin, nous ferons comme pour les arbres qui ont tendance à pousser croche, nous te donnerons un tuteur. À toi de savoir de quel côté de la clôture tu désires être.

«Voilà ce que j'avais à te dire. As-tu des objections à y apporter? Si oui, c'est le temps ou jamais de le dire.»

Marcellin se tut. Clément, l'air piteux, bredouilla des excuses:

— Il faut me pardonner… Je me suis fait avoir par un escroc. J'ai travaillé pour lui plus d'une année et il ne m'a jamais payé.

— Si tu avais été le moindrement attentif à ce que concoctait cet homme, tu aurais bien vite compris qu'il se servait de toi. Mais ce qui est fait est fait, ne revenons pas là-dessus. As-tu autre chose à ajouter?

Clément se tut. Marcellin le conduisit dans une auberge où il avait retenu une chambre. Le lendemain, sur une barque en partance pour Montréal, ils voguaient ensemble vers le manoir Perré.

Chapitre 11

La vie au manoir

Le retour de Clément fut célébré par tous en grande pompe. Sa mère l'entoura de toute son affection ; Augustine se surpassa pour lui cuire ses plats préférés ; Jimmio lui fit fête en l'amenant à Verchères. Le fils prodigue passa près de deux années parmi les siens. Malgré les efforts de tous pour lui rendre la vie facile, il se montra maussade et constamment en rébellion contre tout ce que ses parents lui disaient. À peine deux jours après son retour, son père lui proposa :

— Tu t'y connais en écriture. Sans doute seras-tu intéressé à m'accompagner dans la tournée que j'entreprends dans Verchères.

— Quelle tournée et pourquoi ?

— La mise à jour des contrats de concession.

— Je n'y vois aucun intérêt.

— Je n'ai pas été te chercher à Québec pour que tu viennes t'asseoir ici à ne rien faire.

— J'ai besoin de me reposer et de penser à mon avenir.

— Un homme digne de ce nom ne passe pas ses journées à ruminer ses malheurs.

Les arguments de son père ne vinrent pas à bout de son obstination. À tourner en rond dans le manoir, il avait l'air d'une âme en peine. Dès que sa mère tentait de lui parler, il passait la porte et allait errer du côté du fleuve. C'était sans doute mieux ainsi, car il n'était pas à prendre avec des pincettes. Sa sœur Marie fit à son tour les frais de sa mauvaise humeur en osant lui dire :

— Pourquoi ne me seconderais-tu pas dans l'administration de nos terres ?

— L'administration de quinze vaches et vingt cochons !

— Allons ! Ne fais pas ta tête de bouc !

— Et toi, te prends-tu pour une comtesse à la tête de ton petit manoir du bout du monde ?

Radegonde intervint :

— Pourquoi te montres-tu si méchant envers ta sœur ?

— Mérite-t-elle seulement des compliments ?

— Elle n'attend de ta part ni compliment ni flatterie. Tout ce qu'elle désire, c'est te rendre service.

— Je peux bien me passer de ses attentions.

Radegonde, qui ne haussait jamais le ton, fit pourtant une entorse à la règle :

— Peut-être ! Mais fais-le au moins de façon respectueuse. Elle n'a pas à être insultée par qui que ce soit, et encore moins par son jeune frère.

Voyant qu'il n'aurait pas le dernier mot, Clément passa la porte. À Marie qui pleurait, Radegonde dit :

— Il faut lui pardonner, il est profondément malheureux.

Mis au fait de ce qui s'était passé, Marcellin choisit de laisser un certain temps son cadet en paix, espérant le voir se retrouver et prendre goût à ce qu'il faisait. Il ne désespérait pas de l'intéresser à quelque chose et tenta bientôt de l'amadouer en l'invitant à faire le tour de ses propriétés.

— Tu as certainement remarqué qu'ici, depuis ton départ, beaucoup de choses ont changé. La laiterie, par exemple, et surtout le pavillon de chasse, devenu une seconde habitation.

— C'est là que j'irai habiter.

— Au pavillon ? Tu n'es pas bien avec nous ?

— C'est un peu ça, oui…

— Si tu penses que vivre là te permettra de te retrouver, je n'y vois pas d'objection, à la condition toutefois que tu viennes partager nos repas.

Clément se retira donc comme un ermite au pavillon de chasse et y passa les dix-huit mois suivants. Son père tenta de l'impliquer dans la bonne marche du manoir et de ses dépendances. Clément daigna faire l'effort d'évaluer les quantités de bois à abattre pour agrandir les terres cultivables. Au retour d'une de ses tournées, il oublia de fermer un enclos. Les vaches se dispersèrent dans les champs de blé, y faisant grand ravage. Son père osa lui en faire le reproche. Clément claqua la porte et ne remit pas les pieds au manoir pendant trois semaines ; seule la faim finit par l'y ramener.

Marcellin se fit conciliant :

— Accepterais-tu de me seconder un temps dans mon travail ?

— Pour de l'écriture ?

— N'était-ce pas ce que tu faisais chez l'intendant ? Ne le ferais-tu pas pour ton père ?

Il répondit du bout des lèvres :

— Je vais essayer. Mais s'il ne s'agit que de copies, je les ferai au pavillon.

— À ta guise ! Si tu penses que la solitude est le meilleur remède à tes maux, je ne m'y opposerai pas.

Il s'adonna à ces écritures pendant quelques mois, travaillant quand l'envie lui en prenait, mais passant le plus clair de son temps à explorer les bois. Cette façon de vivre semblait l'apaiser, et le réconcilier avec lui-même et la vie. Radegonde et Marie auraient aimé le voir heureux, mais il n'y avait pas moyen de lui arracher un sourire. Le voyant dans de meilleures dispositions, sa mère tenta de l'amadouer.

— Es-tu si malheureux avec nous que tu ne puisses plus te plaire au manoir ?

— Oui, mère. C'est ainsi. Père veut me garder ici sous son autorité. Je me sens entre ces murs comme en prison, exactement comme le jour où je suis allé étudier à Québec, au Séminaire. J'ai besoin d'espace, de grand air.

— Ton père t'a accordé tout ça en te permettant de te retirer au pavillon. Tu devrais t'en montrer plus reconnaissant.

— Tout ce que je souhaite, c'est pouvoir retourner à Québec.

Son souhait fut exaucé quand, quelques jours plus tard, arriva au manoir une lettre qui lui était adressée. Il la lut et, pour la première fois depuis son retour à Verchères, il parut se détendre.

— L'intendant, dit-il, requiert de nouveau mes services !

— Quand ? demanda Marcellin.

— Dès que possible.

— Parfait, alors ! Dès demain, si tu le veux.

Chapitre 12

L'heureuse rencontre

Après plus de dix-huit mois à se morfondre à Verchères, Clément était heureux de quitter ses parents pour regagner Québec. Le palais avait été rebâti et le nouvel édifice était plus vaste et plus beau que le précédent. Le secrétaire y avait son bureau au rez-de-chaussée, et ce fut dans cette pièce que Clément se mit à travailler à la copie de documents originaux.

Pourquoi avait-il refusé de se faire notaire puisque, tout comme son père, il tenait désormais la plume en main? Il se posait la question depuis qu'il travaillait à plein temps au palais. Si Clément refusait d'être, comme son père, accaparé par ses écritures, c'était bel et bien ce qui lui arrivait, avec toutefois une nuance importante: il n'avait pas à se préoccuper de gérer son travail, le secrétaire le faisait à sa place et lui confiait des tas de tâches. Clément n'avait dès lors qu'à s'appliquer à les remplir tout au long du jour, après quoi il était libre comme l'air.

Il habitait non loin du marché où il aimait traîner avant de s'enfermer toute la journée. Ce fut au cours de l'une de ces tournées qu'il l'aperçut pour la première fois. Elle était élancée et vive, avec aux lèvres un sourire quasi perpétuel. Il fut aussitôt subjugué par son aisance et sa fougue, de même que par la façon dont, uniquement par sa présence, elle animait la place. Il y avait pourtant bien du monde au marché, mais il ne voyait qu'elle et avait du mal à imaginer plus belle créature.

Quand il l'aborda, elle lui sourit, comme elle le faisait à tout le monde, il eut alors l'occasion de remarquer comment ses yeux semblaient avoir leur propre langage, fait d'une douceur apaisante.

— Bonjour mademoiselle ! Que vendez-vous ?

— Un peu de tout ce qui sert à la confection d'habits, tant pour homme que pour femme. Auriez-vous besoin de tissu pour un uniforme ?

— Non point ! Mais si j'en achetais, ce serait pour faire tailler la plus belle des robes.

— Est-ce indiscret de vous demander à qui vous la destineriez ?

— À nulle autre qu'à vous, mademoiselle.

Elle le regarda avec des yeux étonnés avant de partir d'un grand rire. Il en profita pour demander :

— Vous êtes sans doute promise ?

— Promise à qui ?

Sa question le prit de court. Il hésita avant d'ajouter :

— Seriez-vous libre, par hasard ?

— Revenez au prochain jour de marché, vous verrez bien !

Il repartit insatisfait, se demandant s'il ne la retrouverait pas, trois jours plus tard, au bras de quelqu'un. Il en fut distrait le reste de la semaine et n'eut de repos que lorsqu'il la revit au marché, toujours aussi belle et aussi vive, seule comme la première fois. Il s'informa :

— Où prenez-vous les si beaux tissus que vous vendez ?

Elle ne répondit pas à sa question, se bornant à lui dire :

— Ah ! Vous revoilà ! La curiosité vous tuera.

— Pourquoi donc ?

— Parce que les curieux finissent toujours par être victimes de leur avidité.

— Je ne demanderais pas mieux que d'être votre victime !

— Dans ce cas-là, dit-elle d'un air moqueur, dites-moi qui vous êtes et je saurai bien vous dire qui je suis.

— Clément Perré, commis aux écritures de l'intendant.

— Justine Dassonville, veuve de Nicolas Lavalette. C'est de lui que je tiens tout ce tissu et toutes les marchandises qui les accompagnent.

— Vous êtes veuve depuis peu ?

— Voilà bientôt huit mois que mon mari, Dieu ait son âme, passé en France pour ses affaires, a péri dans le naufrage du vaisseau qui l'y menait.

— Vous m'en voyez désolé.

— Soyez franc ! N'en êtes-vous pas plutôt enchanté ?
Clément ne sut que dire et elle se moqua.

— À ce que je vois, je viens de vous faire trébucher.
C'est comme ça que j'agis avec les curieux.

Pour se donner contenance, Clément releva la tête
et demanda vivement :

— Puis-je espérer vous revoir ailleurs qu'au
marché ?

— Pourquoi pas, monsieur Perré ? Vous saurez sans
doute me fixer un rendez-vous que je ne pourrai point
refuser.

Elle avait dit cela d'un ton moqueur. Clément ne
s'en offusqua pas. La franchise de cette femme lui
plaisait. Il fit mine de réfléchir et proposa :

— Que diriez-vous de casser la croûte demain sous
les arbres d'automne, du côté du Cap-Rouge ?

— À demain ! dit-elle.

❖

Il se démena ensuite pour trouver voiture et cheval,
tout heureux de pouvoir l'emmener admirer les couleurs d'automne. Mais une surprise l'attendait quand
il la retrouva : elle était accompagnée d'une de ses
amies qui lui servait de chaperon.

— Vous n'alliez pas croire, monsieur Perré, que je
viendrais seule ?

— Vous ne m'en voyez aucunement offusqué. Tout
cela va de soi. Vous ne me connaissez ni d'Ève ni

d'Adam. Laissez-moi vous dire que le simple plaisir de vous voir suffit à me mettre en joie.

Ils descendirent du côté du Cap-Rouge, se remplissant les yeux du spectacle tout en couleur que leur offrait la nature en ce temps de l'année. Ils s'arrêtèrent au bord de la rivière, là où elle se jette dans le fleuve. Assis sur des pierres près de l'eau, tout en causant de tout et de rien, ils s'intéressèrent un moment aux ébats des pluviers et des bécasseaux en quête de nourriture. Puis Clément fit soudain la réflexion:

— Mon grand-père a vécu ici.

— Votre grand-père?

— Vous avez sans doute entendu parler du Tonsuré?

— Le Tonsuré? Non, jamais.

— On l'appelait ainsi parce qu'il avait été à moitié scalpé par les Iroquois, mais il a survécu. En tentant de retrouver ma grand-mère, prisonnière des Iroquois, il s'est noyé. Pourquoi j'évoque son souvenir? Vous voyez la maison là-bas, de l'autre côté de la rivière?

— Laquelle?

— Il y a une maison un peu en retrait, non loin du passage, c'était leur maison d'été. Eh bien! Les Iroquois ont attaqué mon grand-père devant cette maison. Mon père avait alors à peine dix ans. C'est ce qu'il m'a raconté. Il s'est réfugié dans la maison. Les Iroquois l'auraient certainement emmené captif avec sa mère, mais les hommes du seigneur Juchereau sont arrivés et ont empêché les Iroquois d'achever leur œuvre. Un Iroquois avait commencé à lever la chevelure de mon grand-père, mais n'a pas eu le temps de finir son geste. C'est pour ça que par la suite, mon grand-père Arnaud a été surnommé le Tonsuré. J'avoue qu'il y a fort longtemps que je voulais venir ici, pour voir. Je suis curieux, vous savez !

— La curiosité n'est point un vice. Je la classerais plutôt parmi les qualités. N'est-ce pas elle qui fait progresser le monde ? Après tout, c'est pour avoir eu la curiosité de pénétrer dans le fleuve Saint-Laurent que messire Jacques Cartier a découvert ce coin de pays. N'est-ce pas ici, au Cap-Rouge, qu'il a passé un hiver ?

— Je dois avouer que vous me l'apprenez.

— Vous gagnerez à me connaître, monsieur Perré, j'aurai sans doute encore beaucoup à vous enseigner.

— D'où vous vient cette belle assurance ?

— De l'expérience que j'ai de la vie. Quand vous aurez fait le tour de mon jardin, vous verrez qu'il n'y a pas poussé que des fleurs.

— Il en va de même dans le jardin de chacun, renchérit Clément. Le mien est peut-être moins chargé et moins riche en expériences que le vôtre, mais il n'est pas pour autant dépourvu d'intérêt.

— Vous n'allez pas nous gâter cette belle journée par des propos aussi graves, s'indigna l'amie de la jeune veuve. Allons, j'ai faim et, fort heureusement, nous avons de quoi nous mettre sous la dent.

Elles avaient apporté un peu de nourriture. Ils s'en régalèrent puis, profitant de ce que le temps les gâtait d'une bonne chaleur, ils marchèrent le long du fleuve et, pour la première fois, il lui tint la main pour l'aider à franchir un cran de rocher. Il fit de même pour son amie. Toutes deux se moquèrent de voir que ce simple contact le faisait rougir.

—En voilà un, dit Justine, qu'un simple geste émeut.

Son amie s'écria :

—J'aimerais bien savoir pourquoi ?

Elles éclatèrent de rire. Clément se sentait dans ses petits souliers, mais il fit celui qui n'avait rien entendu. À la première occasion, sur le chemin qui les ramenait vers la voiture, il fit mine de les pousser toutes les deux à l'eau. Elles s'enfuirent comme des oies apeurées et eurent beaucoup de plaisir à courir devant lui en évitant de se faire prendre. Mais alors qu'était en vue la rivière du Cap-Rouge, la jeune veuve feignit un faux pas et en profita pour se laisser rattraper. Clément la reçut chaleureusement dans ses bras et s'empressa de lui demander :

—Vous n'êtes pas blessée ?

—Que non ! Que non ! J'ai tout simplement mis le pied sur un mauvais caillou. Heureusement que vous étiez tout près pour m'éviter de tomber.

Clément la regarda, cherchant à deviner si elle parlait sincèrement ou si elle se moquait de lui. Il répliqua :

—Dites plutôt que c'était un heureux caillou. En me permettant de vous éviter une chute, il m'a comblé.

Ce fut au tour de Justine de regarder Clément dans les yeux, afin de s'assurer que son regard était sans malice. Ce qu'elle y vit sembla lui plaire, car elle dit :

— Monsieur Perré, nous pouvons dire que cette journée est à marquer d'un caillou, mais aussi d'une pierre blanche !

Elle éclata d'un grand rire pendant que son amie lui rappelait :

— Justine ! Attention au méchant loup !

Elle fit mine de regarder dans toutes les directions et dit, en étouffant un petit rire :

— Où vois-tu un loup ? Je n'en vois point du tout…

Mine de rien, elle se rapprocha de Clément.

Son geste raviva sans doute chez les deux femmes le souvenir d'une aventure dont Justine avait été la victime, car elles se mirent à rire aux éclats. Pendant qu'elles riaient, Clément se pencha et trouva sur la plage une pierre blanche. S'approchant de Justine, il la lui tendit.

— Voici, dit-il, une pierre marquante. Qu'elle soit le souvenir tangible de cette belle journée.

Elle la prit en souriant et dit :

— Ce sera peut-être la première pierre d'une longue route. Souhaitons que toutes celles qui s'y ajouteront soient tout aussi blanches que celle-là.

— Elles le seront à n'en pas douter, affirma Clément.

De nouveau, les deux jeunes femmes se regardèrent comme si elles avaient déjà entendu de tels propos. Clément s'en avisa.

— Mesdemoiselles, dit-il, ces moments-ci semblent vous en rappeler d'autres, n'est-ce pas ?

Elles pouffèrent. Voyant que leur attitude pouvait prêter à équivoque, Justine intervint.

— Ne vous offusquez pas, monsieur Perré. Mon amie a eu jadis un prétendant dont les gestes et les propos ressemblaient aux vôtres. Voilà pourquoi vous nous voyez à la fois rieuses et étonnées.

Clément esquissa un sourire et se contenta de dire :

— Dans ce cas, je cesserai d'agir et de parler.

— Nous ne vous en demandons pas tant, cher monsieur, intervint le chaperon. Au contraire, soyez vous-même et nous cesserons de vous prendre pour un autre.

Clément répliqua :

— Je n'ai jamais cessé d'être moi-même et je ne changerai pas. Vous devez me prendre comme je suis.

Sa réflexion fit de nouveau s'esclaffer Justine, qui s'empressa de dire :

— Décidément, cette journée restera marquante, soyez-en assuré, monsieur Perré. Nous y avons eu du bien bon temps. Pour ma part, je suis comblée.

Ils étaient revenus à la voiture. Clément mena le cheval au bord de la rivière pour le faire boire. Ils revinrent enchantés de cette promenade, en se promettant bien de recommencer à la première occasion.

Chapitre 13

Révélations mutuelles

Quelques jours plus tard, alors qu'il retournait au marché, Clément trouva la belle Justine en grande conversation avec un jeune homme. Le cœur faillit lui manquer. Il se demanda aussitôt si elle était courtisée par d'autres, ou à tout le moins par celui-là, ce qui aurait été loin d'être étonnant. Il attendit qu'elle soit seule pour se présenter à son échoppe. Le sourire qu'elle lui adressa en l'apercevant le rassura quelque peu.

— Vous voilà ! dit-elle. Si vous ne me faites pas plus souvent signe, j'en déduirai ce que vous savez, et quand vous reviendrez, la place sera prise.

— Il ne faut pas m'en vouloir, s'excusa-t-il, mon travail m'accapare à tel point que je ne peux pas m'échapper à ma guise.

— Tsut ! Tsut ! fit-elle. Ce sont là des excuses inadmissibles de la part d'un porte-plume. Vous avez sous la main, monsieur Perré, la plume, l'encre et le papier. J'aurais bien apprécié trouver un billet sous ma porte.

Ces paroles de reproche rassurèrent Clément quant aux sentiments qu'elle entretenait à son égard. Il était heureux de constater qu'il ne la laissait pas indifférente.

—Je saurai me faire pardonner, promit-il. Aurai-je le bonheur d'un tête-à-tête avec vous bientôt, vous qui occupez une si grande place dans mon cœur et mes pensées?

—Il n'en tient qu'à vous, monsieur Perré. Vous savez où j'habite. Faites-moi seulement l'agrément de me prévenir à l'avance.

—Vous pouvez compter sur moi, dit-il en s'inclinant devant elle. Vos désirs sont des ordres.

—Je vois, dit-elle, que vous pouvez être galant. J'attendrai ce moment avec plaisir.

Une cliente vint mettre fin à ces beaux échanges. Clément salua Justine et partit, le cœur comblé du clin d'œil qu'elle lui adressa en guise d'au revoir. Il passa chez elle dès le lendemain pour lui remettre un billet qui se lisait comme suit:

Puis-je obtenir de vous la faveur d'une rencontre au cours de laquelle je ferai de mon mieux pour vous dévoiler qui je suis?

De retour à son appartement, le soir même, il trouva un billet glissé sous sa porte.

Il suffisait de demander pour recevoir. Je vous attends demain soir pour souper. Je saurai préparer un repas dont vous n'aurez pas à vous plaindre.

❖

Le lendemain, dès six heures, il se retrouvait à la maison de sa dulcinée. Il avait pris soin d'apporter une bouteille de vin clairet et, chemin faisant, avait repassé dans sa tête ce qu'il comptait lui dire; de son côté, elle avait préparé un pâté au saumon dont les arômes envahissaient toute la maison. Mais comme il arrive souvent, son discours si bien préparé ne servit guère, car ce fut elle qui parla en premier. À peine furent-ils attablés qu'elle dit:

— Monsieur Perré, vous comptiez me parler de vous, ce que j'apprécie au plus haut point, mais souffrez, puisque je suis votre aînée d'un an ou deux et que j'ai déjà été mariée, que je vous dise un peu ce que fut ma vie. Vous aurez tout loisir ensuite de vous faire connaître à votre tour et j'écouterai vos propos avec la plus vive attention.

— Je saurai tendre une oreille amoureuse à tout ce que vous voudrez bien me dire. Le seul fait d'entendre votre voix m'est un grand bonheur.

— Dans ce cas, sachez que je fus mariée par mes parents, à seize ans à peine et sans que j'aie eu le moindre mot à dire, à un homme dont je n'étais point amoureuse et qui n'avait d'autres soucis à mon égard que je lui fasse ses repas et entretienne sa maison. Nicolas Lavalette, comme vous le savez, était un marchand de tissus. À part son négoce et tout ce qui accompagne transactions et marchés, rien pour lui ne comptait que sa propre personne. Fort heureusement, il passait en France chaque automne pour n'en revenir qu'au printemps ou à l'été suivant. Je me suis laissé dire qu'il avait là-bas une compagne qui savait mieux que moi combler tous ses vices. Quand il revenait sur nos rives, trois jours lui suffisaient pour en avoir assez de moi. Il passait ses soirées à jouer au billard ou à boire avec des amis. Telle a été ma vie pendant les six années qu'il fut mon époux. Un heureux naufrage m'a débarrassé de sa triste personne.

— Vous me voyez fort désolé que cet homme n'ait pas su apprécier les si belles qualités qui sont vôtres.

— Si je vous le demandais, sauriez-vous découvrir en moi les attributs qui sauraient vous plaire ?

— Je les admire déjà, mais c'est plutôt vous qui aurez à vous plaindre de moi. Saurai-je être à la hauteur de vos attentes ?

Elle se leva pour leur servir du vin. Puis, se rasseyant, elle dit vivement :

— Mes attentes ne sont point si grandes qu'il faille en faire tout un plat. Une femme amoureuse attend en retour de son amour un peu d'attention, de la douceur, d'aimables paroles et de tendres caresses. Elle apprécie également les baisers sincères qui la font se donner entièrement et sans arrière-pensées. Saurez-vous me combler de la sorte ?

— Je m'y efforcerai, afin de toujours connaître vos faveurs. Mais sachez que je ne suis point parfait et que déjà mon passé est marqué de fautes que je me reproche vivement.

— Puis-je savoir lesquelles ?

— Je n'ai pas toujours agi avec franchise et honnêteté. De plus, je sais que mes parents pourraient me reprocher, et avec raison, mon indifférence. J'ai, hélas, été longtemps sans leur donner de nouvelles. Toutefois, il faut attribuer ce manque d'attention à l'insouciance de la jeunesse. Quand j'ai quitté le manoir de mon père avec l'idée de conquérir le monde, j'avais à peine dix-huit ans. La vie s'est vite chargée de me remettre les deux pieds sur terre. Elle m'a appris qu'il faut bien savoir choisir ses amis et ne pas trop se fier aux belles paroles du premier venu.

— À ce que je vois, vous avez appris à la dure. Le monde est rempli d'escrocs dont le seul but est de se servir des autres à leurs fins et dont on ne se méfie pas assez quand on a l'honnêteté inscrite au fond du cœur. Vous aurez remarqué, tout comme moi, que les gens honnêtes ne savent pas imaginer que ceux qu'ils abordent peuvent ne pas l'être. C'est ce qui permet à des êtres indignes de gagner leur confiance et d'en abuser. Ne serait-ce pas ce qui vous est arrivé ?

— Vous avez vu juste. Ce fut le malheur de ma vie de jeunesse. Un triste individu s'est bien servi de moi pour ses mauvais desseins et n'a pas manqué de me faire porter ses malversations.

— Est-ce indiscrétion de ma part si je vous demande jusqu'où cela vous a mené ?

— Aussi loin que la prison.

— Dont vous êtes sorti depuis peu ?

— Il y a un peu plus de deux ans que mon père m'en a tiré en remboursant l'amende salée à laquelle j'avais été condamné.

— Monsieur Perré, ce que vous venez de m'avouer marque de nombreux points en votre faveur.

— Vous m'en voyez ravi. N'en doutez pas, vous avez devant vous un homme sincère qui ne souhaite rien de plus que le bonheur de celle qui voudra bien partager sa vie.

— Ce sont là des propos fort louables et si vous ne me les aviez tenus et que j'avais ensuite appris par d'autres vos fautes, je vous aurais à jamais fermé ma porte. La franchise est la vertu que j'estime le plus. Mais trêve de confessions. Buvons plutôt à l'amitié qui naît entre nous et souhaitons qu'elle nous mène aussi loin qu'ensemble nos pas sauront nous conduire.

Ils trinquèrent à leur amitié et à leur avenir. Quand Clément se leva pour la quitter, elle s'approcha vivement et, le serrant dans ses bras, l'embrassa tendrement.

— Voilà, dit-elle, les effronteries qu'une jeune veuve peut se permettre.

— Soyez assurée, lui répondit Clément, que ce sont là des effronteries que je saurai toujours apprécier.

Chapitre 14

La découverte

Au palais, Clément avait à réaliser des copies d'une grande variété de documents : lettres, ordonnances, avis, contrats, etc. Souvent, il ne se donnait pas la peine de se préoccuper vraiment de ce qui y était écrit ; il se contentait d'en faire machinalement les copies nécessaires à l'affichage. Mais voilà qu'un beau jour, son attention fut attirée par une ordonnance particulière et, que de simple copiste, il devint soudainement un lecteur attentif.

L'Intendant du Roi en ce pays ordonne par la présente qu'il soit fait défense au sieur Crespin, à tout marchand et à tout habitant de ce pays, de vendre ou d'exporter de la farine au cours de cette année, par quelque moyen et sous prétexte quelconque, et que toute la farine soit retirée des comptoirs à peine de prison et de mille livres d'amende.

Ce texte lui rappela que, quelques mois auparavant, il avait également eu à transcrire le contenu d'un autre document où l'intendant disait que, cette année tout particulièrement, la production de farine était aussi abondante qu'excellente. Et il se rappelait fort bien avoir lu un contrat par lequel l'intendant lui-même expédiait aux Antilles deux navires chargés de farine. Pourquoi, alors, défendait-il à tous d'en exporter ?

Quand il fut de retour à son appartement, ces questions lui trottèrent dans la tête à tel point qu'il ne put trouver le repos. Il lui fallait parler à quelqu'un de ce qui le tourmentait. Qui mieux que Justine saurait l'écouter ? Il se rendit aussitôt à son domicile. Fort heureusement, elle était seule, son amie Delphine s'étant absentée pour une partie de cartes chez des amis. Justine se montra étonnée de le voir surgir ainsi chez elle à l'improviste.

— Qu'est-ce qui me vaut votre visite ?

— Un tourment qui m'est venu aujourd'hui à mon travail, et dont il me fallait parler à quelqu'un.

— Tout le monde a ses interrogations. Personne ne vit complètement et toujours en paix. Et qu'est-ce donc qui vous inquiète tant, que vous sentiez le besoin de m'en venir entretenir ?

Avant de poursuivre, Clément la regarda dans les yeux et lui dit :

— Il me semble que nous nous connaissons assez maintenant pour laisser tomber ces vous par trop solennels.

— Les grands esprits se rencontrent, dit-elle en souriant, j'allais justement te le demander.

Clément se réjouit à son tour :

— Fort bien ! Je serai maintenant beaucoup plus à l'aise pour te livrer le fond de mon cœur. Pour en revenir à ce qui me tracasse tant, je trouve bizarre un certain comportement de l'intendant. Il a fait défense, par ordonnance au sieur Crespin, d'embarquer de la farine sur des navires cette année.

— En quoi est-ce répréhensible ? N'est-ce pas lui qui crée les ordonnances ?

— Explique-moi alors pourquoi lui-même a expédié aux Antilles deux navires chargés de farine jusqu'au bord ?

Justine réfléchit un moment et dit :

— Serait-ce parce qu'il a des intérêts sur ces vaisseaux ?

— Voilà exactement ce que je pense. Compte sur moi pour connaître la vérité.

— Comment espères-tu faire la lumière là-dessus ?

— Je saurai bien le découvrir dans ce que je transcris.

Justine montra soudain un visage sceptique.

— Crois-tu que son secrétaire est assez naïf pour te donner à copier des documents compromettants ?

— Non pas, mais rien n'empêche que la semaine dernière, j'ai pu lire en vitesse un mémoire qui traînait sur son bureau.

— Tu risques un jour de te faire prendre. Qu'est-ce qu'il y avait de si intéressant dans ce mémoire ?

— Le sieur Ruette d'Auteuil, le procureur, ne se gênait pas pour écrire que les intendants se servent de leur charge pour s'enrichir et que les gouverneurs, comme les intendants de ce pays, font ce qu'ils veulent parce que rien de ce qu'ils font ne parvient aux oreilles du roi et qu'ainsi leurs malversations demeurent inconnues. Si, par malheur, quelqu'un qui leur est inférieur tente d'en informer le roi, sa vie même est en danger. Il s'expose à être réduit au silence.

Justine réagit vivement.

— Tu ne vas tout de même pas risquer ta vie pour découvrir les fraudes de l'intendant!

— Compte sur moi pour le faire, mais ne sois pas inquiète : je ne suis pas sot au point de compromettre ma vie.

Chapitre 15

Bégon

Clément s'était mis dans la tête de découvrir ce que tramait l'intendant. Il ne prit guère de temps à établir le lien entre les événements survenus plus tôt dans l'année et cette ordonnance de Bégon. Après ce qui lui était arrivé avec le marchand Bréard, il se reprocha sa naïveté. Il aurait dû savoir que les hommes, peu importe leur poste ou leur situation, tentent toujours de tirer la couverture de leur côté, et s'occupent d'abord et avant tout de leurs propres intérêts avant ceux des autres. L'intendant n'agissait pas différemment, se servant de ses pouvoirs pour faire fortune aux dépens du peuple.

Plus tôt dans l'année avait eu lieu une émeute. Les gens avaient vivement protesté contre la décision de l'intendant de défendre la vente de blé. Clément n'avait pas fait le lien entre tous les éléments. Maintenant qu'il avait eu à copier cette ordonnance par laquelle Bégon faisait résilier tous les marchés de vente de blé faits par des habitants et se les appropriait tous, la vérité lui sautait aux yeux. Il comprenait maintenant pourquoi le blé s'était tout à coup vendu jusqu'à quinze et seize livres le minot, et même plus encore. Il se souvenait aussi que les femmes s'étaient révoltées et étaient venues se plaindre que le pain acheté à la boulangerie du roi n'était pas mangeable.

À la première occasion, il en discuta avec Justine.

— Tu te souviens, tout comme moi, qu'il y a quelques mois, les femmes sont allées se plaindre à l'intendant de la mauvaise qualité du pain provenant de la boulangerie du roi?

— Je m'en souviens fort bien, puisque j'étais parmi elles. Nous nous étions rendues au Conseil supérieur protester contre le fait que le pain était dur et pesant comme la pierre et qu'il n'avait aucun goût.

— Quelles explications vous a-t-on données?

— Que les récoltes avaient été mauvaises et qu'on n'y pouvait rien. Comme nous insistions, on nous avait menacées de prison.

Clément réagit vivement:

— Je crois savoir pourquoi le pain était de si mauvaise qualité!

— Pourquoi donc?

— Les récoltes n'y étaient pour rien, au contraire, elles étaient excellentes. L'intendant a fait défense de vendre le blé afin de s'approprier toutes les récoltes au nom du roi. Je suis à peu près certain qu'il a ensuite fait mettre de côté la fine fleur de farine pour l'expédier aux Antilles. Il me reste maintenant à savoir s'il a fait tout ça pour son compte.

Justine écoutait en fronçant de temps à autre les sourcils. Elle paraissait sceptique et, surtout, ne semblait pas trop enthousiasmée par les propos de Clément.

— Ce que tu affirmes là est grave, dit-elle.

— Mais je crois bien que c'est vrai, et que c'est à ce trafic que s'est livré l'intendant.

— Pourquoi tiens-tu tellement à percer ce mystère ?

— Je t'ai déjà dit que je suis curieux.

— Et je t'ai répondu que ta curiosité te tuera.

— Peut-être bien, mais elle m'a fort bien servi le jour où je me suis intéressé à toi.

Le compliment porta, car Justine s'approcha de Clément qui la reçut dans ses bras. L'instant d'après, leurs lèvres se joignirent. Quelques minutes plus tard, ils se retrouvèrent sur le lit à se démontrer leur amour comme le font si bien toutes les victimes de Cupidon.

❖

Dans les jours qui suivirent, Clément prit l'habitude de se rendre tous les soirs chez Justine, sans se préoccuper des qu'en-dira-t-on que ne manqueraient pas de susciter ses assiduités. La jeune veuve ne se formalisait pas davantage de ce que pouvaient penser ses voisins et, surtout, ses voisines. Mais Clément n'était pas encore majeur ; il ne le deviendrait que l'année suivante, car il n'était encore âgé que de vingt-quatre ans.

— Qui connaît mon âge ? disait-il. De plus, Delphine est souvent présente.

— Ce n'est certes pas ce qui peut empêcher les mauvaises langues de se faire aller, fit remarquer Justine. Certaines réflexions désobligeantes viennent déjà à mes oreilles au marché. Mais que nous importe ! Les gens ne sont-ils pas souvent envieux du bonheur des autres ?

Ils profitaient de leurs soirées en tête-à-tête pour s'accorder tous les plaisirs que leur défendait l'Église. Ils parlaient déjà de ce que serait leur vie après leur mariage.

— Dans quelques mois, dit Clément, je n'aurai pas besoin de l'autorisation paternelle pour la bénédiction nuptiale.

Justine le taquinait :

— Le petit fils à papa !

Clément se contentait de sourire.

— Dis plutôt le mouton noir de la famille. J'avoue avoir coupé trop radicalement les ponts avec les miens. Mais qu'importe…

❖

Durant tout ce temps, découvrir la vérité au sujet des malversations de l'intendant demeura la principale préoccupation de Clément. Dans les jours et les semaines qui suivirent, il se montra davantage attentif au contenu de tous les documents qu'on lui donnait à copier. Cependant, rien qui lui semblait compromettant ne lui passa sous la main.

—Je ne me suis jamais réellement intéressé aux chiffres, confia-t-il à Justine.

Elle se moqua et, d'un air espiègle, lui lança :

— N'est-ce pas normal ? Tu es un homme de lettres !

Sa réflexion l'enchanta, comme le ravissaient d'ailleurs sa vivacité d'esprit et ses propos toujours à point.

— Tu seras sans doute étonnée d'apprendre que j'ai tenu un temps un livre de comptes. C'est dans de tels livres que se trouvent la vérité, tout comme le mensonge. Mais, hélas, je n'ai pas accès à ceux qui m'intéressent.

—Ne me dis pas que les présumées malversations de l'intendant te trottent encore dans la tête ?

—Je ne suis pas un lâcheur. J'aime aller au bout de ce qui me préoccupe.

—Ne va surtout pas te mettre les pieds dans les plats…

—Ne crains rien ! Les livres de comptes tenus par le magasinier m'intéressent. Je saurai bien trouver le moyen d'y mettre le nez…

❖

Pendant des jours, il réfléchit à la façon d'y avoir accès. Il ne trouva rien de mieux que de se cacher dans le magasin quelques minutes avant le couvre-feu et de profiter de la nuit pour jeter un coup d'œil aux registres. C'était, parvint-il à se convaincre, la manière la plus simple de mettre la main dessus.

Le soir tombait quand il se présenta au magasin sous prétexte d'y acheter du tabac. Pendant que le commis allait lui en chercher, il lui cria : «Je reviendrai demain !» Mais au lieu de sortir du magasin, il se faufila dans une allée. Apercevant une cachette entre des ballots de castor, il se terra à cet endroit jusqu'au départ du dernier commis. Une fois seul dans le magasin, à tâtons, il se dirigea vers le bureau du magasinier. La lueur de la lune pénétrant par une fenêtre lui permit de se faire une idée des lieux. Il finit par découvrir sur une étagère le registre qu'il cherchait, mais dans la pénombre, il ne parvenait pas à le lire et dut se résoudre à passer la nuit éveillé en attendant le lever du jour.

Sachant que les commis arrivaient très tôt au magasin, il ne perdit pas une minute pour feuilleter le registre dès que le jour le lui permit. S'il ne trouva pas ce qu'il cherchait, son attention fut néanmoins attirée par une importante colonne de chiffres, faite d'achats et de ventes de bœufs et de cochons. Pourquoi tous ces bœufs et tous ces cochons étaient-ils achetés par le magasinier du roi ? Il grava dans son esprit les prix d'achat et de vente. Il en était là quand un bruit lui signala l'arrivée d'un des commis. Il retourna en vitesse dans le magasin, retrouvant entre les ballots de castor sa cachette de la veille au soir. N'ayant pas fermé l'œil de la nuit, il se mit à bâiller et dut lutter contre le sommeil jusqu'à l'arrivée d'un premier client. Il prit soudain conscience que si on le prenait dans le magasin, il serait accusé de tentative de vol.

Quand il se rendit compte qu'il y avait davantage de va-et-vient, il se faufila vers la sortie. Avant d'y parvenir, il croisa un des commis à qui il dit :

— J'étais venu hier pour du tabac. Celui qui m'avait commandé d'en venir chercher a changé d'idée.

— Que faisiez-vous dans cette allée ?

— J'étais en quête de celui à qui je m'étais adressé hier. Tu serais bien bon, mon ami, de le prévenir en mon nom.

L'autre, l'air soupçonneux, hésita puis dit :

— Si on me parle de tabac, je saurai quoi répondre.

N'attendant pas son reste, Clément déguerpit, non sans lancer un merci bien senti.

❖

Toute la journée, il lutta contre le sommeil, à tel point que le secrétaire lui en fit la remarque :

— Aurais-tu, par hasard, couché dehors ?

— Un mal d'oreille m'a tenu réveillé toute la nuit.

— Un mal d'oreille ? Le chirurgien Delisle saurait bien t'y faire couler le remède approprié.

— Je me passerai de ses poudres de perlimpinpin et de ses potions pour chevaux.

Sa réflexion fit s'esclaffer le secrétaire qui ne se priva pas pour autant de l'inonder de travail. Clément réussit tant bien que mal à ne pas s'endormir sur son ouvrage. Au sortir du palais, il se dirigea directement chez Justine. Quand elle le vit arriver, elle s'écria :

— En voilà un qui aurait bien besoin d'un bon lit ! Qu'est-ce qui t'arrive ?

Il lui raconta son aventure ; rien n'aurait pu indigner davantage Justine, qui s'écria :

— Clément Perré, tu cours après ton malheur et tu feras aussi celui de nous trois !

— De nous trois ?

— Nous deux, et celui ou celle que je porte.

Clément resta interdit puis, se ravisant, il serra Justine dans ses bras.

— Ma coquine, dit-il, tu nous fais célébrer la Quasimodo avant Pâques !

Il l'embrassa avec fougue. Elle sourit.

— Tu m'as fait ce que Lavalette n'a jamais réussi.

Voyant que Clément allait en tirer fierté, elle ajouta :

— Encore eût-il fallu qu'il essaie !

Ce fut dans un fou rire sans fin que se termina cette journée. Ce soir-là, Clément ne retourna pas à son logis.

Chapitre 16

Où il est question de mariage

Justine étant enceinte, le temps pressait. Pour léga-liser leur état, ils devaient se marier.

— Nous n'avons plus le choix, dit Clément, il y en a un ou une qui a décidé pour nous.

— Comptes-tu inviter tes parents ?

— Il faudra d'abord que j'obtienne l'autorisation paternelle. Je ne pense pas qu'elle viendra facilement.

— Pourquoi ? Tu es presque majeur.

— Oui, mais justement, je ne le suis pas encore. Mon père ne prise guère mon attitude à l'égard de ma famille et il se fera certainement tirer l'oreille, surtout si je lui dis qu'il s'agit d'un mariage forcé. Je vais lui écrire en l'informant de mon intention de me marier dans deux mois au plus tard.

— Tu as été négligent. Tu aurais dû lui parler de notre relation avant aujourd'hui.

— J'aurais dû, je l'admets. Cependant, mieux vaut tard que jamais.

Il écrivit à ses parents comme il l'avait dit. La réponse qu'il reçut le désola : son père s'opposait à ce mariage.

Tant que tu seras mineur, ne compte pas sur mon autorisation. Dans quelques mois, quand tu auras atteint ta majorité, tu pourras décider toi-même. Je ne suis point homme à donner mon autorisation à un mariage dont je ne connais qu'un élément. Qui est cette Justine Dassonville à laquelle tu veux t'unir ? N'aurais-tu pas pu faire l'effort de nous l'amener pour que nous fassions sa connaissance ? Nous ne doutons pas qu'elle soit une jeune femme bien méritante, alors pourquoi avoir créé autant de mystère autour de sa personne ? Nous, tes parents, ne méritons-nous pas plus d'attention et de délicatesse de ta part ?

Navré de la réponse de son père, Clément lui écrivit de nouveau, mais à la manière d'un fils repentant.

Mon très cher père,

Je reconnais ne pas vous avoir toujours montré tout le respect qu'un fils doit à ses parents. Ne voyez là que l'étourderie d'un jeune homme ambitieux, désireux de voler de ses propres ailes, afin de n'être plus à votre charge, mais ne cherchant en tout qu'à vous faire honneur.

Vous me voyez profondément affligé par votre refus obstiné à me donner votre permission d'épouser celle que j'aime. Devrai-je être contraint d'attendre ma vingt-cinquième année avant de me marier, après vous avoir fait parvenir à trois reprises des sommations respectueuses ? Je ne voudrais pas être obligé d'agir de la sorte, cela me briserait le cœur. Toutefois, si votre attitude à mon égard perdure, je serai sans doute contraint de le faire, car je crains fortement que cela n'éloigne de moi l'élue de mon cœur et ne me conduise à la perdre. Je me suis engagé envers elle et je ne veux point renier ma parole, obligé que je suis de tenir mes promesses. Aussi, je vous supplie de nouveau de m'accorder votre autorisation de l'épouser dans les plus brefs délais. Mon honneur, comme le sien, est en jeu.

Je ne voudrais pas, par ma désobéissance à votre égard, exacerber davantage le mépris que vous semblez désormais me porter, et vous me voyez profondément accablé de ne plus sentir de votre part cette tendresse qui m'a toujours valu de vous considérer comme le meilleur des pères. Je suis certain que notre si bonne mère vous saurait gré de montrer une fois de plus votre grandeur d'âme en me pardonnant.

Dans l'obligation que je suis d'honorer ma parole, je vous supplie donc, une fois de plus, très cher père, comme le plus respectueux des enfants, de m'accorder la grâce que je vous demande.

Votre fils soumis, Clément Perré

Ils attendirent avec anxiété, pendant plusieurs jours, la réponse de Marcellin. Mais voyant qu'elle ne venait pas, et n'ayant plus le choix, ils décidèrent de passer outre et de se marier. Ils se présentèrent chez le notaire Duhamel pour le contrat de mariage. Quelques jours plus tard, ils faisaient bénir leur mariage à l'église Notre-Dame par le curé de la paroisse.

Ne pouvant pas compter sur la présence de son père, Clément demanda à Jean-Baptiste, le serviteur de Bégon, dont il s'était fait un ami, de lui servir de témoin. Heureux de lui rendre ce service, Jean-Baptiste, à l'insu de l'intendant et de son secrétaire, et de connivence avec la cuisinière et les autres serviteurs, organisa un repas de noces dans les appartements mêmes du palais. Justine en fut enchantée. Mais tout faillit tourner au vinaigre quand le secrétaire de l'intendant surgit au milieu du repas. Son arrivée eut le même effet qu'une gifle en plein visage. Tout le monde se tut. Il demanda d'une voix sombre :

— Que se passe-t-il ici ?

Clément répondit :

— Un repas de noces.

— Avec l'autorisation de qui ?

— Sans autorisation. Si nous l'avions demandée, nous ne l'aurions pas eue.

Sa réponse fit hésiter le secrétaire.

— Qui vous dit que vous ne l'auriez pas eue ?

— Tout nous le dit.

— Vous allez remettre tout en place. Pour ce qui est des suites, j'aviserai. À propos, de qui célébrez-vous les noces ?

— Les miennes, avoua Clément.

— Avec?

— Mon épouse que voici.

Justine se leva et esquissa une révérence. Le secrétaire tourna le dos et disparut. C'était la consternation. Clément s'enquit:

— N'avait-il pas un souper chez le gouverneur?

— Il en avait un. Sans doute est-il revenu chercher un document.

— Bah! dit-il. Au diable ses menaces! Terminons au moins ce que nous avons commencé.

Ils finirent le repas en vitesse, assurés de subir de lourdes représailles. Pourtant, au lendemain de cette soirée mémorable, seul Clément eut à répondre de l'incartade de la veille. Le secrétaire lui dit:

— Monsieur Perré, je ne veux point vous revoir au palais avant trois semaines.

Clément ne broncha pas et, sans un mot, quitta les lieux. Le voyant arriver à leur logis, Justine lui demanda:

— T'a-t-on congédié?

— Non pas!

— Pourquoi es-tu ici, alors?

— Il m'a donné trois semaines de congé. Ça m'évitera de faire le voyage à Montréal en leur compagnie.

— Comment comptes-tu occuper ton temps?

— À quelque chose que je désire depuis bien longtemps. Nous sommes en plein dans le bon temps de l'année. Je vais aller à la pêche.

— À la pêche?

CE PAYS DE RÊVE

— Au loup-marin. Je veux savoir comment ça peut rapporter, au cas où, à mon retour, on me donnerait un congé définitif.

Justine se tut et Clément comprit, à son air, qu'elle était fort contrariée.

— Qu'y a-t-il, ma mie ?

— Nous sommes à peine mariés et voilà que tu parles de me quitter pour trois semaines. Il me semble revenir au temps de mon premier époux, pour qui tous les prétextes étaient bons pour m'abandonner.

Clément se fit rassurant :

— Ce n'est pas du tout la même chose ! Je n'ai pas le choix. Ou je reste ici à tourner en rond, ou bien je tente de trouver de quoi nous permettre de vivre, au cas où… Ne vaut-il pas mieux prévenir que guérir ? Ce qui m'arrive n'était pas dans mes plans. De toute façon, tu le sais, je t'aurais quittée quand même pour trois semaines, car je m'apprêtais à faire le voyage à Montréal en compagnie de l'intendant et du secrétaire.

— Souhaitons que le secrétaire ne prenne pas prétexte de ton absence pour te remplacer par quelqu'un de ses amis.

— Nous avons joué avec le feu et nous nous y sommes brûlés. Cette idée d'un repas de noces au palais, si elle était merveilleuse, s'avérait également périlleuse. Mais ce qui est fait est fait. C'est pure perte de tenter de refaire le passé.

— Il est vrai que nous avons manqué de prudence en cette affaire. Mais ce fut merveilleux quand même.

Je revois encore le secrétaire et nous tous, à sa vue, silencieux comme une bande de nonnes.

— Sans sa visite impromptue, rien ne serait arrivé et nous aurions été portés à tout oublier. En réalité, la venue du secrétaire a rendu nos noces inoubliables.

— En effet!

Justine s'approcha de Clément et l'embrassa tendrement.

— Ainsi, tu me quittes…

— Il le faut. Ma crainte de perdre mon travail m'y pousse. Si tu le permets, je m'en vais de ce pas m'enquérir au port s'il n'y a pas une barque en partance pour la Côte-Nord.

— Va! Mais tu auras à peine le temps de te rendre là-bas qu'il te faudra revenir.

— C'est juste, mais j'aurai vu et ça pourra m'être utile à l'avenir. Et quel bonheur sera le mien de te retrouver à mon retour!

Justine l'embrassa de nouveau et cessa de discuter. La démarche de Clément démontrait tout de même qu'il avait à cœur leur avenir en cherchant une façon de les faire vivre si jamais il perdait son emploi.

Deux jours plus tard, après avoir fait la connaissance du sieur Lafontaine de Belcour, qui détenait une pêche au loup-marin du côté de Montagamiou, il partait pour la Côte-Nord.

Chapitre 17

La pêche au loup-marin

Une journée à peine avant de retourner au palais, Clément revint d'expédition, enchanté de ce qu'il avait vécu. À Justine qui lui demandait comment s'était passé son voyage, il expliqua :

— Si jamais le secrétaire ne veut plus de mes services, je tenterai de me procurer une barque et tout ce qu'il faut pour la pêche au loup-marin, mais aussi pour toutes sortes d'autres pêches et transports.

— Cela rapporte-t-il gros ?

— Il n'y aurait pas moyen de s'enrichir en ne s'adonnant qu'à cette pêche, parce qu'elle ne dure pas assez longtemps. Si nous comptions gagner notre vie ainsi, il faudrait y joindre d'autres sortes de pêches.

Justine parut soulagée de l'entendre. Si jamais il décidait de s'adonner à cette pêche, elle ne le perdrait pas pour des mois. Curieuse d'en apprendre davantage, elle demanda :

— Comment se fait la pêche au loup-marin ?

— Au filet.

— Ils sont attrapés au filet, comme des poissons ?

— De la même manière, mais avec des filets plus solides et ancrés au fond de l'eau. La pêche commence à ce temps-ci, à la mi-décembre, et dure à peine un mois. Il faut être au bon endroit au bon moment. Les loups-marins longent la côte pour se nourrir. Ils vont se jeter dans les filets qui sont tendus en eau profonde, perpendiculairement à la rive, et retenus à leurs extrémités par des ancres de bois. Les hommes de là-bas appellent ça des picasses.

— Comment peuvent-ils se prendre dans ces filets ?

— Quand ils paraissent là où il y a des filets tendus, les pêcheurs les suivent en barque. Les bêtes se jettent directement dans ces pièges. S'ils veulent revenir en arrière, d'autres filets les en empêchent. Ils tournent en rond et se prennent dans les mailles en voulant passer à travers l'obstacle. Les hommes lèvent ensuite les rets par les coins et s'emparent des bêtes qui s'y sont empêtrées.

— Voilà une bien curieuse façon de pêcher.

— Mais elle est efficace ! Les bêtes sont ramenées à terre, une vingtaine à la fois dans chaque barque, et déchargées sur des traîneaux que des chiens tirent jusqu'à un entrepôt où on les dépèce sans plus tarder. On garde le plus de graisse possible avec la peau. Les chiens se nourrissent des restes. On conserve aussi la viande des plus jeunes bêtes pour s'en nourrir.

— En as-tu mangé ?

— J'y ai goûté. C'est une viande fort tendre.

— Combien se vend une peau de loup-marin?

— Une bonne bête, facilement quatre à cinq livres tournois pour la peau et quelque chose comme trente sols pour l'huile qu'on en tire. Mais voilà, en toute bonne chose, il y a des obstacles, et le principal pour cette pêche est qu'il faut obtenir une concession le long de la côte, et les meilleures sont déjà prises. En plus, il faut investir beaucoup pour les barques, les pêcheurs et les autres engagés ainsi que pour les entrepôts nécessaires au dépeçage et au remisage des peaux.

— Te voilà donc fixé sur tes possibilités de créer un tel commerce.

— Si jamais je voulais gagner des sous par la pêche au loup-marin, il me faudrait dès le départ posséder une petite fortune. Je ne crois pas, ma mie, que c'est ainsi que nous nous enrichirons, mais au moins maintenant je le sais.

— Tu en as le cœur net et je m'en réjouis, car je ne te perdrai pas pour des mois entiers.

Maintenant qu'il avait fait part à sa femme des péripéties de son voyage, Clément sembla tout à coup se souvenir qu'il était parti depuis trois semaines et que la vie avait continué à Québec.

— Pardonne-moi, ma mie, de ne m'être préoccupé que de cette expédition. J'aurais dû m'enquérir d'abord de ta santé.

— Tu n'as pas à t'inquiéter, pour moi, tout va bien.

— Est-ce à dire que pour d'autres, ce n'est pas le cas?

— Je n'ai pas voulu refroidir ton enthousiasme. Voilà pourquoi j'ai retenu en moi les mauvaises nouvelles qui te concernent. Si de ton côté, tout semble avoir bien été, ce que tu vas apprendre concernant ta famille est fort triste.

— Quoi donc ?

— Lis d'abord ceci.

Il s'agissait d'une lettre expédiée de Verchères, le lendemain de son départ.

— Comment, dit-il, peux-tu parler de mauvaises nouvelles alors que cette lettre n'a pas été décachetée ?

— Lis d'abord ! Je te dirai ensuite.

Clément se mit à lire et plus il avançait dans sa lecture, plus son visage s'assombrissait. Il s'arrêta, jeta un coup d'œil vers Justine, puis continua à lire. Ses mains se mirent à trembler, son visage à pâlir. Il laissa bientôt tomber la lettre et se prit la tête entre les mains. Justine s'approcha et lui enserra les épaules. Clément versa quelques larmes puis, relevant la tête, il dit :

— La vie est une calamité. Pourquoi Dieu permet-il pareil malheur ?

Il se retira dans la chambre et n'en ressortit que le lendemain pour se rendre au palais. Justine ne le revit que le soir. L'intendant n'avait pas ajouté à tous ses malheurs puisque le secrétaire avait du travail pour lui pendant les semaines à venir.

Alors qu'il s'attablait pour le souper, le souvenir lui revint que la veille, Justine semblait déjà informée des malheurs qui l'accablaient, et il lui demanda :

—Tu savais pour ma mère, pour ma sœur et ses enfants, et pour Augustine et Jimmio?

—Oui, je savais.

—Comment?

—Ton père est venu ici pendant ton absence.

La réponse prit Clément au dépourvu, car il mit du temps avant de s'enquérir:

—Qu'a-t-il dit?

—Ton père est un homme bon. Il n'a pas fait d'éclat quand je lui ai dit que nous étions mariés et que j'attendais un enfant. Il s'est montré étonné que tu ne sois pas encore informé des décès survenus parmi les tiens. Je lui ai alors montré sa lettre, qui n'était arrivée que le lendemain de ton départ.

—Semblait-il accablé par les grands malheurs qui venaient de le frapper?

—Sûrement l'était-il, mais comme je le rencontrais pour la première fois, il m'était difficile de mesurer à quel point. Toutefois, il me faisait beaucoup penser à quelqu'un que j'aime bien et qui, quand le malheur le frappe, s'efforce de ne rien laisser percer de sa détresse.

—Qu'a-t-il dit d'autre?

—Que les portes du manoir Perré nous étaient ouvertes à tous les deux. Bien plus, il m'a remis cette bourse. "Pour vous, a-t-il dit, et pour l'enfant à venir."

Clément s'offusqua:

—Je ne veux pas de son argent!

Calmement, Justine répondit:

— Si toi, tu n'en veux pas, moi je le garde, non pas pour moi, mais pour notre enfant à naître. Clément Perré, mets ton orgueil de côté. Nous ne sommes pas riches et nous ne cracherons pas sur des sous qui nous sont donnés de bon cœur. Ton père est un homme bon et généreux. Je l'ai vu par toute son attitude. Si tu ne sais pas l'admettre, moi je l'ai perçu dès que je l'ai vu, et il est loin de m'avoir déçu.

❖

Quelques mois plus tard, Justine donna naissance à un garçon qu'ils prénommèrent Alexandre. Orgueilleux comme toujours, Clément ne voulut pas toucher à un sou de l'héritage que sa mère lui avait laissé.

Chapitre 18

Les malversations de l'intendant

Au palais, Clément était inondé de lettres et de documents à copier. Son voyage à la pêche au loup-marin lui avait permis de côtoyer beaucoup d'hommes venus d'un peu partout au pays. Il s'était bien gardé de leur mentionner qu'il travaillait auprès de Bégon, car toutes les récriminations qu'il avait entendues de la part de ces hommes montraient nettement qu'aucun d'entre eux n'approuvait sa conduite. Ils n'étaient pas dupes. Sans pouvoir le démontrer, tous s'accordaient à dire que l'intendant profitait de son poste pour se graisser la patte aux dépens du peuple.

— Ces gens, le gouverneur et sa bande, nous mangent la laine sur le dos ! grognait l'un.

— Des voleurs, voilà par qui nous sommes dirigés ! rageait un second.

— Des voleurs ? Bien pire que des voleurs, des escrocs de bas étage ! Vous avez vu comme moi ce qui est arrivé avec la farine, et maintenant ils s'en prennent à la viande.

— Comment?

— Savez-vous qui achète tous les bœufs et les cochons?

— Les bouchers du roi.

— Mais qui les leur paye?

— Messire l'intendant.

— Avec quel argent?

— Celui que le roi nous destine.

— Et qui en tire profit?

— L'intendant.

Des réflexions de ce genre, Clément en avait entendu plus d'une tout au long de son expédition. La plupart des hommes qu'il avait croisés répétaient tous la même chose : « Si lui se permet de nous voler, pourquoi nous ferions-nous scrupule d'en faire autant? » Aussi tout un chacun s'efforçait d'empocher sans se faire de reproches tous les sous possibles, qu'ils aient été ou non honnêtement gagnés.

Ce fut avec toutes ces réflexions en tête qu'un beau midi, par hasard, en passant près du bureau du secrétaire, Clément aperçut au sol un document. Machinalement, il se pencha pour le ramasser. Les premières phrases qui lui tombèrent sous les yeux les lui firent écarquiller. Le secrétaire n'étant pas là, il retourna sur ses pas et, penché sur son bureau, parcourut vivement la première page.

Monsieur l'intendant,

Si j'admets volontiers que le salaire qui vous est accordé pourrait être plus élevé, cela ne vous autorise pas pour autant à vous servir de votre poste pour vous adonner à augmenter votre fortune personnelle.

Voilà qu'on m'apprend que vous avez expédié aux Antilles deux navires chargés de farine et que ce fut cette raison qui vous porta à défendre aux autres navires d'en charger, sous prétexte qu'il fallait attendre de savoir si la récolte serait bonne. N'est-ce pas pour cette raison que par une ordonnance vous avez défendu les achats de blé et résilié tous les marchés qui pouvaient avoir été faits par des particuliers? Bien plus, vous avez acheté toute cette farine à votre compte, ce qui a causé chez les habitants une émeute que vous vous êtes efforcé de faire passer pour une sédition. Cette émeute fut suivie par les plaintes de femmes au sujet de la mauvaise qualité du pain fourni par la boulangerie du roi.

Nous savons maintenant que ces plaintes étaient fondées, puisque après avoir fait monter le prix du blé à quinze et seize livres le minot, vous avez eu la malveillance de vous réserver la fleur de la farine que vous avez fait charger sur les navires du sieur Butler, votre prête-nom.

Entendant soudain du bruit, Clément cessa sa lecture et fila droit vers le bureau du secrétaire. Ce dernier venait à peine d'y entrer. Clément joua d'audace.

— Monsieur le secrétaire, dit-il, voyez ce que je viens de trouver par terre, tout près de votre porte.

Clément lui tendit le document qu'il avait pris soin de rouler.

— Très bien, mon bon ! grogna le secrétaire en s'en emparant vivement. Auriez-vous eu, monsieur Perré, la curiosité d'y jeter un œil ?

— Je me garde bien, monsieur, de ne lire que ce que vous me remettez à copier et j'en ai bien assez, encore que la plupart du temps, tous ces grands mots et ce baragouin me passent cent pieds par-dessus la tête. Je ne sais comment vous faites pour nager là-dedans jour après jour et ne jamais souffrir d'horribles maux de tête.

Un début de sourire s'esquissa sur les lèvres du secrétaire, qui dit :

— Je ne comprends pas, monsieur Perré, que vous ayez ramassé ce document à ma porte sans que je me sois avisé moi-même de le voir en revenant ici.

— Sans doute étiez-vous absorbé, selon votre habitude, par la lecture d'une ordonnance ou d'une lettre qui vous aura empêché de le voir.

Afin d'éviter de trop éveiller l'attention de Clément, le secrétaire n'insista pas et se contenta de l'interroger :

— Où alliez-vous de ce pas ?

— Là où la nature nous force à nous rendre quelques fois par jour.

Quand, un peu plus tard, Clément emprunta le corridor menant aux latrines, il poussa un long soupir.

Il savait désormais que ses soupçons ne pouvaient être plus fondés. « Y a-t-il en ce bas monde, songea-t-il, des hommes assez droits pour ne pas se laisser tenter de faire fortune sur le dos de leurs voisins ? » À peine s'était-il posé cette question que lui vint à l'esprit l'image de son père. Il s'arrêta et se dit : « Force m'est d'admettre que mon père est un homme intègre. Mais quel mérite a-t-il ? La fortune de son oncle lui a permis de ne plus avoir de soucis devant la vie. Il est vrai cependant qu'il aurait pu, étant riche, abuser de son pouvoir aux dépens de plus pauvres que lui, ce que, j'en conviens, il n'a jamais fait. »

Cette pensée à peine chassée, une autre, moins agréable, s'imposa à lui : le souvenir des mille livres qu'il devait toujours à son père.

Chapitre 19

De nouveau devant rien

Cinq ans plus tard, Clément n'avait toujours pas remboursé son père et ne voyait toujours pas par quel moyen il y parviendrait un jour. Il travaillait encore comme commis aux écritures auprès de l'intendant, mais il parvenait à grand peine à faire vivre les siens. Sa famille comptait déjà trois enfants. Outre Alexandre, Justine avait mis au monde deux filles, Isabelle et Françoise.

Un beau matin de 1726, Clément revint du palais, la mine basse. L'inquiétude gagna aussitôt Justine.

— Serais-tu donc malade ?

— Non point !

— Que se passe-t-il alors ?

— Il se passe que l'intendant s'en retourne en France et qu'il n'a plus besoin de mes services. Il garde son secrétaire et ses domestiques, mais à son commis aux écritures dont il ne s'est jamais préoccupé, il donne congé sans même lui souhaiter bonne chance et sans le moindre petit remerciement pour tout le travail accompli. S'il soupçonnait tout ce que je sais sur ses malversations, peut-être se montrerait-il plus aimable.

Justine l'écoutait sans mot dire, mais tout en elle démontrait à quel point elle était désolée de le voir dans cet état.

— Allons, dit-elle, tu trouveras bien un marchand qui a besoin d'un commis aux écritures.

— Je ne serai pas commis aux écritures toute ma vie. Si je veux un jour posséder moi aussi un château sinon un manoir pour y loger ma princesse, il me faut au plus tôt gagner des sous et je ne connais qu'un seul moyen de le faire en peu de temps.

— Lequel donc?

— Le même qu'a employé Bégon et qui sert si bien la plupart des marchands.

— Et qui est?

— De me faire marchand et de m'arranger pour vendre mes marchandises avec profit. N'est-ce pas ce que faisait ton premier mari?

— C'est ce qu'il tentait de faire, mais ses profits n'étaient guère fabuleux.

Clément, qui, pendant tout ce temps, faisait les cent pas en parlant, s'assit à la table de cuisine et marmonna:

— Il était sans doute trop honnête.

— Je pense plutôt qu'il manquait d'ambition. Traverser la mer et s'amuser pendant des mois avant de revenir au pays, voilà qui était beaucoup plus important pour lui que de s'occuper de son commerce. Faire bonne chère, la bouteille et les plaisirs de toutes sortes passaient bien avant son travail et notre bonne fortune. Ne m'avait-il pas à Québec pour écouler ses marchandises ? Les profits que je tirais des ventes, il les engloutissait sans scrupule et il se contentait de me procurer tout juste le strict nécessaire en me fournissant à peine les moyens de nous nourrir, cantonnée dans le vieil appartement où nous sommes. Il n'avait même pas le cœur de tenter de me faire des enfants.

Tout à son idée, Clément écoutait distraitement. Il dit soudain :

— À compter de ce jour, tous les moyens me seront bons pour faire des sous.

— Tous les moyens, vraiment ? Songes-tu sérieusement à ce que tu es en train de dire ?

— Non seulement j'y songe, mais je le ferai.

— Comment comptes-tu t'y prendre ? Tu n'as pas d'économies…

— J'emprunterai les premiers sous de ma fortune.

— À qui et de quelle manière ?

— À tous ceux qui voudront bien prêter oreille à mes boniments. Je saurai bien leur vendre la lune.

— Serais-tu déjà las de moi ?

— Que non, ma mie, tu le sais bien ! Qu'est-ce qui me vaut cette question ?

— Pourquoi songes-tu à me quitter pour des mois ? Tu n'as donc pas été assez échaudé par ton histoire avec Bréard ?

Clément sursauta.

— Comment le sais-tu ?

— Comment ? J'ai pris information là où je le pouvais. Me croyais-tu assez naïve pour ne point m'être inquiétée à ton sujet avant de te recevoir et d'accepter que tu partages ma couche jusqu'à me faire des enfants ? Allons, mon bon Clément, je ne suis plus une enfant et si je ne t'avais point aimé, jamais tu ne serais venu dans mon lit. N'empêche que les amis que nous nous faisons influencent souvent les décisions que nous prenons.

— C'est une histoire passée.

— Même si je t'aime et que nous sommes mariés, si j'apprends que tu agis de nouveau de la sorte, je te quitterai sans regret. Tu devras mieux choisir tes amis à l'avenir, ainsi tu risqueras moins de nous mettre dans la peine, car on pourrait me soupçonner d'être ta complice. Mais je t'aime et quand j'ai appris cette incartade de ta part, j'ai tourné quand même la page. Et sais-tu pourquoi ?

— Non point.

— Parce que, depuis que nous sommes ensemble, tu m'as toujours parlé franchement de ce que tu vis, et les deux qualités que j'apprécie le plus au monde sont la franchise et l'honnêteté. Si, comme tu le souhaites, tu veux te faire marchand, je ne m'y opposerai pas, mais à certaines conditions.

— Lesquelles ?

— Ton travail ne devra pas t'éloigner de nous durant des mois entiers. Tu devras t'adonner à des transactions honnêtes. Et pour ne point être contraint de commencer à zéro, j'ai idée de la façon dont tu devrais procéder.

— Laquelle ?

— Tu verras bien…

DEUXIÈME PARTIE

LA RICHESSE À TOUT PRIX

(1726-1747)

Chapitre 20

L'entourloupette

— Il n'est pas dit, se rebella Clément après avoir perdu son emploi, que la richesse n'est bonne que pour les autres. Je saurai bien, moi aussi, trouver le moyen de faire fortune.

Quand il parlait ainsi, Justine ne manquait pas de lui rappeler :

— Aussi longtemps que les moyens que tu emploieras pour y parvenir seront honnêtes, je n'aurai rien contre. Mais le jour où tu te risqueras à des malversations à ton profit, ce jour-là, tu me perdras.

— Crois-tu que nos riches marchands ont fait fortune par des moyens honnêtes ?

— Je ne me soucie pas de ce que font les marchands. Pour moi, nous seuls comptons. À mes yeux, il vaut mieux que nous soyons pauvres et honnêtes que riches et malhonnêtes, ne l'oublie jamais.

Clément avait le souci de faire vivre sa famille et il se mit de nouveau à chercher du travail. Malgré les réticences de Justine, il se tourna tout de même vers le commerce. Sa mauvaise expérience avec Bréard l'avait néanmoins rendu prudent. Aussi, quand il s'associa au marchand Godefroy, l'entente fut passée devant un notaire. Toutefois, comme il n'avançait pas un sou dans leur association, ce n'est que par son travail qu'il pouvait espérer voir sa bourse se garnir. Or, il savait fort bien que quand on n'est pas son propre maître, d'autres se servent de nous pour leur intérêt personnel. Comme il ne pouvait pas espérer devenir riche de cette façon, il se remémora les paroles de Bréard : « On ne devient fortuné que le jour où on se sert de la naïveté des autres à son profit. »

Il travaillait bien, mais se demandait constamment comment il pourrait faire suffisamment de sous pour devenir son propre maître. Un soir qu'il prenait un verre à l'auberge en compagnie du marchand Godefroy, un homme assis à la table voisine dit soudainement :

— Avez-vous vu l'annonce en entrant ?

— Oui, mais je ne l'ai point lue.

— Elle est affichée aux portes des auberges depuis ce matin.

— Et que dit-elle, cette annonce ?

— Une femme de Québec promet une grosse récompense à celui qui lui rapportera des nouvelles de son fils.

— Tiens ! Tiens ! fit Clément, voilà quelque chose d'intéressant. Et son fils, où était-il la dernière fois qu'elle en a entendu parler ?

— À la traite des fourrures. On lui a certifié qu'il est décédé là-bas, mais elle ne veut pas le croire.

— Qui lui a rapporté la mort de son fils ?

— Un type parti à la traite en sa compagnie. Il paraît qu'il s'est noyé dans la Rivière-des-Français.

— Pourquoi alors offre-t-elle une récompense pour le retrouver ?

— Parce qu'elle a l'esprit dérangé et ne veut pas admettre l'évidence.

Dès qu'il en eut la chance, Clément alla lire le message à la porte de l'auberge. Il nota le nom et l'adresse de cette femme, la veuve de Boishébert, demeurant au 16 de la rue Notre-Dame. Il pensa d'abord lui faire parvenir une lettre lui disant qu'il avait vu son fils bien vivant à Michillimakinac. Puis, conscient que son écriture pourrait être reconnue, il conçut le plan de se présenter chez elle déguisé en vrai coureur des bois.

Mais auparavant, il lui fallait obtenir des renseignements au sujet de ce jeune homme. À quoi ressemblait-il ? Était-il grand ou petit, noir ou châtain, gros ou maigrelet ? Il lui fallait aussi connaître un peu ses goûts et ses intérêts, ses qualités et ses défauts. Qui pourrait le renseigner mieux que sa mère elle-même ? Ne voulant pas risquer d'être bêtement reconnu après sa visite, il se laissa pousser une moustache et changea sa façon de se coiffer. Justine s'en avisa et lui demanda :

— Pourquoi ces fantaisies de ta part ? Je t'ai connu sans la moustache. Est-ce que je saurai seulement m'y habituer ?

— Un homme a bien le droit de se soucier de son apparence. Il me semble qu'une moustache met plus en confiance.

— Si tu le crois…

Quand, après deux semaines, il fut satisfait de la transformation, il mena discrètement son enquête au sujet du fils de cette dame Boishébert. Les affiches étant toujours aux portes des auberges, il fit mine de s'y intéresser, espérant de la sorte obtenir des badauds quelques renseignements intéressants.

— La veuve Boishébert tient à son idée, dit-il.

— Tout ça pour son insignifiant de fils, dit spontanément un homme.

— Vous l'avez connu ?

— Un bailloux de la pire espèce. À croire qu'il ne savait pas à quoi servent deux mains. En plus, gnagnian sur les bords. Un grand échalas sec avec une tignasse plus rousse que noire et, en plus, laid comme le cul du diable.

— Il devait bien avoir quelques qualités ?

— Oui, celle d'être le fils d'une veuve très riche.

Sa réflexion fit s'esclaffer tous les hommes présents et la conversation dériva sur tous les bailloux de leur connaissance. Clément avait obtenu ce qu'il désirait. Deux jours plus tard, il se présentait chez la veuve sous le nom de Bernard Dubois.

— Je suis, commença-t-il sans sourciller, un ami de votre fils. J'arrive des Pays d'en haut. J'ai vu votre annonce sur la porte de l'auberge du Chat qui dort et je me suis empressé de venir vous rassurer.

— Enfin ! dit la veuve, tout émue, je savais que mon Augustin était toujours vivant. Le cœur d'une mère ne se trompe pas là-dessus. Comment va-t-il ?

— Il se porte à merveille.

— Pourquoi ne m'a-t-il pas écrit ?

— Il l'a fait, madame, mais les lettres qu'il vous a écrites se sont perdues quand ceux à qui il les avait confiées ont chaviré sur la route du retour. Votre fils a décidé de passer un an de plus à la traite du côté de Détroit. C'est là que je l'ai connu. Vous recevrez sans doute des nouvelles de sa part à l'automne par les coureurs des bois qui reviendront de là-bas.

— Ah ! Jeune homme ! Vous ne pouvez pas savoir à quel point vous apaisez mon cœur de mère. Mais êtes-vous certain que celui dont vous me parlez est bien mon Augustin ? Vous ne l'auriez pas confondu par hasard avec un autre ?

— Jamais de la vie, madame ! Il n'y a qu'un Augustin à l'esprit vif et au regard brillant. Je le vois là, debout devant moi, ses cheveux paraissant de feu dans le soleil couchant, en train de discourir de toutes sortes de projets, ne manquant pas de rappeler que s'il était là où il se trouvait, il vous le devait entièrement.

La veuve, la larme à l'œil et la bouche béante, buvait avec un vif plaisir les paroles de Clément, alias Bernard Dubois. Quand il eut fini son panégyrique, la

CE PAYS DE RÊVE

veuve se leva et revint avec une liasse de plusieurs centaines de livres.

D'une voix vibrante, elle dit :

— J'avais promis une récompense à qui me donnerait des nouvelles d'Augustin.

Clément, sans trop appuyer ses dires, laissa entendre qu'il n'était pas venu pour la récompense.

— Prenez, jeune homme. Vous le méritez. Retournerez-vous là-bas bientôt ?

— Dans quelques jours, je pars pour Montréal, après quoi je filerai de nouveau à Michillimakinac.

La veuve lui tendit une autre liasse de billets.

— Je vous les confie, dit-elle. Vous les donnerez à mon Augustin avec la lettre que voici.

Clément promit qu'il saurait bien retrouver Augustin et qu'il lui remettrait sans faute l'argent et la lettre. Quand il revint chez lui, tout guilleret, et que Justine le vit couper sa moustache, elle ne manqua pas de lui dire :

— Est-ce seulement le fait de retrouver ton vrai visage qui te met tellement en joie ?

— Non pas, dit-il. Je pense avoir enfin trouvé le moyen de nous rendre riches.

— Dans quelle aventure vas-tu encore te lancer ?

— Qui vivra verra !

Chapitre 21

L'embarcation

Le lendemain, ayant repris sa physionomie habituelle, Clément courait chez le charpentier de navire Charles Dorval et lui commandait une barque de cinquante pieds avec cabine gréée de ses mâts et autres agrès.

En le voyant revenir à la maison au beau milieu de la matinée et le sourire aux lèvres, Justine devina qu'il mijotait quelque chose.

— À quoi t'adonnes-tu par les temps qui courent ? Je te vois te démener d'un bord et de l'autre en de mystérieuses tractations qui ne cessent point de m'inquiéter…

— Tu n'as pas à te préoccuper, j'ai commandé une barque au sieur Dorval.

— Une barque ?

— Oui, ma mie, je me lance dans la pêche à l'anguille. Le sieur Dorval m'a promis cette barque dans deux mois, juste à temps pour la saison de pêche.

— Avec quel argent comptes-tu la payer ?

— Avec celui que me rapporteront mes poissons.

— Tu comptes sérieusement faire suffisamment de profits pour payer cette embarcation en vendant des anguilles ?

— D'autres y sont parvenus, pourquoi pas moi ?

— As-tu seulement calculé combien de sols te rapportera une barrique d'anguilles salées une fois le sel et la barrique payés ?

— Je n'aurai à débourser ni pour le sel ni pour les barriques. Ceux qui me commanderont des anguilles le feront.

— Combien de barriques te faudra-t-il vendre pour rembourser le prix de cette barque ? J'ai peine à croire que le sieur Dorval te la construit à crédit.

— Qui t'a dit qu'il me la faisait à crédit ? Je l'ai payée rubis sur l'ongle.

— Avec quel argent ?

— Celui qu'un ami coureur des bois m'a prêté.

— Quel ami ?

— Tu ne le connais point. L'important, c'est qu'il m'ait fait confiance.

Justine ne poussa pas plus avant son interrogatoire. Elle n'était pas pour autant satisfaite des réponses obtenues. Elle décida de mener sa petite enquête. La première personne qu'elle s'en alla trouver fut le sieur Dorval lui-même.

— Est-ce vrai que mon mari vous a commandé une barque ?

— C'est juste !

— Comment compte-t-il vous la payer ?

— C'est déjà fait. Il m'a remis la somme de quatre cents livres en bel argent sonnant et trébuchant.

— Où a-t-il trouvé cette somme ?

— Ah, ça ! Il ne me l'a point dit ! Moi, madame, je ne regarde pas la couleur de l'argent.

« Jamais, se dit-elle, un ami, si bon soit-il, et qui, de plus, n'est qu'un coureur des bois, n'investirait autant d'argent dans pareille aventure. C'est le cas de le dire : il y a anguille sous roche. »

Elle se mit donc en quête de ce mystérieux prêteur. Au marché, pas une seule de ses amies ne fut en mesure de se rappeler la présence à Québec du moindre coureur des bois. Puis, quelques jours plus tard, son amie Berthe Lahaie lui dit :

— Il paraît qu'un jeune homme s'est présenté chez la veuve Boishébert avec des nouvelles de son fils Augustin. La veuve lui a remis une forte récompense.

Justine se fit raconter plus en détail de quoi il s'agissait et apprit les démarches entreprises par la veuve.

— Tout le monde sait, ajouta son amie, que son fils Augustin s'est noyé l'année dernière alors qu'il montait à la traite. Le prétendu coureur des bois qui lui a rendu visite lui a tout simplement conté ce qu'elle voulait entendre et il a touché la récompense.

— Qui était de combien ?

— Ça, je ne le sais point, mais la veuve Boishébert parle de cette visite à qui veut l'entendre.

— Dans ce cas-là, dit Justine, je vais aller la voir.

La veuve ne se fit pas prier pour lui décrire ce jeune homme dont la moustache était remarquable et qui se nommait Bernard Dubois.

— Quelle somme lui avez-vous donnée en récompense ?

— Deux cents livres. C'était bien mérité. Il repart bientôt là-bas, si ce n'est pas déjà fait, et je lui ai aussi confié une somme similaire et une lettre à remettre à mon fils.

— Laissez-moi vous dire, madame, que vous êtes fort généreuse. Puissent vos espoirs ne point être déçus !

Justine en avait assez entendu. Sortant de chez la veuve, elle gagna en furie leur logement et attendit son homme de pied ferme. À peine était-il entré qu'elle l'apostropha :

— Bernard Dubois se porte-t-il bien ?

En bon menteur qu'il était, Clément fit celui qui ne comprend pas.

— De qui parles-tu ?

— D'un jeune homme moustachu qui a soutiré sans vergogne quatre cents livres à une veuve éplorée.

— Je ne sais pas de quoi tu parles.

— Oh, si, tu le sais ! Mais moi aussi ! Je t'avais pourtant averti que si jamais tu te lançais dans des projets malhonnêtes, tu me perdrais. Je ne suis pas née pour partager la vie d'un escroc. Je suis ici chez moi. Déguerpis !

— Allons, ma mie ! Tu sais fort bien que tout ce que j'entreprends, c'est pour ton bien et celui de nos enfants.

— Mon bien et celui de nos quatre enfants ? Allons donc !

— Comment, de nos *quatre* enfants ?

— Oui ! Puisque dans sept mois nos enfants auront un frère ou une sœur. Toutefois, ils n'auront pas de père tant que le leur sera un voleur. Je te le dis et te le répète : déguerpis ! Nous ne nous en porterons que mieux.

Clément resta là un moment, hébété, puis il choisit de partir en claquant la porte. Quand il revint quelques heures plus tard, il trouva l'appartement vide. Justine lui avait par contre laissé un mot :

« Ton père aura la générosité d'héberger sa bru et ses petits-enfants. »

Chapitre 22

Au manoir de Verchères

Quand elle parvint à Verchères, Justine y fut reçue à bras ouverts par Marcellin et Marie. Elle n'eut guère à expliquer la raison de sa venue : Marcellin avait deviné.

— Mon fils, dit-il, ne se conduit pas comme tout Perré digne de ce nom devrait le faire. Vous avez bien agi en venant trouver refuge ici. Le manoir est grand et il n'y a rien de mieux que de jeunes enfants pour le faire revivre.

— Alexandre, Isabelle et Françoise y seront bien, dit Marie.

— Et leur frère ou leur sœur à venir également.

Toisant sa belle-sœur, Marie dit :

— Il ou elle ne pourra trouver meilleur toit pour naître.

— Nous ne serons pas un fardeau pour vous. Je saurai bien me rendre utile, et si jamais Clément revient à de meilleurs sentiments, nous trouverons bien quelque part où aller.

— Ne parlez pas de partir alors que vous êtes à peine arrivée, intervint Marcellin. Vous êtes ici chez vous et la bienvenue. Vous pourrez y rester le temps que vous le désirerez.

— Dans ma détresse, dit Justine, je savais que je pouvais compter sur vous.

— Vous devez avoir faim ! s'exclama Marie.

Et sans même attendre de réponse, elle se mit à brasser des chaudrons.

❖

Justine ne mit guère de temps à se faire apprécier au manoir. Marcellin prit le jeune Alexandre sous son aile, et Isabelle et Françoise devinrent rapidement les protégées d'Alexandrine. Comme elle l'avait promis, Justine se mit tout de suite au travail. Avec l'aide de Marie, après avoir récupéré tous les bouts de tissu qu'elle put trouver, elle s'affaira à confectionner des robes qui lui valurent bientôt la réputation d'une grande couturière. Les dames des seigneuries et des manoirs voisins vinrent lui commander tant de robes que quelques semaines lui suffirent pour avoir plus d'ouvrage qu'elle ne pouvait en faire. Puis, au bout de quelques mois, Clément arriva à Verchères avec sa barque. Justine ne lui laissa point d'espoir et il dut se résoudre à loger au pavillon de chasse. De la sorte, il pouvait y voir ses enfants de temps à autre. À son père qui lui demandait ce qu'il comptait entreprendre pour faire vivre les siens, il parla de son projet de pêche à l'anguille.

— Et que comptes-tu faire en hiver ?

— Des travaux d'écriture. Je saurai bien en dénicher quelque part auprès d'un marchand ou l'autre.

— Je pourrais, dit Marcellin, t'en donner quelques-uns à faire.

Ainsi se dessina peu à peu l'avenir de Clément, à la satisfaction de Justine qui, selon cet arrangement, pouvait continuer à vivre comme elle l'entendait tout en ne privant pas complètement ses enfants de la présence de leur père. Six mois après son arrivée au manoir, elle donna naissance à une fille prénommée Marie-Louise.

Justine était bien vite devenue la grande amie de Marie. Les deux femmes avaient plaisir à causer et le nom de Clément revenait souvent dans leur conversation.

— Ton frère est charmant. Il a tout pour se faire aimer. Mais pour son malheur, malgré tous mes avertissements, il m'a blessée dans ce qui pour moi est le plus précieux. Je suis capable d'accepter beaucoup de choses, mais pas la tromperie et l'escroquerie.

— J'ai beaucoup de mal à me faire à l'idée qu'il ait pu tourner comme ça, avoua Marie. Je ne le comprends pas. Il est revenu un temps au manoir quand ma mère vivait toujours. Il me contredisait sur tout ce que je disais et jamais il ne voulait lever le petit doigt pour aider au bon fonctionnement du manoir et de nos terres. Il se promenait comme une âme en peine et se réfugiait dans le pavillon de chasse. Il est si différent de ce qu'étaient ses frères Renaud et Simon.

—Jamais ou presque ne m'a-t-il parlé de ses frères…

— Cela peut s'expliquer par le fait qu'il est né longtemps après eux. Il ne les a pas vraiment connus. Comme il était le dernier né de la famille, je crois bien que nous l'avons un peu trop gâté.

— C'est le mot juste, reprit Justine. Il se comporte comme un enfant gâté qui veut tout obtenir sans faire d'effort. Il ne saura sans doute jamais se contenter de l'essentiel. Il lui faudra toujours plus. Voilà pourquoi il a choisi d'escroquer cette pauvre veuve, chose que je lui pardonnerai difficilement. Si jamais il veut me reconquérir, il aura besoin de changer du tout au tout.

Chapitre 23

La pêche à l'anguille

Clément avait tenu parole. S'il avait obtenu son embarcation au moyen d'une supercherie, il la faisait toutefois valoir de son mieux. Il mit quelque temps avant de connaître les moyens les plus rentables de pratiquer la pêche à l'anguille. Il eut le bonheur de croiser sur sa route Roger Rancourt, un pêcheur de Sainte-Croix-de-Lotbinière, lequel ne pouvait plus se servir de sa barque qui était en réparation.

— Je pourrais, dit-il à Clément, contre un salaire raisonnable t'initier à ce genre de pêche. Nous y serions tous les deux gagnants.

Clément ne rata pas si belle occasion. Le premier soin de Roger fut d'examiner la barque de Clément.

— Elle sera parfaite, dit-il, après que tu auras fait transformer l'espace sous la proue et sous la poupe.

— Pourquoi donc?

— On s'en sert comme réservoirs d'anguilles. Les gens achètent nos anguilles salées à la centaine pour la plupart que nous puisons dans ces réservoirs. Puis, quand nous avons fini nos ventes sur les différentes côtes du voisinage, nous mettons les anguilles qui restent en fûts et nous allons les vendre à Québec ou à Montréal.

Ils se rendirent à Québec où un ami de Roger effectua les travaux nécessaires dans la cale en y élevant des murets de séparation, puis sur le pont, qu'il ouvrit de près de deux pieds aux deux extrémités afin de permettre d'y verser sel et anguilles. Roger fit le tour de la barque ainsi améliorée et, se frottant les mains, s'exclama :

— Nous voilà avec l'embarcation parfaite pour le travail qui nous attend !

Ils prirent ensuite le large, remontant le fleuve jusqu'à Lotbinière. Roger y naviguait en pays connu. Il indiqua à Clément où se trouvaient les meilleures pêches. Elles s'étendaient en bordure du fleuve devant presque chaque terre. On les reconnaissait aux pôles et aux fascines dans lesquelles les anguilles se faisaient prendre.

— Tu connais ce genre de pêche ? dit Roger.

— Très peu, admit Clément.

— Tu vois, les anguilles longent la côte. Quand une clôture, partant du rivage et se refermant en courbe vers le large, les empêche de continuer leur route, elles reviennent en arrière, refont le même trajet, et se butent de nouveau à la même clôture.

— Elles n'ont pas idée de passer plus au large ?

—Voilà ce qui est étonnant. Celles qui le font se butent à la clôture suivante, tournent ainsi dans le même coin et se font surprendre par la marée baissante. Quand l'eau se retire, nous n'avons plus qu'à les ramasser, les saler en masse et les vendre à ceux qui ne pêchent pas.

—Depuis le temps que tu vends de l'anguille, tu dois avoir de nombreux clients...

—En effet, mais je risquais cette année de les perdre parce que ma barque est en radoub. Avec la tienne, nous ferons des affaires d'or. Je serai généreux, je partagerai de moitié.

Clément, qui n'y connaissait rien, se déclara satisfait du marché. Ils parcoururent de la sorte les côtes de Lotbinière, accostant à différents quais pour charger la barque et vendre leurs prises. Les habitants apportaient leurs surplus d'anguilles pêchées devant leur terre, que Roger examinait d'un œil connaisseur. Il établissait son prix à trois ou quatre livres du cent.

—Nous en aurons huit à dix livres à Montréal, disait-il à Clément.

—C'est un bon prix?

—Meilleur que bon. Je dirais excellent, et cette année, l'anguille abonde.

—Il y a donc des années meilleures que d'autres?

—Un peu comme pour la pluie et le beau temps. J'ai vu des années maigres, mais ordinairement, c'est bon, comme cette année et comme l'an dernier.

Clément écoutait Roger parler et aussitôt il se mettait à compter, se figurant combien il lui reviendrait cette année, une fois les profits divisés par deux. Il rêvait déjà de ce qu'il toucherait au cours de l'année à venir, quand il serait son propre patron. Il devrait, bien sûr, pour le seconder dans son travail, engager au moins deux hommes auxquels il paierait salaire, mais ensuite, tous les profits seraient pour lui. Il lui faudrait évidemment créer sa clientèle. Il se proposait déjà d'arpenter la côte sud du côté de Beaumont, Saint-Vallier et Saint-Michel. S'il ne se montrait pas trop vorace dans ses prix, il avait de fortes chances de s'accaparer le marché. Pour lors, il devait se contenter d'apprendre et de bien observer. Les profits de cette année lui permettraient de passer l'hiver, mais l'an prochain… Il s'assoyait et se mettait à rêver.

La saison fut bonne. Ils vendirent leurs anguilles à Montréal et en obtinrent d'excellents prix. Clément participa à la vente, apprenant auprès de Roger les trucs du métier. L'apprenti-pêcheur négociait, marchandait, tenait son bout ou pliait selon les circonstances, apprenant à ne pas pousser trop loin son avantage. Certains clients se montraient avisés. Il se reprenait avec les moins expérimentés ou les moins regardants. Il aimait l'atmosphère qui se dégageait de ces tractations et la comparait volontiers à un jeu dont sortait gagnant celui qui avait les meilleurs atouts.

— De l'anguille de première qualité ! criait-il. À dix livres le cent, c'est donné.

— Dix livres le cent! Va les vendre à ta mère!

— À la tienne, je les ferais bien à neuf livres.

— Pourquoi pas huit?

— Pourquoi pas, après tout…

Aussitôt, les hommes s'approchaient. Clément savait qu'il réussirait à vendre des dizaines de barriques à ce prix. Roger l'encourageait. Ils formaient une belle paire et d'un jour à l'autre leurs réserves baissaient. En suivant les conseils de Roger, il alla acheter quelques barriques vides auprès d'un tonnelier avec qui il marchanda.

— Nous garderons les dernières pour nous, dit Roger, trois barriques pour moi et autant pour toi, Qu'en dis-tu?

— Certainement trois pour moi. J'ai une famille à nourrir.

Clément comptait vendre au moins deux de ces barriques une fois à Verchères. Peut-être même que son père les lui achèterait?

Quand, à la fin de l'automne, il revint mettre sa barque en cale sèche à Verchères, il avait quelques centaines de livres dans ses goussets, mais surtout un nouveau métier qui, il en était certain, lui permettrait de gagner honorablement sa vie et, même, de faire fortune. Il reluquait déjà la barque de son père et se voyait à la tête d'un commerce lui permettant d'exploiter divers marchés, celui de l'anguille bien sûr, mais aussi celui du transport de cordes de bois, marchandises sèches, mélasse, boissons, sucre et sel, qui sait?

Il ferait du cabotage. Ses barques se rendraient sur la Côte-Nord et en Gaspésie. Il serait le marchand ambulant fournissant en denrées diverses les agglomérations lointaines. Il rêvait.

Il passa l'hiver bien au chaud, au pavillon de chasse, brûlant corde de bois sur corde de bois, s'occupant à dresser des comptes et à transcrire les documents que son père lui fournissait. Ses enfants venaient le voir de temps à autre avec leur mère. Il aurait bien voulu partager leur vie, mais Justine se montrait inflexible. «Je ne vivrai qu'avec un honnête homme», se contentait-elle de répéter.

Quand le printemps arriva, il fit mettre sa barque à l'eau et prit le large avec une seule chose en tête : les profits de ses pêches à venir. Il alla explorer la côte sud, fit même quelques virées du côté de l'île d'Orléans, transporta des cordes de bois, de même que de la chaux, et quand débuta la saison de la pêche à l'anguille, il était fin prêt.

Il eut bien quelques démêlés avec des marchands plus ou moins aguerris qui se plaignaient de le voir jouer dans leur cour. Mais tout compte fait, il s'en tira fort bien, et quand il se dirigea vers Montréal pour écouler son stock, il se flattait déjà des profits qui seraient siens.

Il revint à Verchères, fort de quelque six cents livres, se préparant à passer un bien bel hiver. Il avait eu le temps de penser à ses affaires. Sans doute son père lui vendrait-il sa barque, qui passait une bonne partie de l'été à quai. Ce qui l'empêchait de lui en parler, c'étaient les mille livres qu'il lui devait toujours. Il était bien installé au pavillon, l'esprit effervescent et plein de projets, quand les premières plaintes arrivèrent. On le convoquait à Montréal pour répondre auprès de quelques dizaines de personnes de la mauvaise qualité des anguilles qu'il leur avait vendues.

— De quoi m'accuse-t-on ? s'indigna-t-il.

— L'anguille que vous nous avez vendue n'était pas assez salée, si bien qu'elle n'est pas mangeable. Elle est pourrie !

— Quoi ? Moi, je vous ai vendu de l'anguille pourrie ? Allons donc, c'était le meilleur poisson du marché.

— Dis plutôt que nous étions les meilleurs poissons du marché.

Il perdit son procès et, du coup, furent engloutis tous les profits de son été. Il sortit aigri de cette expérience et se jura de ne plus jamais vendre de sa vie une seule anguille. Mais il avait toujours sa barque. Il fit enlever les séparations dans la cale, passa des jours à nettoyer au vinaigre et à l'eau salée ce qui avait servi à l'entreposage des anguilles. Il s'adonna durant toute la belle saison à divers transports de marchandises pour se rendre vite compte que l'entreprise n'était pas vraiment rentable. Pendant tout ce temps, il cherchait déjà un autre moyen de faire fortune.

Chapitre 24

Le ginseng

En livrant au port de Montréal du rhum de la Martinique qu'un marchand de Québec lui avait confié, Clément fit la rencontre d'un homme désireux de lui vendre du ginseng.

— C'est le remède des remèdes, lui dit ce dénommé Victor. Il est bénéfique contre les troubles gastriques et bronchiques, l'asthme et le mal de cou. Je te le dis, le ginseng, c'est la plante miracle !

Clément, sceptique envers tout ce qu'on lui vantait comme remède miracle, ne voulut point en acheter. Malgré tout, il laissa parler cet homme rachitique qui avait la mort inscrite sur le visage.

— Si tu refuses mon ginseng, mon ami, c'est que tu ne connais pas ses vertus, sinon tu ferais tout pour t'en procurer et même en vendre. Celui qui en ferait le commerce pourrait facilement faire fortune.

— Pourquoi ne te lances-tu pas toi-même dans ce commerce, alors ?

—Parce que ma santé ne me le permet point. Je n'en ai plus pour longtemps à vivre. Un mal mystérieux me ronge les sangs. Mais toi, mon ami, qui me paraît en parfaite santé, pourquoi ne t'intéresserais-tu pas à ce commerce?

—Il me faudrait d'abord savoir où trouver ces racines, comment les préparer et savoir à qui les vendre.

—Pourquoi t'inquiéter? Tu n'auras qu'à suivre les conseils de ton nouvel ami Victor. D'ici deux ans, le ginseng t'aura rendu riche. Je ne veux pas mourir sans avoir livré mes secrets à un homme de confiance. En te voyant, j'ai su que tu étais celui que je cherchais.

Clément se demanda s'il n'était pas en présence d'un fou. Avec son regard toujours fixé au-delà de l'horizon, vers quelque contrée irréelle, cet homme lui donnait l'impression d'être à la fois présent et absent. Mais il n'en continua pas moins de s'adresser à lui de façon fort sensée.

—Tu ne m'as pas rejeté. Tu as écouté mon boniment sans hausser les épaules et sans me tourner le dos, comme le font la plupart.

—Et dis-moi donc comment, questionna Clément, tu as été initié aux secrets de cette plante.

—J'étais serviteur chez les jésuites quand le père Lafitau, instruit par les Iroquois, en a trouvé pour la première fois. Ce bon jésuite a reçu, de l'un de ses confrères rattachés à la cour de l'empereur de Chine, une description exacte du ginseng de Chine ou, si tu aimes mieux, de la racine de vie, car il s'agit bien d'une racine de vie.

— Tu vas sans doute me dire que ce bon jésuite en a trouvé dans nos bois…

— Parfaitement! Il a comparé cette plante à celles d'ici. Il en a montré le dessin à des Iroquois qui l'ont conduit dans le bois jusqu'à une plante qui était bien du ginseng.

— Fort bien. Mais la plante d'ici a-t-elle les mêmes vertus que celle de Chine?

— Absolument!

— Est-ce qu'on en trouve beaucoup dans nos bois?

— Suffisamment pour en faire le commerce.

— Pourrais-tu me montrer où en trouver?

— Non seulement je te l'enseignerai, mais je t'apprendrai comment la préparer pour l'expédier en Chine.

— En Chine?

— Bien sûr! Puisque le commerce de cette plante se fait avec les Chinois!

❖

Quelques jours plus tard, Victor Généreux conduisait Clément dans un bois au sud-ouest de Montréal et lui faisait connaître les endroits où il cueillait cette plante. Clément se taisait. Quand bien même aurait-il voulu parler, son compagnon parlait continuellement!

—Je te le dis, cette plante fait des miracles. Une Indienne qui avait la fièvre en a pris et a découvert ses pouvoirs guérisseurs. Elle ne voulait pas révéler son secret aux autres. Mais le père Lafitau l'a fait parler. Sans son intervention, cette plante nous serait inconnue.

— Quelle partie de la plante est la plus bénéfique ?

— La racine.

— Si je comprends bien, en cueillant la racine, du même coup, on tue la plante ?

— C'est ce qui la rend si précieuse. Voilà pourquoi ceux qui savent où en trouver gardent leur secret pour eux.

— En me révélant ton secret, tu me fais un immense cadeau.

— C'est bien le dernier que je ferai, puisque la Faucheuse est à ma porte.

Ensemble, ils cueillirent des dizaines de plants. Puis Victor amena Clément à la cabane qu'il habitait le long du fleuve.

—Je vais maintenant te montrer comment préparer cette plante en vue de sa vente. Là où tu demeures, est-ce qu'il y a un grenier ?

— Bien sûr !

— Tu suspends les racines recueillies aux poutres de ton grenier et tu les laisses sécher. Quand elles sont sèches, ce qui prend plusieurs semaines, tu t'empares d'un pilon et tu les réduis en poudre. Tu apportes ensuite cette poudre au marchand Liou Tsé, dont voici l'adresse. Si ton produit s'avère de bonne qualité, tu en obtiendras un très bon prix, jusqu'à quarante livres tournois pour le fruit de quelques dizaines de racines.

Plus son nouvel ami parlait, plus Clément se louait d'avoir fait sa connaissance. Il voyait déjà la fortune qu'il pourrait tirer de ce commerce qui ne demandait pas d'investissement et rapportait gros. Le seul inconvénient tenait au fait que pour renouveler le stock, il fallait constamment trouver de nouveaux endroits où poussait cette plante miracle. Pour lors, il connaissait les lieux secrets que lui avait révélés Victor, mais ensuite, où en dénicherait-il d'autres ?

Il passa les jours et les semaines suivantes à la cueillette. Il rapporta ses précieuses racines à Verchères et les suspendit aux poutres du pavillon de chasse jusqu'à ce qu'elles soient bien sèches. Il en tira plusieurs livres de poudre qu'il apporta au marchand Liou Tsé. Ce dernier lui donna quelques livres tournois en acompte, l'assurant que dès l'arrivée des premiers navires au printemps, ses associés lui enverraient les centaines de livres que valait sa cueillette.

Ce succès le mit en joie, tout en le rendant anxieux. Il ne pourrait pas toucher ses profits avant six mois. Il passa tout l'automne à arpenter les bois afin de découvrir d'autres endroits où la plante poussait en abondance. Satisfait de ses découvertes, il se promit d'en retirer au cours de l'année suivante plusieurs milliers de livres.

❖

Durant le mois de février, il apprit la mort de son ami Victor. S'il en fut quelque peu peiné, une fois de plus, il bénit le ciel de l'avoir rencontré. Dès que le soleil printanier fit fondre la neige dans les bois, il s'adonna pendant trois semaines à une cueillette intensive de ginseng. Puis, alors qu'il rapportait les racines à Verchères, anxieux de toucher plus rapidement les fruits de son travail, il pensa à une façon plus rapide de sécher les racines : le four à pain.

En quelques jours, il produisit plusieurs dizaines de livres de cette panacée qu'il apporta au marchand Liou Tsé. Il put de la sorte quadrupler sa production de l'année précédente. Quand, quelques semaines plus tard, il toucha les quelques centaines de livres que lui avait valu son travail de l'année précédente, il exulta.

— Je serai riche l'an prochain, dit-il à Justine.

— Qu'est-ce qui t'en rend si sûr ?

— C'est mon secret.

— Encore un tour de passe-passe plus ou moins louable, je présume.

— Tout ce qu'il y a de plus honnête. Le fruit de plusieurs mois de labeur !

Le printemps suivant ne vint jamais assez vite pour lui. Tout en poursuivant ses cueillettes et alors que les plantes se faisaient de plus en plus rares, il attendait avec impatience l'arrivée des premiers navires. Quand il fut assuré que le marchand Liou Tsé devait avoir reçu les milliers de livres qu'il croyait devoir toucher, il se présenta chez lui, le cœur débordant d'espoir.

— J'ai mauvaises nouvelles pour vous, dit le marchand.

— De mauvaises nouvelles?

Il lui remit une bourse qui ne contenait pas cinq cents livres.

— Il y a certainement une erreur! s'exclama-t-il.

— Pas erreur. Poudre ginseng de vous, mauvaise qualité.

— De mauvaise qualité?

— Ginseng séché trop vite.

❖

Quand, cette année-là, Clément voulut revenir à la méthode de séchage que lui avait enseignée Victor Généreux, il ne possédait plus que quelques dizaines de racines de ginseng, puisqu'il avait déjà récolté toutes celles qu'il avait pu repérer. S'il voulait poursuivre son commerce, il devrait arpenter la forêt pendant des semaines en souhaitant mettre la main sur de bons plants, une tâche bien ardue. Lui qui voulait faire fortune rapidement décida de chercher ailleurs. Il savait désormais que le ginseng ne le rendrait pas riche.

Chapitre 25

Alexandre

Pendant ce temps, au manoir, Justine et les enfants filaient le parfait bonheur. Leur grand-père veillait à ce qu'ils ne manquent de rien. Depuis le décès de leur mère, les enfants de Fanchon avaient vécu au manoir. Ils avaient maintenant atteint l'âge où il fallait décider de leur avenir. Leur père avait insisté pour qu'ils étudient à Montréal. Marcellin avait acquiescé à sa demande, et le jeune Marcellin et Alexandrine avaient à regret quitté Verchères. Leur préceptrice Nicole leur avait fait part de toutes ses connaissances et elle avait désormais entrepris le même travail auprès du jeune Alexandre et de sa sœur Isabelle, les enfants de Clément et Justine, en âge de commencer leur apprentissage de la lecture et de l'écriture.

Marcellin était toujours aussi ravi de la présence au manoir de sa bru et de ses enfants.

— Sans vous, se plaisait-il à répéter à Justine, le manoir serait une coquille vide.

— Sans votre hospitalité, répondait Justine, où aurions-nous pu aller?

Les enfants s'étaient vite habitués à la vie calme du manoir. Ils adoraient se rendre avec leur mère pique-niquer au bord du fleuve. Les rares moments où leur père venait au pavillon de chasse, ils lui rendaient visite et en avaient long à raconter au sujet des animaux qu'ils avaient vus et des jeux auxquels ils se livraient.

Justine travaillait à la confection de ses robes et s'entendait à merveille avec Marie. Elles discutaient de tout et de rien, mais souvent leur conversation tournait autour de Clément. Un jour, Marie avait voulu savoir ce qui avait poussé Justine à le laisser.

— Ton frère est en réalité un grand enfant. Son seul intérêt est de faire fortune à tout prix.

— Il a toujours été un peu comme ça. Il a toujours eu beaucoup de peine à mener à bien ce qu'il entreprend. Quand il est parti du manoir pour étudier à Québec, il n'a pas fait un mois au Séminaire. Il a de la bonne volonté et de l'ambition, mais il manque de constance.

— Comme tu dis vrai! Il désire notre bien et tient à ce que nous ne manquions de rien, mais il n'est pas encore assez mûr pour tenir bon malgré les obstacles. Peut-être qu'un jour, je retournerai vivre avec lui, mais ce jour-là, il devra me démontrer qu'il a vraiment changé.

— Je te souhaite bonne chance, ma belle-sœur, mais je crois que nous pourrons encore profiter longtemps de ta présence et de celle de tes enfants au manoir…

❖

Il y avait maintenant cinq ans que Justine habitait à Verchères. Alexandre, son fils aîné, allait avoir douze ans. Il était devenu l'ami de Jeancien, un des fils du fermier. Ce dernier lui avait montré à prendre les lièvres au collet. Ils passaient de longs moments dans les bois des alentours à tendre et à relever leurs pièges. Même si les deux enfants n'étaient pas issus du même milieu, Justine ne considérait pas cette amitié d'un mauvais œil.

— Cet enfant, disait-elle, apprend à Alexandre ce qu'il n'aurait jamais pu savoir autrement. Il n'est pas dans les habitudes des nobles et des bourgeois de courir les bois de la sorte, de savoir pister les animaux et d'utiliser les plantes à toutes sortes de fins, dont celle, non négligeable, de la santé. Voilà pourquoi je ne m'oppose pas à cette amitié.

Marie, quant à elle, se montrait plus réticente :

— Le fils du fermier n'est pas un ange. Il n'y a guère de frasques qu'on ne lui prête pas et ses plans ne sont pas tous très catholiques.

— Qu'importe ! Ce sont encore des enfants, après tout.

Justine pensa ainsi jusqu'au soir où Alexandre ne revint pas au manoir. Il était passé sept heures. Le soleil baissait déjà au-dessus du fleuve. Les deux amis étaient partis au milieu de l'après-midi du côté du pavillon de chasse avec l'intention de pêcher sur la berge du fleuve. Tout d'abord, Justine ne s'inquiéta pas, mais quand arriva la brunante, elle commença à s'alarmer.

— Ils auront tout simplement eu un contretemps. Si leur pêche du jour n'a pas été bonne et que celle du soir l'a été, ils se seront attardés.

— Tu as sans doute raison, lui dit Marie, mais par précaution envoyons Abel au-devant d'eux.

Parti alors que le soir tombait, le serviteur revint seul deux heures plus tard. Il avait suivi la berge en appelant les enfants de toute la force de ses poumons et n'avait obtenu aucune réponse. Marcellin, tout juste revenu de Verchères, fut immédiatement mis au courant.

— Rien ne sert de battre la forêt en pleine nuit. Il faudra nous résoudre à les chercher dès l'aube.

Il alla prévenir au fort. Son fermier, qui jusque-là ne s'était pas formalisé de la disparition de son fils, promit d'être là aux premières lueurs du jour avec ses deux aînés. La préceptrice se chargerait de la garde des petits pendant que Justine et Marie se joindraient à eux pour une battue en règle. Au matin, alors que tout ce monde s'apprêtait à se mettre en route, le chien du fermier aboya et voilà qu'apparurent sur la route nos deux lascars, crottés comme des porcs. À Marcellin qui leur demandait d'où ils sortaient, ils eurent cette réponse pour le moins étonnante :

— De la mare du diable.

— D'où ?

— De la mare du diable.

— Où se trouve cette mare ?

— Là où le soir, la route s'enflamme au soleil comme l'enfer.

— Que faisiez-vous là ?

— Nous chassions les grenouilles.

— Je suis tombé à l'eau, dit Alexandre, dans des sables mouvants. Jeancien m'a sauvé la vie en me tendant une branche qui m'a empêché de m'enfoncer.

Justine intervint :

— Pourquoi n'êtes-vous pas revenus tout de suite ?

— Il faisait trop nuit.

— Pourquoi vous étiez-vous éloignés du fleuve ?

— Ça ne mordait pas. Nous avions faim et nous voulions manger des cuisses de grenouille.

— Je sais les faire cuire, dit Jeancien.

Son père s'approcha et, l'attrapant par le chignon du cou, lui donna une gifle bien sentie.

— Recommence ça, lui dit-il, et tu verras ce qu'il va t'en cuire !

Il le ramena sans ménagement chez lui, pendant qu'un Alexandre tout piteux rentrait au manoir. Il n'y eut ni cris ni reproches ; seulement cette réflexion de Justine :

— Je crois qu'il est grand temps que cet enfant apprenne que la vie n'est pas qu'un jeu.

— L'été se termine, dit Marcellin. Je vais voir où nous l'enverrons parfaire ses études.

— Québec, il me semble, serait l'endroit tout indiqué.

— S'il en est ainsi, ma bru, il ira au Séminaire dès cette année.

Chapitre 26

Chapelier

Malgré son échec avec le ginseng, Clément ne perdait pas son idée fixe de devenir fort riche. Il lui restait à trouver la manière. Après avoir erré çà et là comme une âme en peine, il se remémora le temps où il avait bourlingué en compagnie du marchand Bréard. Lui remonta à la mémoire le souvenir de la fabrique de chapeaux de castor du sieur Dumouchel, à Paris. « Et si, se dit-il, j'ouvrais ici une fabrique de chapeaux ? »

L'idée lui avait à peine effleuré l'esprit qu'il se mit en frais de voir comment il pourrait la réaliser. Usant du pavillon de chasse comme de sa propriété, il décida, sans en parler à son père, d'y faire ajouter une aile où il établirait son atelier de fabrication.

Quand Marcellin s'aperçut des travaux que Clément faisait exécuter autour du pavillon, il s'y rendit pour en toucher un mot à son fils.

— Qu'entreprends-tu de la sorte ?

—Un atelier.

— Qui servira à…?

— À de la chapellerie.

— Tu veux maintenant te lancer dans la fabrication de chapeaux et, sans mon autorisation, tu entreprends de construire ta fabrique à même le pavillon?

— Quel mal y a-t-il à ça?

— As-tu seulement pensé aux odeurs que dégagent les peaux de castor et les substances utilisées pour les tanner? Tout le pavillon va en être infesté. Il n'y aura plus moyen d'y vivre.

— C'est moi qui l'habite.

— Pour le moment…

— Si je comprends bien, père, vous aimeriez me voir déguerpir d'ici?

— Ce n'est point ce que j'ai dit. D'autres l'habiteront sans doute après toi, s'il est toujours manable. J'aurais aimé que tu me parles de ton projet. Nous aurions pu en débattre et choisir un endroit plus approprié pour un tel atelier.

— J'aurai beau me morfondre à faire vivre ma famille, je sais que vous serez toujours opposé au moindre de mes projets.

— Je n'ai rien contre tes entreprises si elles sont menées de façon à ne nuire à personne. Je veux simplement te rappeler, Clément, que le pavillon, tout comme le manoir et les terres qui l'entourent, sont encore ma propriété. Certes, tu hériteras de ta part un jour. Je me fais vieux. Tu n'auras sans doute pas à attendre encore trop longtemps ton héritage, voilà pourquoi j'aurais aimé que tu me préviennes avant de te lancer dans ces travaux. T'es-tu seulement regardé ? Tu as l'air d'un souillon. Je n'ose même pas entrer au pavillon tant j'appréhende le désordre que j'y trouverai. Ce n'est pourtant pas de cette façon que ta mère et moi t'avons élevé !

Clément, qui écoutait calmement jusque-là, intervint brusquement :

— Les sermons du curé me suffisent, je n'ai pas besoin des vôtres ! Sans doute me les faites-vous parce qu'autrefois vous m'avez tiré de prison et que je ne vous ai pas encore remboursé. Je le ferai, dès que la malchance me lâchera.

— Pauvre enfant ! dit Marcellin. Il y a dans la vie autre chose que l'argent. Puisses-tu le comprendre un jour !

Puis, voyant qu'il perdait son temps, de son pas lent de vieillard, il regagna tranquillement le manoir, pendant que par défi, son fils cognait du marteau et s'affairait à poursuivre ses travaux.

❖

Quand il en eut terminé avec cet atelier, Clément se rendit à Montréal. Il y toucha quelques centaines de livres pour sa production de ginseng de l'année précédente. Il se servit de cet argent pour réaliser l'achat de ses premières fourrures de castor. Pour les payer le moins cher possible, il fit le tour des coureurs des bois revenus de Détroit et des environs.

—Vous avez bien, leur dit-il, parmi les peaux que vous rapportez, certaines qui montrent des imperfections telles qu'elles ne seront pas expédiées en France ?

—Les rejetées ?

—Exactement. Je suis preneur.

Ce fut ainsi qu'il mit la main, pour quelques livres chacune, sur une vingtaine de peaux de castor aptes à la confection de chapeaux. Il ne lui restait plus qu'à dénicher un chapelier qui accepterait de travailler avec lui, tâche qui lui prit plusieurs jours. Il finit par se laisser dire que du côté de la Pointe-aux-Trembles, un certain Paul Lachapelle, qui n'était pas tout jeune, accepterait peut-être son offre.

Quand il se présenta chez ce chapelier, logé dans une misérable cabane, il le trouva au lit. L'homme n'avait visiblement plus de travail, mais il possédait tout l'équipement nécessaire à la confection de chapeaux. Clément lui expliqua ce qu'il attendait de lui.

—Vous me montrerez votre métier, en retour de quoi je vous logerai, je vous soignerai, je vous nourrirai et vous n'aurez plus de souci.

Le vieil homme le regarda comme s'il était son sauveur.

—J'irai, dit-il.

—Dans deux jours, promit Clément, je reviens avec ma barque. On y déménage tous vos effets et nous filons à Verchères.

Ce fut ainsi que, petit à petit, l'atelier de chapellerie de Verchères commença à vivre. Pour une fois,
Clément semblait avoir misé juste. Il apprenait son
nouveau métier tout en confectionnant ses premiers
chapeaux, lesquels lui rapporteraient suffisamment
pour lui permettre d'acheter de nouvelles fourrures,
grossir son entreprise et en faire un commerce fort
rentable. Il se donnait quelques années pour devenir
un des gros bourgeois de la colonie. Mais il lui fallait
dans l'immédiat s'occuper d'assurer sa fortune…

Chapitre 27

Les enfants de Clément et Justine

Au manoir, la vie s'écoulait paisiblement. Les enfants avaient grandi. Pendant qu'Alexandre terminait à Québec des études de chirurgien-barbier, ses sœurs devenaient des demoiselles pleines de charmes qui commençaient déjà à attirer l'attention des jeunes mâles de Verchères. Leur préceptrice se faisait vieille, mais elle n'avait pas manqué, comme elle l'avait fait pour leur père, de leur enseigner avec application ses connaissances.

Considérée comme une des familles importantes de Verchères, les Perré recevaient constamment des invitations à des bals, tant chez les Jarret que chez les Gaultier, les Pécaudy et même les Hertel. Si Marie n'avait jamais trouvé intérêt à participer à ce genre de soirée, Justine résolut d'y amener ses filles afin qu'elles puissent faire connaissance avec les jeunes hommes des familles les plus en vue. Au retour d'un de ces bals, Isabelle, alors âgée de quatorze ans, insista pour suivre des cours de danse. Son grand-père engagea un maître de danse qui vint enseigner aux trois demoiselles les rudiments de cet art. Cet homme se faisait accompagner par un claveciniste qui faisait résonner les murs du manoir d'airs de menuets et de gavottes.

Voyant que ses filles allaient de plus en plus être appelées à participer à ce genre de soirées, Justine se mit en frais de leur confectionner des robes qui firent sensation et lui apportèrent une longue liste de commandes et du travail pour les mois à venir.

Isabelle, Françoise et Marie-Louise affichaient des caractères fort différents. Impulsive et vive, Isabelle n'acceptait pas facilement les reproches et, comme son père, elle était portée à se lancer dans des projets bien téméraires. N'avait-elle pas décidé d'élever des oies dont elle s'occupait avec diligence du matin au soir? Cependant, quand il était question d'en sacrifier une pour la rôtir, elle s'opposait vivement à sa mise à mort, si bien que son grand-père devait chaque fois intervenir pour lui faire comprendre que les oies ne sont pas des oiseaux de compagnie et, en conséquence, qu'elles doivent finir par être sacrifiées afin de se retrouver sur la table.

D'un tout autre tempérament, Françoise s'intéressait à tout ce qui concernait les arts. Elle s'adonnait avec succès au dessin et à la peinture. Les murs du manoir étaient ornés de croquis de fleurs et d'oiseaux que son talent exceptionnel rendait fort bien. C'était une jeune femme douce et sensible qui se plaisait en compagnie de sa mère et qui s'efforçait sans cesse de rendre service.

Marie-Louise, la plus jeune, montrait déjà des signes imminents de ce qu'elle deviendrait plus tard. Fort bonne cavalière, montant en amazone, elle parcourait tous les jours les terres du manoir comme si elle en était la propriétaire, saluant au passage le fermier et les serviteurs qui ne manquaient pas de lui rendre la politesse, en multipliant les sourires et les courbettes. Déjà, Marie disait à Justine :

— Je n'aurai guère de peine à trouver une remplaçante pour gérer le domaine.

— Qui sait ? La petite ne manque pas de m'impressionner. Puisse-t-elle continuer dans cette voie ! De voir ainsi mes filles grandir me rappelle que les années passent et que déjà, je suis rendue au mitan de ma vie.

— N'avons-nous pas presque le même âge ? À nous deux, à bien y penser, nous avons l'expérience d'une aïeule.

En parlant de la sorte, les deux femmes ne se doutaient pas qu'allait retomber sur leurs épaules l'avenir du manoir et de ses terres plus tôt qu'elles ne le souhaitaient. Quelques mois plus tard, sans qu'il ait donné de signes précurseurs, Marcellin rendait paisiblement l'âme au cours de son sommeil.

Justine alla aussitôt au pavillon prévenir Clément, qui travaillait à la confection de ses chapeaux. L'air était tellement empuanti qu'elle n'osa pas entrer dans la boutique. Quand il vint répondre à ses coups répétés à la porte et qu'elle l'avisa avec sa barbe longue et ses vêtements souillés, Justine eut un pas de recul.

— Est-ce bien, dit-elle, l'homme que j'ai épousé ?

— Qui veux-tu que ce soit d'autre ?

— Il te faudra te laver, te raser et te vêtir proprement afin de venir au manoir. Ton père est mort doucement cette nuit.

— Dieu ait son âme.

Ce furent les seules paroles que prononça Clément avant de tourner le dos à Justine et de se remettre à son travail comme si de rien n'était. Au grand dam de Justine, il n'alla pas au service funéraire. Quand elle se rendit au pavillon pour lui en faire reproche, il n'y était pas. Il n'y revint qu'une dizaine de jours plus tard, tout affairé à son projet.

Chapitre 28

L'héritage

Clément, qui ne mettait jamais les pieds au manoir, y arriva un beau matin sans prévenir. À Marie qui, le voyant surgir ainsi, lui demanda ce qui leur valait cette visite, il dit :

—Je viens chercher mon héritage.

— Ton héritage ?

— Il y a bien la moitié du manoir et des terres qui m'appartiennent.

— Selon le testament de notre père, le partage ne se fera pas ainsi.

— Quoi ?

— Le notaire Cournoyer saura te lire les clauses du testament qui te concernent. N'oublie pas que tu n'as pas toujours agi envers lui comme tu aurais dû le faire. Ce sont des choses qui finissent par se payer, à la longue.

— Es-tu en train de me dire qu'il m'a déshérité ?

— Non point. Mais si tu t'étais conduit dignement envers lui, tu aurais certainement pu obtenir plus.

Clément était furieux; Marie ne se laissa pas pour autant décontenancer.

— Si tu veux en avoir le cœur net, dit-elle, va voir le notaire Cournoyer.

Il rugit :

— J'y vais de ce pas et ne va surtout pas te figurer que je me laisserai manger la laine sur le dos sans rien faire !

❖

Il gagna Verchères sans tarder. À le voir marcher d'un pas décidé, Marie se dit que le notaire en entendrait des vertes et des pas mûres. Quand elle raconta le tout à Justine revenue du marché avec Abel, cette dernière l'apaisa.

— Il ne pourra rien y faire. Ton père justifie ses décisions et tous les juges du pays seront d'accord avec lui. Il n'a que ce qu'il mérite.

Quand Clément pénétra chez le notaire Cournoyer, ce dernier expliquait à une vieille dame les droits que lui garantissait son contrat de mariage.

— Ce contrat vous protège, vous êtes héritière de la moitié des biens laissés par votre défunt mari, sans compter le douaire et le préciput, ce qui vous avantage grandement. N'étant plus liée par votre contrat de mariage, si vous le désirez, vous pourrez favoriser par testament l'un ou l'autre de vos enfants, sinon, à votre décès, ils se partageront vos biens à parts égales.

Clément, qui avait tout entendu, se dit : « Comment se fait-il qu'au décès de notre mère, il n'y ait pas eu un tel partage ? » Il se sentait tout à coup frustré. Il est vrai que, par orgueil, sans doute par crainte de devoir affronter son père, il avait tourné le dos à sa part d'héritage. Cette fois, il se promettait bien de la toucher.

Quand il put enfin parler au notaire, celui-ci lui expliqua :

— Par testament, en effet, votre père vous a légué des biens, mais il m'a également laissé pour vous une lettre dans laquelle il explique ses décisions. Voulez-vous d'abord lire sa lettre et je vous ferai part ensuite du contenu du testament, ou préférez-vous le contraire ?

— Le testament d'abord !

— La partie du testament qui vous concerne se lit comme suit :

À mon fils Clément, je lègue le pavillon de chasse qu'il utilise d'ailleurs à ses fins depuis nombre d'années. Je lui lègue la moitié du revenu annuel des terres du manoir et à ses enfants, les revenus de la vente du manoir et de son contenu après le décès de ma fille Marie. Enfin, je lui lègue ma barque, mon coffre et mon armoire.

— C'est tout ? dit Clément.

— C'est tout.

Il rageait. En regardant la lettre qu'il tenait, il dit :

— Je présume que j'y trouverai tout plein de remontrances et un beau sermon sur le respect dû aux parents…

— J'ignore ce qu'elle contient, répondit le notaire. Quant à moi, mon devoir est accompli. Vous savez à quoi vous en tenir. Votre père n'était pas si riche que vous le pensez. La construction du manoir et son entretien ont beaucoup grugé ses avoirs. Seule sa bonne gestion lui a permis de maintenir votre famille au rang qu'elle a toujours occupé.

Clément passa la porte en jurant. Dès qu'il eut mis les pieds au manoir, ce fut pour s'en prendre à Marie.

— Ne va surtout pas croire, ma chère sœur, que tu vas t'en tirer facilement pour l'héritage. Je le contesterai devant les tribunaux !

Justine, qui avait tout entendu, s'approcha.

— Pourquoi t'en prends-tu à ta sœur ? Depuis la mort de ta mère, si elle ne s'était pas appliquée à bien gérer le manoir et ses terres, tu ne pourrais rien réclamer.

— J'ai droit à la moitié des revenus des terres et je veux immédiatement ma part !

— Tu as droit à la moitié des revenus *annuels* des terres, le reprit Marie. Encore faut-il qu'il y en ait ! Ne va surtout pas croire que nos terres rapportent une fortune chaque année… Elles nous permettent de payer leur entretien par le fermier et nous fournissent de quoi nous nourrir décemment tout au long de l'année. Si tu veux immédiatement toucher ta part, je te la donnerai, mais du coup tu nous priveras, Justine, tes enfants et nos serviteurs, de ce qui nous permet de vivre convenablement.

Justine intervint :

— Iras-tu jusqu'à priver nos enfants de nourriture et nous contraindre à retirer Alexandre du Séminaire ? Fais cela, Clément Perré, et jamais plus tu ne pourras espérer me voir vivre de nouveau à tes côtés. Le jour où tu gagneras honorablement ta vie, je te reviendrai, mais pas avant.

Les paroles de Justine semblèrent porter, car il se calma et regagna le pavillon. Une fois rendu chez lui, il se rappela la lettre de son père qu'il avait glissée dans son pourpoint. Il se dit d'abord qu'il allait la brûler, puis il hésita et finalement il la déposa sur la table où il l'oublia : il avait trop à faire dans son atelier de chapeaux.

Chapitre 29

La lettre de Marcellin

Au bout d'une nuit d'un sommeil agité, Clément alla chercher la lettre de son père. Après l'avoir retournée à maintes reprises, il la décacheta lentement et se résolut à la lire.

Cher fils,

Quand vous lirez cette lettre, j'aurai quitté ce monde pour une contrée, je le souhaite, encore meilleure. À vos yeux, je n'aurai pas été le père que vous souhaitiez. J'ignore ce qui en moi vous déplaisait au point de ne pas pouvoir souffrir ma présence. Peut-être ai-je été un père trop strict et trop sévère. Vous étiez le plus jeune de mes enfants. Sans doute vous attendiez-vous à plus de complaisance de ma part. J'ai voulu agir de façon équitable envers chacun de vous. Peut-être m'y suis-je mal pris avec vous. Mais sachez bien qu'il n'y a jamais eu de ma part l'ombre de la moindre mauvaise volonté. Je me suis efforcé d'intervenir le moins possible dans votre vie et quand vous avez eu besoin de moi, je n'ai pas hésité un moment à vous venir en aide.

Lorsque votre mère est morte, j'avais préparé la part qui vous revenait du partage des biens. Vous n'avez jamais manifesté d'intérêt à la toucher. J'ai tâché de compenser en accueillant chez moi votre épouse et vos enfants. J'ai pourvu à leur entretien et à leur instruction. Je leur ai donné le meilleur de ce que je pouvais donner. Sachez bien que je l'ai fait de bon cœur, car votre épouse est une femme remarquable qui, j'ai pu maintes fois le constater, fait d'abord et en tout temps passer le bien de ses enfants avant le sien.

Vous pensiez sans doute, comme bien d'autres, que j'étais très fortuné. J'avais certes mis la main sur les biens accumulés par mon oncle, mais je n'ai jamais pu échanger qu'une partie de ces pièces d'or à leur juste valeur, car pour se donner l'illusion d'être très riche, l'oncle avait fait l'acquisition d'un grand nombre de fausses pièces.

Malgré tout, j'eus suffisamment d'argent pour acquérir le domaine de Verchères, y faire construire le manoir et mener une vie à la hauteur du rang que j'occupais. Nous n'avons jamais été très riches. Il m'a fallu administrer nos biens avec une grande rigueur pour nous maintenir au niveau de vie qui fut le nôtre. Mon travail de notaire m'apportait tout juste l'argent nécessaire pour nous maintenir dans l'aisance. Voilà ce qui vous explique que nous ne pouvions nous permettre, comme d'autres, la vie de château. Certes, nous avons fait quelques réceptions, mais à un rythme bien moins soutenu que nos voisins des seigneuries de Verchères et de Contrecœur, pour ne nommer que ceux-là.

Quand il fut question de vous envoyer compléter vos études à Québec, nous avons dû nous priver sur d'autres points. Voilà ce qui explique pourquoi votre mère, qui l'aurait tant mérité, portait rarement des robes neuves et ne possédait que quelques bijoux.

Maintenant que me voilà parti, c'est sur les épaules de votre sœur Marie que retombe la tâche de faire fructifier les terres du manoir de façon à ce qu'elle puisse continuer à l'entretenir. Bien que votre épouse, par son travail de couturière, allégeait quelque peu mes obligations à son égard, je tenais à ce que vos enfants ne manquent jamais de rien et puissent jouir de la meilleure éducation possible. Voilà pourquoi j'ai voulu garder chez nous votre préceptrice, qui accomplit auprès d'eux le même travail qu'elle a réalisé auprès de vous.

J'ai bien pensé qu'une fois le temps de l'héritage venu, vous désireriez toucher la part qui vous est due. C'est pourquoi j'ai cru bon de préciser mes volontés par un testament que j'ai voulu le plus équitable possible. Sachant que vous n'auriez jamais l'intérêt et la patience voulus pour voir à l'entretien du manoir et au bon rendement des terres, Marie l'ayant fait depuis le décès de votre mère, j'ai jugé bon de lui confier cette tâche tout en lui permettant de la sorte de demeurer au manoir qu'elle n'a pas quitté depuis sa naissance. Vous sachant bien au pavillon de chasse, j'ai décidé de vous le donner en héritage, ainsi que ma barque, mon coffre et les vêtements que vous y trouverez, de même que l'armoire à laquelle je tenais beaucoup, car, avec le coffre, ce sont les seuls objets dont j'ai hérité de mon père, lequel les avait fabriqués de ses mains.

Enfin, pour assurer l'avenir de vos enfants, j'ai pensé, avec l'accord de Marie, leur léguer le manoir Perré après le décès de leur tante. J'ai cru bon, de plus, de vous léguer la moitié du revenu des terres du manoir en me disant que vous feriez tout en votre pouvoir pour seconder votre sœur afin d'en garder la valeur pour vos enfants. J'ai pensé que de la sorte, pour leur bien, vous accepteriez que la vie du manoir ne soit pas perturbée et que vous choisiriez de gagner votre vie de telle sorte que vos ambitions ne nuisent pas à celles de vos enfants.

Ai-je bien agi ? Je le crois. Est-ce que mes explications sauront vous satisfaire ? À vous d'en décider ! Pour ma part, je meurs l'âme en paix avec la satisfaction du devoir accompli. Puissiez-vous découvrir la voie qui vous permettra d'être heureux. C'est le souhait que vous formule votre vieux père en quittant ce monde. Sachez bien que, malgré tout ce qui nous a éloignés, je n'ai jamais cessé de vous aimer au même titre que mes autres enfants.

Votre père, Marcellin Perré

Au terme de sa lecture, Clément laissa tomber la lettre à ses pieds. Il resta sur place un bon moment, perdu dans ses pensées. Puis, se penchant, il remit la lettre sur la table et en parcourut de nouveau quelques passages. Enfin, résolument, il se leva et se dirigea vers son atelier où il se mit à travailler avec ardeur.

Chapitre 30

Le travail de chapelier

Clément se louait d'avoir engagé le chapelier Paul Lachapelle. Le vieillard se savait proche de sa fin et il ne demandait pas mieux que de transmettre ses connaissances. Il avait en Clément un élève des plus attentifs qui n'avait pas oublié que ce métier pouvait mener à la fortune. Pour lors, l'apprenti se contentait de mettre en pratique tout ce que le vieux maître chapelier pouvait lui apprendre. Il ne mit guère de temps à repérer les peaux qui donneraient les meilleurs résultats. «Je saurai, se disait-il, lesquelles acheter à l'avenir.»

Le vieil homme s'adonna d'abord, au moyen d'une plane, à arracher les poils des peaux. Puis il lui montra à Clément comment les préparer pour les fouler de manière à en faire un tissu suffisamment épais pour qu'il prenne, une fois posé sur les moules, la forme désirée.

En travaillant de la sorte à son premier chapeau, une idée traversa l'esprit de Clément: «Et si je fabriquais des chapeaux contrefaits?» Il s'empressa de la repousser en pensant à Justine. « Si jamais je veux la reconquérir, songea-t-il, je ne peux me permettre d'errer et de tricher. Ma fabrique de chapeaux produira de vrais chapeaux de castor. » Apaisé, il continua son travail, bien décidé à devenir le fabricant et le marchand de chapeaux de castor le plus célèbre du pays.

Pendant qu'il travaillait, il causait avec le vieux Lachapelle et le faisait parler de son enfance.

— Comment vous est venue l'idée de vous faire chapelier ?

— Oh, jeune homme, c'est une bien curieuse histoire.

— Que vous voudrez bien me raconter.

— J'avais dix ans à peine et j'aimais jouer des tours. Un beau dimanche à la messe, j'ai vu que le bourgeois assis devant nous avait placé son chapeau sur le banc tout à côté de lui. Au moment où il allait se rasseoir pour le sermon, j'ai tassé son chapeau de telle sorte qu'il s'assoie dessus.

— Oh là là ! Oh là là ! s'exclama Clément, je vois venir la suite. Un chapeau n'a pas de pattes et ne peut bouger seul.

— Le bourgeois était furieux. Il tenait à la main son chapeau tout cabossé. Il se tournait de tous les côtés pour chercher un coupable. Comme il me regardait d'un air soupçonneux, une femme qui avait été témoin de ma manœuvre l'a assuré que j'étais le coupable. La messe terminée, notre bourgeois m'attrapa par le chignon du cou et me dit : "Tu ignores sans doute le prix d'un tel chapeau. Eh bien, tu vas l'apprendre. Tu me dois dix livres tournois." Pendant tout ce temps, il me menaçait de sa canne. Si ma mère n'avait pas été là, j'aurais mangé la plus belle raclée de ma vie.

— Dix livres? Il n'en mettait pas un peu trop?

— Ma mère intervint: "Ce chapeau ne vaut pas ce prix-là." Le bourgeois monta sur ses grands chevaux. "Traitez-moi de menteur, madame. Votre sacripant de fils a fait que mon chapeau n'est plus utilisable. Il devra me rembourser dix livres." Ma pauvre mère qui était veuve et gagnait notre pain en vendant des fleurs au marché était au désespoir. Dix livres, c'était une somme considérable.

— À qui le dites-vous! approuva Clément.

— Je ne savais trop que dire ni que faire. Pour me racheter, je dis à ma mère que j'allais ramasser moi-même les dix livres en question. "Pauvre enfant, dit-elle, tu n'as que dix ans. Comment comptes-tu gagner tant de sous?" "Je vais faire des commissions pour le chapelier Dumouchel." Il faut dire que nous vivions alors à Paris, rue de la Vieille-Draperie, à deux pas de cette chapellerie.

— Ah ça, alors! s'exclama Clément. Le chapelier Dumouchel, je le connais! Le monde est bien petit...

— Vous le connaissez?

— Il y a quelques années, je suis allé chez lui en compagnie d'un marchand.

— Celui que vous avez connu était sans aucun doute le fils de celui chez qui j'ai travaillé et fait mon apprentissage. Pour en revenir à mon histoire, figurez-vous que je me suis rendu chez le chapelier à qui j'ai conté mon malheur, le suppliant de me donner du travail. Le bon monsieur m'aimait bien. Il m'a dit: "Ce bourgeois dont tu as bossué le chapeau, tu saurais me dire où il habite?" Je le lui ai dit et il est parti sur-le-champ en ma compagnie. Il a frappé à la porte et le bourgeois est venu répondre. Je le revois encore avec sa figure rouge et ses méchants petits yeux de porc.

— Vous avez été très chanceux de tomber sur un homme aussi compréhensif.

— Ce fut en effet ma chance. Il a dit au bourgeois: "Avez-vous gardé le chapeau que cet enfant vous a abîmé?" L'autre est allé le chercher. Le chapelier l'a pris, l'a examiné et a dit: "Ce chapeau ne vaut pas cinq livres." Une fois de plus, le bourgeois est monté sur ses ergots. "Qu'est-ce que vous en savez?" a-t-il craché d'une voix courroucée. "Ce que j'en sais? C'est moi qui l'ai fabriqué."

Clément se mit à rire.

— En voilà un, dit-il, qui croyait prendre et se voyait bien pris.

— En effet! Le chapelier a dit: "Monsieur, je vous apporterai dès ce soir un chapeau semblable à celui-ci et le mal sera réparé." Il a tenu parole, puis il m'a dit: "Maintenant mon garçon, pour me remettre ce que tu me dois, tu vas travailler pour moi." C'est ainsi que je suis devenu d'abord garçon de courses. Je faisais les moindres commissions et Dieu sait que le chapelier en avait à me confier.

Clément, que ce récit intéressait grandement, dit :

— Quand vous avez vieilli, je présume qu'il vous a pris comme apprenti ?

— C'est en plein ce qui est arrivé et j'ai appris le métier de chapelier auprès de lui. J'ai travaillé là une bonne dizaine d'années, puis ma mère est morte. J'étais seul au monde et je désirais travailler à mon propre compte, car au cours de toutes ces années, je n'avais eu qu'une idée en tête : fabriquer un chapeau pliable qu'il suffisait tout simplement d'aplatir quand on ne s'en servait pas.

— Et vous avez réussi à en inventer un ?

— J'ai réussi. Mais j'ai eu le malheur de le montrer à mon patron qui s'en est emparé. Il en a fabriqué des centaines et a fait d'immenses profits, se faisant même passer pour son inventeur. C'est ce qui m'a décidé à le quitter.

— Comment vous êtes-vous retrouvé en Nouvelle-France ?

— Par pur hasard. Il n'y avait pas un mois que j'avais quitté le chapelier Dumouchel que j'ai rencontré un homme qui recrutait pour la Nouvelle-France. Il m'a assuré qu'on y manquait de chapelier et que je pourrais me faire là une bonne clientèle. Je me suis embarqué sur un vaisseau et me suis retrouvé à Montréal où, grâce à mes économies, je suis parvenu à acheter l'ancien atelier d'un chapelier du côté de Pointe-aux-Trembles.

Je m'y suis installé et pendant plusieurs années, je suis parvenu de peine et de misère à gagner ma croûte.

— On vous avait sans doute bel et bien menti pour vous attirer ici.

— Dans la vie, nous rencontrons beaucoup plus de menteurs que d'honnêtes gens. C'est encore un boni-menteur qui a réussi à me convaincre de travailler pour lui. Il me promettait mer et monde. Avez-vous remarqué que dans le mot bonimenteur, il y a le mot menteur? Il s'agissait certes d'un bon menteur. J'ai travaillé pour lui pendant deux ans, uniquement pour ne pas crever de faim. Il promettait toujours de me payer le fruit de mon travail, mais il ne l'a jamais fait et il a disparu de ma vie comme il y était venu.

— N'étiez-vous pas un peu naïf?

— Quand on est honnête, on n'a pas idée que les autres puissent ne pas l'être. Mais après toutes ces années de vaches maigres, voilà qu'enfin la chance m'a souri. Un homme que je ne connaissais pas est arrivé un matin à mon atelier. Il a examiné les chapeaux que je fabriquais et m'a dit: "Je pourrais obtenir pour vous un contrat fort alléchant qui pourrait vous permettre de gagner très honorablement votre vie."

— Vous deviez sans doute vous tenir sur vos gardes.

— Je me méfiais, mais, pour une fois, cet homme ne mentait pas. Il m'a assuré qu'il achèterait pour les magasins du roi tous les chapeaux que je fabriquerais. J'ai accepté sa proposition et pendant plus de vingt ans j'ai été fournisseur de chapeaux pour le magasin du roi. Je filais le parfait bonheur. Ça ne pouvait pas aller mieux pour moi. Mais le bonheur des uns semble toujours faire le malheur des autres. On m'enviait. En coulisse, un chapelier a fait si bel et si bien qu'il a réussi à convaincre mon marchand de lui confier la confection de chapeaux à ma place.

— Sans doute lui en offrait-il un meilleur prix ?

— Peut-être, mais qui sait ? Les envieux savent toujours travailler leur monde au détriment de ceux dont ils jalousent le sort. Quand tout va trop bien, je vous le dis, il faut s'attendre au pire. Ce n'est pas long qu'on vous fait sauter le tapis de dessous les pieds. J'ai perdu mon contrat et pendant des années, j'ai tiré le diable par la queue. Et puis, l'âge aidant et la maladie venant, je n'ai pratiquement plus été capable de fabriquer de chapeaux. Vous le voyez, mes mains tordues ne sont plus bonnes à rien. C'est ainsi que vous m'avez trouvé. Fort heureusement, je pourrai mourir en paix, car j'aurai transmis mon savoir.

— Soyez assuré, renchérit Clément, que j'apprécie grandement de pouvoir apprendre ce métier auprès de vous. Jamais je n'aurais pensé devenir un jour chapelier. La vie fait parfois de drôles de détours.

— La vie ! Elle nous mène toujours par le bout du nez. J'espère pour vous que ce métier vous donnera la chance de gagner honorablement votre vie. Mais pardonnez au vieillard que je suis les paroles qu'il va vous dire : "C'est souvent au moment où la vie semble vous sourire le plus qu'elle vous fait sa pire grimace."

Chapitre 31

Les aléas de la vie

Grâce à ce vieil homme, qui mourut un an à peine après leur association, Clément réussit en deux ans à mettre sur pied un des meilleurs ateliers de chapeaux de castor du pays. On venait de partout pour se procurer des chapeaux de sa fabrication. Il s'était adjoint deux apprentis et produisait tout près de mille chapeaux par année. Toute sa vie était désormais consacrée uniquement à cette tâche. Ses filles lui rendaient souvent visite et parfois, Justine passait le voir. Il ne manquait jamais de lui dire :

— Ma mie, tu voulais que je me consacre à un travail honnête. Vois toi-même ! Tout ce que j'accomplis l'est parfaitement. Mes chapeaux sont d'authentiques chapeaux de castor. Je pourrais tricher et en fabriquer de faux tout en les vendant au même prix que les vrais. Je ne tricherai jamais plus, je te le promets.

— Ces paroles t'honorent. Qui sait, lorsque nos filles nous auront quittés, si je ne te reviendrai pas...

— Ce que tu me dis là me va droit au cœur.

— Mais pour le moment, mon mari, si tu te voyais, tu saurais pourquoi je ne suis guère attirée vers toi.

Clément ressemblait davantage à un homme de Cro-Magnon qu'au beau jeune homme fier qu'elle avait connu. Il était sale et mal fagoté, la barbe crasseuse, tout comme le reste de sa personne, et il habitait dans une bauge. Le pavillon de chasse donnait l'impression d'être une soue à cochon. Tout y était en désordre et les odeurs qui provenaient de l'atelier levaient lever le cœur. Justine lui répétait qu'il ne saurait la reconquérir que le jour où il se donnerait la peine de prendre visage plus humain.

— Tu possèdes maintenant suffisamment de sous pour bien vivre. Pourquoi ne viendrais-tu pas avec nous au manoir plutôt que de rester dans ce taudis?

— Je ne mettrai jamais les pieds au manoir et tu sais bien pourquoi. Tant que ma sœur y habitera, tu ne me verras jamais sous le même toit.

— Marie est une bonne personne qui ne ferait pas de mal à une mouche. En quoi t'a-t-elle offensé pour que tu la traites de la sorte?

— Elle a toujours manœuvré pour attirer l'attention de mes parents et elle a gagné, puisque le manoir lui appartient. Je n'aime pas les intrigantes.

— Dis plutôt qu'au contraire de toi, elle a toujours été attentive au bien-être de tes parents, ce qui lui a valu leur reconnaissance.

Justine avait beau argumenter de la sorte, Clément ne voulait rien entendre. Elle finissait toujours par lui dire :

— Clément Perré, tu es un homme doué de très belles qualités, mais tu as en toi un côté exécrable. Tu es buté comme un bouc. Tu ne veux pas démordre de tes idées arrêtées. Et à cause de cela, tu te prives volontairement de ce que la vie peut t'apporter de mieux.

❖

Heureux de voir enfin un de ses projets prendre de l'ampleur, Clément décida que produire mille chapeaux de castor par année était insuffisant pour faire vraiment fortune et qu'il lui fallait augmenter la production. Il fit des plans, se procura le bois nécessaire, engagea un charpentier et fit ajouter une autre aile au bout de celle qu'il avait déjà fait construire au pavillon. Il s'assura qu'elle soit assez grande pour servir à la fois d'atelier et d'entrepôt. Il se rendit ensuite en barque à Montréal, où il fit afficher aux portes des auberges une annonce par laquelle il se disait prêt à engager deux hommes ayant des connaissances en chapellerie et prêts à travailler à Verchères. Il invitait les candidats à le rencontrer à l'auberge La Marmite de fer où il avait pris chambre pour une semaine. Il profita de son séjour à Montréal pour négocier auprès des coureurs des bois les peaux de castor qu'ils avaient droit de vendre à leur compte.

Trois soirs de suite, Clément reçut des hommes désireux de s'engager à la chapellerie de Verchères. La plupart n'avaient aucune expérience dans le métier et il les refusa en grognant :

— Vous ne savez donc point lire ? J'ai bien mentionné que les candidats devaient s'y connaître dans la confection de chapeaux. Me prenez-vous pour un débile incapable de juger si vous connaissez le b, a, ba du métier ?

Il ne voulait pas être contraint d'enseigner le métier à des débutants. Toutes ces entrevues le désespérèrent de pouvoir ramener à Verchères un seul engagé. Mais la veille de son retour, un homme se présenta qui se disait apte à confectionner tous les chapeaux que Clément désirerait, et pas seulement ceux de castor.

— Où avez-vous appris votre métier ?

— Auprès de mon père.

— Qui est ?

— Chapelier en France.

Voyant qu'il ne pourrait pas obtenir rapidement des renseignements supplémentaires sur cet homme, Clément lui posa une série de questions fort précises sur la façon de confectionner les chapeaux de castor. Ses réponses le satisfirent et il l'engagea le soir même. À défaut de deux engagés, il revint à Verchères avec cet homme en qui il avait confiance.

Le lendemain matin, il se remettait à l'ouvrage avec le but de rendre son entreprise encore plus rentable. Il comptait, dès l'année en cours, réussir à vendre plus de mille cinq cents chapeaux. Mais tout cela ne lui suffisait pas, car il réfléchissait aussi au moyen de diversifier sa production. Le hasard lui vint en aide quand, passant chez le cordonnier où il avait fait réparer une paire de souliers, il pensa qu'une forte production de souliers pourrait lui apporter des sommes importantes.

Il ne tarda pas à mettre son projet à exécution en ajoutant à sa fabrique de chapeaux une cordonnerie, après quoi il procéda à l'embauche d'un premier cordonnier. Toutefois, ses engagés logés à même l'entrepôt de chapeaux se plaignaient de ne pouvoir y dormir tranquilles tant les odeurs qui s'en dégageaient les incommodaient la nuit.

— Nous avons assez de vivre toute la journée dans ce mauvais air. Pourrions-nous espérer au moins dormir ailleurs?

Clément demeura d'abord insensible à leurs revendications, puis, se laissant convaincre, il finit par leur faire construire un camp en retrait du pavillon de chasse. Ces innovations dégarnirent passablement sa bourse. Mais enfin, il était satisfait de ce qu'il avait mis sur pied et, pour une fois, l'avenir s'annonçait meilleur.

Chapitre 32

Isabelle

À dix-sept ans, Isabelle, la fille aînée de Clément et Justine, ne manquait pas d'inquiéter sa mère en se montrant particulièrement réfractaire à ses conseils et en devenant une jeune femme butée. Isabelle faisait de plus en plus penser à son père au même âge et Marie s'en ouvrit à Justine :

— Tu ne peux pas savoir à quel point elle lui ressemble. Je le vois encore quand mes parents l'ont envoyé étudier au Séminaire. Il faisait son désinvolte et est parti la tête haute comme s'il s'enfuyait d'une prison. Pourtant, il avait été choyé et bien entouré au manoir, ne manquant jamais de rien, un peu comme ta fille. Dans son cas, nous avons raison de dire tel père, telle fille.

Marcellin n'était plus là pour intervenir et faire entendre raison à la jeune fille. Il ne fallait pas non plus compter sur Clément pour jouer ce rôle. Isabelle s'était mise dans la tête qu'il lui fallait briller à tous les bals. Elle y obtenait du succès auprès de tous les jeunes hommes, qui restaient fascinés par sa vivacité d'esprit et l'éclat de sa beauté. Elle savait faire rire, avait réponse à tout et attirait l'attention par ses réparties toujours à point.

L'été s'avérait une saison propice aux bals champêtres fréquentés par tout ce que Verchères et les environs comptaient de fils de nobles et de bourgeois. Des militaires de passage se joignaient à tout ce beau monde et on dansait des heures durant pour oublier les tracas quotidiens. Isabelle revenait enchantée de ces soirées grandioses. Elle soupirait après l'instant où, comme la plupart des jeunes femmes qu'elle côtoyait, elle pourrait danser au bras de l'élu de son cœur.

Le mois de juin apporta les premières vraies chaleurs de la saison. Isabelle avait pris l'habitude de se rendre chaque jour flâner le long du fleuve, non loin du pavillon de chasse où elle s'arrêtait à l'occasion saluer son père, toujours fort occupé à la production de ses chapeaux. Un beau jour, vers le milieu du mois, elle ne revint pas de sa promenade. Justine s'inquiéta de ne pas la voir paraître au souper. Elle donna l'alerte aux serviteurs, fit prévenir Clément et ne manqua pas d'interroger Françoise et Marie-Louise.

— Vous n'avez pas vu votre sœur?

— Non, pas depuis ce midi qu'elle est sortie pour sa promenade quotidienne.

— Pourrait-elle s'être rendue ailleurs sans prévenir?

— Ce n'est pas dans ses habitudes.

— Aurait-elle eu un malaise, ou subi une blessure qui l'empêcherait de regagner la maison ?

N'obtenant aucune réponse à ses interrogations, Justine organisa une battue du côté du fleuve. Interrogé à savoir s'il l'avait vue, Clément dit qu'elle ne s'était pas arrêtée ce jour-là au pavillon. Que pouvait-elle être devenue ? La battue n'ayant pas donné de résultat, Justine expédia Abel au fort de Verchères s'enquérir si elle ne s'y trouvait pas. Quand il revint en disant que personne ne l'y avait vue, ce fut la consternation. Avait-elle été la victime d'une bête sauvage ? Les recherches poursuivies avec intensité au cours des jours suivants s'avérèrent vaines. Que lui était-il arrivé ?

Appelé à Montréal pour son travail, Clément y mena son enquête. À la demande de Justine, il fit apposer des affiches aux portes des auberges. On y signalait la disparition de la jeune femme en précisant qu'une forte récompense serait rattachée à tout renseignement pertinent à son sujet. Au bout d'un mois, il fallut se rendre à l'évidence : Isabelle avait bel et bien disparu et Justine ne s'en consolait pas. Malgré les moustiques abondants en ce temps de l'année, elle se rendait chaque jour au bord du fleuve, s'attardant obstinément à fouiller les moindres buissons. Elle se consolait en se disant que si sa fille avait été attaquée par une bête, on aurait certainement trouvé quelque part dans les fourrés des lambeaux de vêtement ou de chair. Son cœur de mère lui disait que sa fille vivait toujours et elle ne désespérait pas de la revoir un jour, souriante et vive, lui racontant en long et en large sa mésaventure.

À l'approche de l'automne, un messager vint porter une lettre au manoir. L'état de cette missive laissait voir qu'elle était passée entre plusieurs mains. Justine était certaine que cette dépêche, qu'elle décacheta d'une main tremblante, contenait des renseignements concernant Isabelle. Tout près d'elle, Marie lui dit :

— Aimerais-tu que je la lise d'abord ?

— Je saurai bien le faire.

En reconnaissant l'écriture de sa fille aînée, Justine éclata en sanglots. Marie lui reprit la lettre des mains et commença à lire doucement, à voix haute.

Chère mère,

Vous me voyez extrêmement triste et tellement repentante de toute la peine que je vous ai causée. Mais consolez-vous, je suis toujours vivante. Il arrive parfois dans la vie que l'amour nous atteigne si promptement et nous bouleverse si vivement que nous en perdons tous nos moyens. Voilà justement ce qui m'est arrivé. À un des bals donnés à Verchères, j'ai fait la connaissance d'un homme tout à fait merveilleux nommé Fanchère. C'est un coureur des bois notoire. Il parle la langue de plusieurs tribus sauvages et maîtrise à merveille la connaissance des bois. Vous devriez voir comme il est beau. En l'apercevant la première fois, j'ai su que nos destins étaient liés. Je le rencontrais à chacune de mes promenades au bord du fleuve. J'ai longuement discuté avec lui de la possibilité de vous le faire connaître, mais j'étais certaine qu'une foule d'obstacles, ne serait-ce que mon âge, nous auraient empêchés de réaliser notre rêve de vivre ensemble jusqu'à la fin de nos jours. Voilà pourquoi nous n'avons rien trouvé de plus pertinent que de disparaître au loin avant de vous prévenir par cette lettre que vous avez maintenant en main.

Depuis, je ne quitte plus Fanchère, le suivant dans tous ses déplacements. Au moment où je vous écris, nous sommes à plus de mille lieues de vous, en pleine forêt, à vivre un peu tous les jours à la manière des Sauvages, mais heureux et libres comme ces enfants des bois. Ne vous inquiétez pas à mon sujet. Je crois que je n'ai jamais connu bonheur plus grand que celui d'être entre les bras et sous la protection de Fanchère, que je considère comme mon époux même si nous ne sommes pas mariés devant Dieu ni devant les hommes.

Un jour sans doute, quand le moment approprié sera venu, je vous reviendrai avec mon époux et les enfants que nous aurons eus ensemble. Vous saurez me dire alors que mon choix était fort judicieux. Pourquoi aurais-je dû attendre quelques années de plus pour vivre pareil bonheur? L'âge que nous avons y change-t-il quelque chose? J'ignore si vous me pardonnerez d'avoir agi de la sorte, sachant que vous ne méritiez pas une telle épreuve. Mais si vous êtes comme toute mère, et que vous voulez le bonheur de votre enfant, je sais que, me sachant heureuse, vous saurez oublier la peine profonde que je vous ai causée.

Sachez que pas une seule journée je n'ai cessé de penser à vous et à mes deux sœurs, de même qu'à la si bonne Marie, en me disant qu'un jour peut-être pas si lointain, je vous reviendrai et que nous ferons encore retentir de rires et de chansons les murs du manoir de Verchères. Pour lors, je me contente de goûter à plein chaque jour les bonheurs qui sont miens en vous souhaitant d'en vivre d'aussi bons.

Ne vous inquiétez pas, chère mère, de mon sort : il est entre bonnes mains. Ne vous donnez pas la peine de tenter de me retrouver. Nous nous déplaçons si souvent à travers les bois de nos vastes contrées que je ne peux pas vous dire où je serai demain. Mais qu'importe où mes pas me mènent, mes pensées n'ont de cesse d'aller vers vous. Si, un jour, nous nous arrêtons pour vivre plusieurs mois au même endroit, je vous écrirai pour vous en informer et obtenir de vous des nouvelles qui me réchaufferont certainement le cœur.

Je vous embrasse, de même que mes sœurs, la bonne Marie et tous ceux que j'aime, en vous assurant de mes meilleurs souvenirs.

Votre fille affectueuse et reconnaissante,

Isabelle

Marie se tut. Justine avait entre-temps séché ses larmes. Prenant la lettre des mains de Marie, elle la relut à voix basse puis, au terme de sa lecture, posa ses lèvres sur ces feuilles que sa fille avait eues en main et dit enfin :

— Me voilà soulagée du plus grand poids que mes épaules ont eu à porter.

— Nous devons nous en réjouir, renchérit Marie. La vie vient de nous offrir un de ses plus beaux cadeaux.

Chapitre 33

Le vent tourne

Pendant ce temps, au moment où Clément se flattait de posséder un des meilleurs, sinon le meilleur atelier de chapeaux de castor de la Nouvelle-France, qui lui rapportait des milliers de livres par année, le vent tourna brusquement.

Un matin qu'il travaillait paisiblement dans son atelier, deux visiteurs s'y présentèrent. Leur air solennel ne laissait présager rien de bon.

—Vous êtes bien monsieur Clément Perré, chapelier?

—À votre service, messieurs!

—Nous sommes porteurs d'un mandat du gouverneur. Nous avons ordre de saisir tout ce que contient cet atelier.

Clément bondit sur ses pieds et attrapa en moins de deux de son fusil.

—Dehors, messieurs avant que je me fâche!

Les deux hommes reculèrent vers la porte non sans avoir déposé par terre une large feuille de papier aux armes du gouverneur. Le plus âgé des deux dit :

— Nous reviendrons avec les gendarmes.

Clément se pencha et s'empara de l'ordonnance, car c'en était bien une. Il la lut :

Par ordre du roi de France, pour préserver le monopole de la Compagnie des Indes occidentales sur le commerce des fourrures, il est désormais défendu de confectionner des chapeaux de castor en ce pays. Les ateliers de chapellerie seront fermés et leur contenu saisi.

L'ordonnance émanait du gouverneur Hocquart et de l'intendant. De rage, Clément la froissa. Il savait bien que les inspecteurs reviendraient le lendemain. Pour les empêcher de se saisir de ses outils, il vida l'atelier et transporta le tout dans les bois avoisinants. Quand, le lendemain, les inspecteurs se présentèrent, ils demandèrent :

— Où sont passés vos outils et effets de chapellerie ?

— Si vous voulez les trouver, répondit Clément, cherchez-les dans le fleuve.

— Vous avez contrevenu à l'ordonnance. Vous êtes passible de prison !

— Où est-il écrit que les ateliers de chapellerie doivent être pleins quand les inspecteurs y passent ?

La question de Clément les laissa bouche bée. Ils se contentèrent de mettre des scellés à la porte de l'atelier, contraignant Clément à renoncer à la fabrication de chapeaux. C'était mal le connaître. Les visiteurs étaient à peine partis qu'il gagnait les bois pour y mettre mieux à l'abri ses outils et autres effets. Le lendemain, en plein bois, il commençait à élever les murs de son nouvel atelier. Il se promit de travailler seul et clandestinement. Certes, sa production de chapeaux diminuerait et il lui faudrait être doublement prudent pour les vendre. Mais il avait de bons contacts et il saurait bien écouler son stock.

Malgré l'ordonnance qu'il trouvait injustifiée, il produisit encore un bon nombre de chapeaux durant plus d'un an, jusqu'au jour où les gendarmes lui tombèrent dessus et l'arrêtèrent. Conduit sous bonne escorte à Québec, il fut mis en prison et, lors du procès qui suivit, sa plaidoirie sembla toucher particulièrement le juge qui, tout comme le gouverneur, avait demandé au ministre Maurepas de laisser les chapeliers gagner honorablement leur vie et celle de leur famille. À leurs yeux, ils ne nuisaient aucunement au commerce des fourrures. Ils avaient même insisté pour que les producteurs de chapeaux de castor soient préalablement prévenus de ce changement imminent afin de leur permettre de s'adonner à un autre travail.

Avant le prononcé de la sentence, Clément dit au juge :

— Vous savez le nom que je porte, aussi je vous demande d'être, tout comme moi, clément.

Le juge daigna esquisser un sourire, puis dit :

—Vous avez enfreint la loi, je me dois de vous condamner. Mais comme vous me le demandez, je me montrerai clément puisque vos biens ont été saisis et qu'il vous sera difficile de travailler de nouveau de votre métier. Je vous condamne à quatre cents livres d'amende et deux mois de prison. Et que l'on ne vous y reprenne plus !

❖

Justine avait été témoin bien malgré elle de toute cette saga. Elle pouvait difficilement blâmer Clément, qui avait été victime d'une décision injuste. Pour une fois, se disait-elle, il gagnait honorablement sa vie. Elle qui n'avait jamais remis les pieds à Québec décida d'y aller. Elle y rendit visite à Clément, que ce dernier échec semblait avoir rendu passablement amer.

—Le vieux Lachapelle m'avait dit qu'il fallait se méfier de la vie quand elle nous est trop bonne. Il avait raison. Mais je n'ai pas dit mon dernier mot. Que je sorte seulement de prison…

—Je n'aime pas quand tu ne termines pas tes phrases, lui dit Justine. Que mijotes-tu encore ?

—J'ai discuté depuis mon arrivée en prison avec un homme qui m'a persuadé qu'il y a gros à faire dans le commerce de la baleine. Je possède deux barques. Je saurai bien m'en servir.

Une fois de plus, l'illusion de l'argent vite gagné revenait le hanter. Justine se dit: «Il ne cessera jamais de rêver, mais il a tout de même à cœur de gagner sa vie. »

Et pour ça, malgré ses écarts, elle n'avait jamais cessé de l'admirer.

Chapitre 34

Les Pâques

Dès sa sortie de prison, Clément regagna Verchères où il s'installa pour un temps au pavillon, attendant la saison de la pêche. En attendant, il travaillait à remettre ses barques en état de voguer. Moins d'un mois après son retour, le curé de Verchères fit sa visite paroissiale. Lors de son passage au manoir, il ne manqua pas de questionner Justine au sujet de Clément.

— Je me suis rendu compte que votre époux ne fréquente guère notre église…

— Il est la plupart du temps en voyage.

— Ce n'est pas ce qu'on m'a rapporté dernièrement. Ne sort-il pas de prison ?

— Il a été injustement incarcéré. Il travaillait paisiblement à la confection de chapeaux de castor quand a paru cette ordonnance.

— Ça ne l'excuse pas de s'exempter des sacrements. Depuis quand n'a-t-il pas fait ses Pâques ?

Justine, qui n'était pas elle-même une grenouille de bénitier, ne prisa guère la question et répondit vivement :

— Monsieur le curé, il faudrait le lui demander vous-même.

— Où puis-je seulement le trouver ?

— Là où il habite : au pavillon de chasse.

— Et où se trouve ce pavillon ?

Justine l'indiqua au curé, qui dit :

— Pourriez-vous aller le chercher ?

— J'ignore s'il y est, reprit Justine, et ce n'est pas moi qui désire le voir.

Le curé ressortit du manoir quelque peu aigri, mais il tenait tant à son idée qu'il revint le lendemain pour se diriger directement vers le pavillon. Il y trouva Clément en pleins préparatifs de pêche et l'aborda ainsi :

— Bonjour, mon ami ! Vous savez qui je suis ?

— Je n'ai pas cet honneur, répondit Clément. Le devrais-je ?

— Certainement, puisque je suis votre curé.

— Qu'est-ce qui me vaut votre visite ?

— Vous êtes un de mes paroissiens, à ce que je sache. Vous vivez bien ici ?

— Cela dépend. J'y suis… et je n'y suis pas, au gré de mon travail.

— Je ne vous ai jamais vu à l'église.

— C'est parce que je n'y mets pas les pieds.

— Pourquoi donc ?

— Mon travail ne me le permet pas.

— Vous êtes donc un de ces impies qui se permettent d'ignorer Dieu et ceux qui le représentent…

— Ça ne me rend pas plus mauvais pour autant.

— Non seulement vous ne fréquentez pas l'église, mais vous vous permettez de travailler le dimanche et je suis certain que vous ne faites pas vos Pâques. Vous êtes un mauvais exemple pour toute la paroisse.

— Je n'oblige personne à me prendre en exemple.

— Ne faites pas votre forte tête ! Je vous attends pour une confession générale, sinon toute la paroisse entendra parler de vous.

— Ce sera sans doute de votre part un exemple de charité chrétienne.

Voyant qu'il n'aurait pas le dernier mot avec cet entêté, le curé le quitta la tête haute et le pas décidé. Le dimanche suivant, durant son sermon, il fit une sortie contre ceux qui se permettaient de ne pas faire leurs Pâques.

« Nous avons dans nos rangs un homme qui vit dans le péché depuis nombre d'années et se permet de tenir tête à votre curé. Cet homme, dont les parents étaient des personnes fort honorables, attirera le courroux de Dieu sur lui, et du même coup sur nous. En raison du mauvais exemple qu'il donne et vu son manque de repentir, s'il ne vient pas se confesser et ne fait pas ses Pâques, je lui interdirai l'entrée à l'église. Ai-je besoin de le nommer ? Vous le connaissez tous. Il aura ce qu'il mérite. »

Ces paroles vinrent aux oreilles de Justine qui en informa Clément, lequel alla trouver le curé et lui dit :

— Vous désirez me confesser, eh bien me voilà !

— Je vois que vous revenez à de meilleurs sentiments. J'entendrai donc volontiers votre confession.

Clément s'accusa de ne pas être un très bon chrétien
puisqu'il ne fréquentait guère les sacrements et qu'il
lui arrivait de travailler le dimanche, y étant parfois
obligé pour gagner sa vie. Le curé le reprit :

— Il n'y a aucune excuse qui vous autorise à travailler le dimanche. Je vois que vous n'êtes pas sincère,
aussi ne comptez pas sur moi pour vous donner l'absolution avant que j'en parle à monseigneur l'évêque.

Clément le quitta en lui disant :

— Vous n'êtes pas seul à pouvoir confesser les gens.
Je m'adresserai à un prêtre à l'esprit moins obtus.

Profitant d'un transport de marchandises qu'il
devait faire à Montréal, il se rendit à Laprairie où il
se confessa à un père jésuite du nom de Froment. Ne
voulant sans doute pas entrer en conflit avec le curé
de Verchères, ce jésuite reçut sa confession, mais dit à
Clément :

— Je vais vous remettre un billet pour votre curé. J'y
explique que vous vous êtes confessé et que si, comme
vous me le promettez, vous fréquentez l'église le
dimanche, je vous donnerai l'absolution dans trois mois.

Clément remit le billet au curé qui lui fit dire que
le dimanche suivant, il allait mentionner son nom
devant tous les paroissiens, les avisant qu'il n'avait pas
fait ses Pâques, ce pourquoi il était exclu des prières à
l'église, et que s'il l'y voyait, il cesserait le service divin
tant qu'il n'en serait pas sorti.

Furieux, Clément s'adressa directement au gouverneur et à l'intendant pour qu'ils fassent cesser cette discrimination. L'intendant ne mit pas de temps à faire parvenir au curé une lettre dans laquelle il lui ordonnait de remettre immédiatement un billet à Clément Perré pour que le père Froment puisse lui donner l'absolution. Le curé écrivit à l'intendant qu'il avait prévenu le père Froment et que Clément n'avait qu'à se rendre se confesser à Laprairie afin d'obtenir l'absolution de ses fautes. Clément fit le voyage jusqu'à Laprairie. Le père Froment lui dit alors :

— Désolé ! Le curé de Verchères ne m'a pas fait parvenir de lettre…

— Vraiment ? Il va avoir de mes nouvelles.

De retour à Verchères, Clément alla trouver le curé et lui dit :

— Vous êtes un fieffé menteur. Vous n'avez pas écrit au père Froment et il n'a pas pu me donner l'absolution. Vous allez me donner le billet tel qu'exigé par l'intendant.

Le curé lui donna une lettre scellée qu'il devait remettre au père Froment. Clément monta dans sa barque et retourna à Laprairie afin de régler définitivement la question. Il remit la lettre au père Froment qui, l'ayant lue, dit à Clément :

— Monsieur Perré, votre curé m'enjoint de ne vous donner l'absolution sous aucun prétexte. Il me dit que vous n'êtes pas digne de la recevoir.

Clément ragea et marmonna entre ses dents.

— C'est le pire hypocrite que la terre ait jamais porté !

Le dimanche suivant, Clément se rendit à la messe à Verchères. Le curé était furieux de l'y voir. Alors que la messe débutait, il dit :

— Mes frères, nous avons parmi nous Clément Perré, le paroissien indigne dont je vous ai déjà parlé. Je lui ordonne de sortir de l'église puisqu'il en est exclu.

Clément répondit d'une voix forte :

— J'ai fait toutes les démarches exigées par vous et par l'intendant dans cette affaire. Vous m'avez menti ainsi qu'à l'intendant et au père Froment pour que je ne reçoive pas l'absolution de mes fautes afin de vous donner prétexte de dire devant toute la paroisse que je n'ai pas fait mes Pâques. Vous êtes un prêtre indigne.

Rouge de colère, le curé s'avança vers lui.

— Je demande main-forte aux hommes de cette assemblée afin qu'ils m'aident à mettre cet individu à la porte de l'église.

Voyant que personne ne bougeait, il demeura interdit. Un nommé Latendresse, visiblement ivre, dit aux marguilliers :

— C'est à vous à le mettre à la porte !

Au grand scandale de plusieurs paroissiens, les marguilliers s'avancèrent et, aidés de Latendresse, ils saisirent Clément par les cheveux et le traînèrent jusqu'à la porte de l'église dont ils l'expulsèrent, comme un excommunié, à coups de pied et de poing.

Clément en avait assez. Il porta plainte en justice pour voies de fait, coups et blessures ainsi qu'atteinte à sa réputation. Le procureur lui dit qu'il se rendrait volontiers mener sa propre enquête à Verchères si Clément était en mesure d'en défrayer les frais. Comme il lui était impossible d'assumer les coûts d'un tel déplacement, Clément s'adressa de nouveau au gouverneur et à l'intendant. Quelques jours plus tard, il fut convoqué à Québec par nul autre que l'évêque lui-même, qui lui dit :

— N'allez pas plus loin dans votre requête, monsieur Perré. Tout cela n'est qu'un malentendu. J'ai fait les démarches pour que tous les frais que vous avez déboursés pour vous déplacer entre Verchères et Laprairie, de même qu'entre Verchères et Québec, vous soient remboursés. Les marguilliers qui vous ont agressé et battu ont été avisés qu'ils devront vous dédommager. Je vous demande seulement de vous abstenir de vous présenter à l'église de Verchères pour trois dimanches consécutifs. Entre-temps, vous pourrez vous confesser à un père récollet de Québec qui vous donnera l'absolution, et monsieur le curé de Verchères lira à l'église la lettre d'explications que je lui ferai parvenir.

— S'il en est ainsi, concéda Clément, je suis prêt à retirer ma plainte.

L'évêque lui remit une lettre pour le curé de Verchères. Dès son retour, Clément alla la lui porter.

Quelques jours plus tard, il apprit que le curé avait fait afficher à la porte de l'église un document interdisant à Clément Perré, ce pécheur impénitent et indigne, de remettre les pieds à l'église. De plus, il mentionnait que personne ne serait tenu de lui rembourser quoi que ce soit.

Clément eut de nouveau recours à la justice. Il adressa une nouvelle requête au gouverneur et à l'intendant, leur expliquant comment il était discriminé en cette affaire. L'intendant ordonna au curé et aux habitants de Verchères qui avaient agressé Clément de lui remettre une somme de deux cents livres. Profitant des circonstances, l'intendant émit une ordonnance par laquelle il faisait désormais défense à tous les ecclésiastiques d'intervenir, par écrit ou à voix haute, dans les églises contre un individu en mentionnant son nom, sous peine de cinq cents livres d'amende.

Chapitre 35

La chasse à la baleine

Quand Clément avait quelque chose en tête, rien ne pouvait l'empêcher de l'accomplir. Un prisonnier lui avait parlé de la chasse à la baleine. Il quitta Verchères avec ses deux barques, l'une à la remorque de l'autre. Quand il atteignit Québec, il passa outre, prenant le temps d'aller amarrer sa deuxième barque à un quai du côté de Saint-Michel. Ces lieux lui étaient familiers quand il pêchait l'anguille.

« Un homme qui remorque une chaloupe est bien vite repéré, se dit-il. Pour ce que je compte faire, il ne faut pas qu'on me remarque. »

Il attendit que le soir tombe ; alors, il dirigea tranquillement son embarcation vers Québec, où il échoua sa barque à minuit passé.

Il attendit d'être certain de ne rencontrer personne dans la rue. Transportant sur son dos une poche remplie de chiffons imbibés d'huile, il se dirigea lentement vers le magasin de la Compagnie des Indes occidentales. Bien décidé à mettre le feu au magasin, il plaça ses chiffons le long du mur le plus exposé au vent. Puis, entendant du bruit, il se cacha dans l'ombre. Un homme passa non loin de lui en allongeant le pas vers la place Royale.

Cette diversion suffit à Clément pour reprendre un peu ses esprits. Il tenait à se venger contre les bourgeois qui lui avaient fait perdre son gagne-pain, mais il se mit à réfléchir aux conséquences de son geste. S'il était pris, il était assuré d'être aussitôt condamné à mort. Aurait-il le courage de résister à la Question ? De plus, valait-il la peine de risquer sa vie pour se venger ? Enfin, s'il mettait le feu, il y avait de fortes chances pour que le gardien de nuit du magasin y laissât la vie.

Tournant le dos au magasin, il regagna lentement l'endroit où il avait laissé sa barque. Vers les deux heures, il monta dans son embarcation et la laissa dériver au milieu du fleuve, avec la marée. Longtemps, son regard resta braqué dans la direction de l'entrepôt de fourrures. Il imagina le spectacle auquel il aurait assisté si des flammes s'étaient élevées dans les airs comme il l'avait souhaité.

Clément regrettait un peu de ne pas s'être rendu au bout de son dessein. Il envoya tout de même paître tous ces bourgeois qui s'engraissaient sur le dos des pauvres gens par des moyens malhonnêtes. Déjà, il imaginait le moyen de leur nuire d'une autre façon.

« Vous, les bourgeois qui détenez le monopole du commerce des fourrures, grommela-t-il, m'avez fait perdre mon gagne-pain, ce qui me cause un tort énorme. Vous avez volé un honnête homme. Sachez qu'il saura bien, en temps et lieu, vous rendre la monnaie de votre pièce. J'en fais le serment cette nuit. »

Arrivé du côté de Saint-Michel, il échoua sa barque et attendit le lever du jour pour récupérer sa deuxième embarcation. Quelques jours plus tard, du côté de Kamouraska, alors qu'il commençait à s'adonner à la chasse à la baleine, il apprit par un des pêcheurs arrivés de Québec que le magasin de la Compagnie des Indes occidentales avait presque entièrement brûlé. Des milliers de peaux de fourrure, le travail de nombreux mois de traite, étaient perdus. « Quelqu'un, se dit-il, avait donc eu la même idée que moi. Que la Providence en soit remerciée ! » Il demanda :

— Sait-on comment le feu a pris ?

— Il semble bien que ce soit un incendie criminel, mais personne ne peut en témoigner.

— Les bourgeois doivent être furieux !

— Qui ne le serait pas à leur place ? Personne n'ose le dire, mais les gens sont nombreux à rire sous cape et à se réjouir de leurs déboires. Quand on détient un monopole, il arrive parfois que justice se fasse et qu'on finisse par avoir ce qu'on mérite. Ce n'est pas moi qui vais les plaindre, oh que non !

❖

Clément s'installa à Kamouraska pour participer à la chasse à la baleine. Comme il était propriétaire de deux barques, il en loua une à quatre hommes venus expressément pour cette activité. Lui-même monta dans son autre barque avec trois pêcheurs basques expérimentés. Comme il n'avait jamais chassé de baleine, il voulait le faire en compagnie d'hommes habitués à ce genre de pêche. Ils lui expliquèrent de quelle façon se rapprocher de ces énormes mammifères. Ils se chargèrent de préparer eux-mêmes les harpons et les rouleaux de cordage qu'on y attachait. Ils le prévinrent que quand un homme a le malheur de se trouver dans le chemin d'un de ces câbles au moment où la baleine harponnée décide de s'enfoncer sous l'eau, il risque d'être scié en deux.

— Il faudra bien manœuvrer, l'avisèrent-ils. Il est arrivé que des pêcheurs, en s'approchant trop près de la baleine, aient été broyés en même temps que leur embarcation par un coup de queue du monstre.

Quand, le lendemain, ils partirent à la recherche d'une baleine, Clément sentit un pincement au cœur. Toutefois, dès qu'ils repérèrent leur proie, une baleine à bosse d'une quarantaine de pieds, il concentra toutes ses énergies sur le travail à faire. Il savait que sa vie, tout comme celle de ses compagnons, reposait sur ses épaules. Il suivit à la lettre les conseils de ses hommes qui le guidaient de façon sûre dans l'approche de la bête. Toutes voiles tendues, ils voguèrent pendant plusieurs minutes parallèlement à la baleine, diminuant graduellement l'écart qui les séparait d'elle afin de permettre à un premier équipier de lancer son harpon.

Après quoi, ils laissèrent l'animal traîner la barque jusqu'à ce qu'il décide de sonder pour tenter de se débar-
rasser du harpon. Plus incommodée que blessée, la
baleine continua sa course pendant tout près d'une
heure avant de remonter à la surface pour prendre de
l'air. À ce moment-là, ainsi que le lui avaient expliqué
les Basques, il fallait redoubler de prudence. D'un seul
coup de queue, la bête pouvait faire éclater leur
embarcation. Toutefois, en manœuvrant habilement,
Clément put s'en approcher de nouveau et, cette fois,
les trois hommes lancèrent leur harpon. La baleine
replongea vers les profondeurs. Ils la laissèrent nager
à sa guise. De temps à autre, leur barque était vio-
lemment secouée, puis, peu à peu, ses blessures et la
fatigue aidant, le cétacé finit par remonter plus rapidement à la surface. Aussitôt, un des harponneurs
s'empressa de lui percer les poumons. Dès lors, le sang
gicla par son évent; la bête était vaincue. Le plus gros
restait à faire : il fallait la remorquer jusqu'à la rive.

D'autres barques vinrent les rejoindre et les hommes
s'affairèrent à passer des câbles sous l'animal pour
l'empêcher de caler. Les barques s'alignèrent de
chaque côté de la baleine et des câbles furent attachés
à chaque barque pour former une sorte de hamac dans
lequel elle fut transportée jusqu'à la rive, à marée
haute. Plus tard, à marée basse, la bête échouée sur la
plage fut dépecée.

C'était une baleine à fanons, ces espèces de lames
de corne si précieuses pour la fabrication des baleines

de corsets et des formes servant aux robes paniers. La bête qu'ils avaient tuée pesait plus de vingt tonnes. Ils en tirèrent des dizaines de barils d'huile.

Clément se félicitait d'avoir choisi de gagner sa vie ainsi. Mais, une fois de plus, il déchanta rapidement quand il vit ce que coûtaient la pêche et le dépeçage d'une seule de ces bêtes. Un nombre considérable d'hommes participaient aux divers travaux et se partageaient les revenus tirés de la vente des fanons et de l'huile. Mais Clément se dit que s'il prenait part à la prise de plusieurs baleines, il avait des chances de revenir avec quelques centaines de livres en poche, d'autant plus qu'il louait une de ses barques. Cette espérance de gain l'incita à passer l'été à se consacrer à cette pêche, avec tous les risques qu'elle comportait.

Mais le malheur semblait le suivre à la trace dans tout ce qu'il entreprenait. Alors qu'il se louait d'avoir découvert ce moyen de gagner sa vie, il apprit que les fanons si précieux ne rapportaient désormais presque plus rien parce qu'ils étaient beaucoup moins en demande, les femmes abandonnant le port des corsets rigides et, surtout. celui des robes paniers. Bien plus, lors de leur dernière sortie à la pêche, les hommes à qui il avait loué sa deuxième barque furent tués par la baleine qu'ils pourchassaient. La barque avait coulé et ceux qui la menaient étant morts, il ne put rien obtenir en compensation pour cette perte.

Chapitre 36

Retour à Verchères

Clément n'avait pas eu plus de succès à la chasse à la baleine que dans les autres commerces dans lesquels il s'était lancé à corps perdu. La guigne s'acharnait. Il revint, penaud, à Verchères et s'installa dans le pavillon en se demandant anxieusement ce que lui réservait l'avenir. Une semaine plus tard, un homme à l'air quelque peu rébarbatif se présenta chez lui en disant :

— J'ai des questions à vous poser.

— Me direz-vous d'abord qui vous êtes ?

— Armand Chaput, enquêteur.

— Enquêteur pour qui et pour quoi ?

— Pour la Compagnie des Indes occidentales et pour savoir où vous étiez quand le magasin de la Compagnie a brûlé, à Québec.

— Où j'étais ? À Kamouraska, à la chasse à la baleine. Ce sont des pêcheurs arrivés de Québec qui nous ont appris la catastrophe.

— Vous pourriez prouver ce que vous avancez ?

— N'importe quand.

L'homme sembla satisfait des réponses de Clément, car il n'insista pas.

— Tout ce que je voulais savoir, lui dit l'enquêteur, c'était si vous alliez me donner la même version que les autres.

Clément se montra affable et offrit à l'homme, avec l'intention de lui délier la langue, un verre de guildive. L'enquêteur accepta le verre, mais se montra hélas fort discret. Pour ne pas avoir l'air trop intéressé, Clément n'insista pas et la conversation dériva vers d'autres sujets. Mais quand l'enquêteur fut parti, Clément poussa un long soupir de soulagement.

❖

Pendant toutes ces années passées à bourlinguer et à courir d'un bord et de l'autre, Clément n'avait guère vu ses enfants grandir. Alexandre était maintenant un adulte qui terminait ses études de chirurgien barbier à Québec. Françoise devenait fort jolie et faisait tourner la tête des jeunes hommes durant la messe du dimanche à Verchères ; certains se trouvaient même des raisons de venir au manoir, mais Justine et Marie veillaient. Quant à Marie-Louise, la petite dernière, elle allait sur ses quatorze ans et promettait d'être tout aussi belle et désirable que ses sœurs.

Peu après le retour de Clément, Justine alla le trouver au pavillon avec l'intention bien arrêtée de savoir les plans futurs qu'il échafaudait.

— Mon pauvre homme, lui dit-elle, la malchance te court après. Ce n'est pourtant pas faute d'avoir essayé de vivre décemment. Que comptes-tu faire à l'avenir ?

— Je ne sais trop. Pour l'instant, je vis des quelques sous que j'ai mis de côté. Ce ne sont pas les revenus tirés des terres du manoir qui vont me permettre de vivre comme un prince. Il faudra bien me résoudre à gagner mon pain comme tout le monde, et la seule chose qui me permet de le faire, c'est mon écriture. Les notaires de Québec ont toujours besoin de clercs. Je saurai bien y trouver du travail.

— Pourquoi pas Montréal ?

— Parce que je connais mieux Québec pour y avoir vécu et, surtout, pour y avoir rencontré celle que j'aime.

Quelque peu interloquée, Justine se tut un moment. Puis, elle dit :

— J'aimerais retourner à Québec. Quand les filles auront trouvé mari, ce qui ne saurait guère tarder, je ne détesterais pas me retrouver là-bas. Peut-être alors, si tu y as un travail honorable, pourrons-nous tenter d'y vivre de nouveau comme mari et femme.

À en juger par la réaction de Clément, Justine comprit que ses paroles avaient touché leur cible.

❖

Comme à chaque retour de leur père, ses filles allèrent le trouver et insistèrent pour coucher au pavillon comme elles le faisaient parfois. Justine ne s'y opposa pas. Après tout, même s'il ne s'était pas beaucoup préoccupé de leur sort, Clément restait leur père et il était souhaitable qu'elles puissent profiter un peu de sa compagnie. En leur présence, il se montrait désinvolte et ne manquait pas de leur raconter les péripéties de sa vie, ce qui enchantait les filles.

— Père, vous avez, paraît-il, pêché des baleines?

— Plusieurs! Pour leur huile et pour aussi, bien entendu, leurs fanons.

Il expliqua en long et en large comment on s'adonnait à la chasse de ces bêtes immenses et comment elles étaient utiles en raison de l'huile à lampe qu'on en tirait. Ses filles l'écoutaient avec beaucoup d'attention.

— Vous n'aviez pas peur d'elles?

— Ce sont des bêtes dangereuses, mais si dans la vie, nous nous empêchions d'agir par crainte qu'un malheur survienne, nous ne pourrions même pas bouger.

Novembre approchait. Il fallait déjà chauffer pour s'assurer d'une bonne chaleur toute la nuit. Il se leva pour mettre des bûches à la fois dans l'âtre et dans le poêle à bois dont il avait fait l'acquisition. Ils causèrent ainsi une bonne partie de la soirée, puis s'installèrent pour la nuit.

Ce fut Marie-Louise, dont le sommeil était léger, qui donna l'alarme. Le feu rongeait le mur derrière le poêle. Clément tenta vainement d'éteindre les flammes. Les filles se précipitèrent dehors et coururent jusqu'au manoir. Quand, munis de seaux d'eau, Marie, Justine, Félicité et Abel arrivèrent à la rescousse, le pavillon était déjà réduit en cendres. Les deux ailes de l'édifice finissaient de flamber et le feu dévorait même le toit de la petite demeure qui avait jadis servi à loger les engagés. Noir de suie, Clément était assis sur une souche et regardait, hébété, ce qui avait été sa maison depuis des années.

— Allons! lui dit Justine, rien ne sert de rester ici. Nous allons nous assurer que le feu ne se répande pas dans les champs et nous regagnerons le manoir.

Comme s'il sortait de sa torpeur, Clément demanda :

— Les filles sont en sécurité?

À la réponse affirmative de Justine, il poussa un long soupir. Ils retournèrent ensemble au manoir. L'incendie venait d'effacer toute une page du passé de Clément. Du même coup, il lui fit prendre une résolution : celle de ne plus courir en vain à la recherche de la richesse.

— Je me contenterai désormais, promit-il à Justine, du salaire que je gagnerai.

— Pourquoi ne prendrais-tu pas ici la place de ton père?

Il resta quelques jours au manoir avec son épouse et leurs filles. Puis, un bon matin, ne voulant pas se l'avouer à lui-même, mais ne pouvant se résigner à vivre sous le même toit que sa sœur, il dit à Justine :

— Verchères ne m'a pas porté chance, je retourne
à Québec.

Quelques jours plus tard, après avoir mis sa barque
en sécurité pour l'hiver, il partit.

Chapitre 37

Québec

Après toutes ces années d'errance, Clément était heureux de se retrouver à Québec. Son premier souci fut de dénicher un endroit où dormir. Les auberges ne manquaient pas, et il choisit pour ce premier soir de se réfugier celle de L'Homme de paille. Tôt le lendemain, il se mit à la recherche à la fois d'un appartement et d'un travail. L'un devant déterminer l'autre, il alla cogner aux portes des notaires de la ville espérant que l'un d'entre eux aurait besoin d'un commis aux écritures ayant quelques années d'expérience. Il s'adressa d'abord sans succès au notaire Saillant, puis tour à tour aux notaires Moreau et Lévesque, lesquels n'avaient pas non plus besoin de commis. Il pensa avoir une chance auprès du notaire Courville, qui officiait pour les jésuites.

—Je vous prendrais volontiers à mon service si j'avais abondamment de travail, dit-il à Clément, mais à peine en ai-je assez pour moi, malgré le fait que je couvre toutes les seigneuries des jésuites autour de Québec.

— Auriez-vous en ce cas le nom d'un notaire à me suggérer ?

— Avez-vous tenté votre chance auprès du notaire Lévesque ?

— Oui !

— Attendez ! J'y pense, le notaire Barolet s'est plaint dernièrement du fait que lorsqu'il devait faire ses tournées en Beauce, il négligeait ses clients de Québec.

— Où habite-t-il ?

— Rue Saint-Pierre, dans la Basse-Ville. Vous trouverez facilement sa demeure en vous informant auprès des gens du coin.

Ce fut ainsi que Clément arriva chez le notaire Barolet en fin d'après-midi. C'était un homme rond de partout, d'une grande gentillesse, qui écouta attentivement Clément lui expliquer ses déboires et son désir de reprendre un travail d'écriture.

— Vous me semblez, jeune homme, avoir de bons antécédents. Un fils de notaire peut certainement être un commis fiable. Je songeais justement à m'en trouver un, car de plus en plus mon travail m'appelle dans la Beauce et je perds des clients ici à Québec. Si cela vous convient, je vous prendrai volontiers à mon service. Votre travail ne vous accaparera pas trop.

— Je vous en remercie. Vous me tirez une épingle du pied. Vous n'aurez pas à vous plaindre de mon ouvrage.

Le notaire lui indiqua que l'appartement d'une veuve était à louer non loin de là. Clément s'y rendit et le prit sans hésiter, puis il fit venir de Verchères son coffre et son armoire reçus en héritage.

❖

Au manoir, la vie se déroulait paisiblement. Marie demeurait toujours attentive au bien-être de chacun. Elle devait voir à ce que le personnel vieillissant ne manque de rien, se préoccupant en particulier de la santé de la préceptrice, qu'elle considérait comme sa seconde mère. Nicole Brouillard était très avancée en âge. Elle ne quittait plus sa chambre, où elle passait de longues heures dans un fauteuil à lire et à méditer. Elle répétait à Marie : « Je tue le temps en attendant qu'il me tue. » Avec ses filles, Justine allait lui rendre visite tous les soirs. Elle avait été la préceptrice de tous les enfants de Marcellin et de Radegonde, de ceux de Fanchon et même de ceux de Clément et Justine. Marie disait : « Elle m'a beaucoup appris, et notamment que seul le travail bien fait donne les résultats escomptés. »

La vieille dame se désolait du fait que Clément ne semblait pas avoir gardé à son égard la même estime que tous les autres lui témoignaient. « Celui-là, se désolait-elle, est notre mouton noir. »

Pour lors, le mouton noir réclamait qu'on lui expédiât son coffre et son armoire. Abel s'occupa de faire charger ces meubles à bord de la charrette de Réal Jouvanceau, qui se rendait à Québec. En regardant la charrette s'éloigner du manoir, Justine eut le sentiment de voir disparaître Clément de sa vie et elle dit à Marie :

— C'étaient les seuls biens qui lui appartenaient encore au manoir.

Marie répondit d'une voix soucieuse :

— La vie est ainsi faite. Elle n'est qu'une succession de départs.

Cette réflexion ne pouvait s'avérer plus juste. Le lendemain, quand, comme tous les matins, Marie se rendit à la chambre de la préceptrice, elle la trouva à jamais endormie. Sans faire de bruit, Nicole était morte au cours de la nuit, emportée dans son sommeil. Avec elle, une longue et intense page de vie venait de se tourner. Une fois de plus, Clément n'était pas là pour assister à ce départ.

Chapitre 38

Françoise et Marie-Louise

À Verchères, la vie se poursuivit intensément, comme dans toute demeure où il y a deux filles à marier. Les prétendants ne manquaient pas. Plusieurs jeunes hommes trouvaient une infinité de prétextes pour inviter Françoise et Marie-Louise à tout ce qui ressemblait à un souper ou un bal. Les deux jeunes filles ne manquaient pas de participer à ces événements, et l'une comme l'autre succombaient déjà aux charmes de deux de ces courtisans.

Un soir avait suffi à René de Lamirande, jeune fils d'un marchand de Montréal de passage à Verchères, pour faire fléchir le cœur de Françoise. Par la suite, un abondant courrier s'échangea entre Montréal et Verchères. Abel avait la tâche de se rendre tous les jours au dépôt de la poste y expédier les lettres parfumées de Françoise. Il en revenait immanquablement avec celles, brûlantes, du jeune de Lamirande.

Cet échange de courrier dura tout l'hiver. Au printemps, dès qu'il fut possible de se déplacer plus aisément, René de Lamirande apparut à Verchères, et les bois et les champs autour du manoir débordèrent de dizaines et de dizaines de soupirs trop longtemps retenus. Le séjour du jeune homme fut l'occasion de parler de mariage.

— Il faudra que père y soit invité, insista Françoise.

— Ça sera fait, promit Justine, qui déjà s'attaquait à la confection de la robe de noce.

La cérémonie eut lieu à Verchères au début de l'été. La noce se tint dans les jardins du manoir, parmi les fleurs nouvelles. Elle fut remplie de musique légère et, le bon vin aidant, de beaucoup de rires. Françoise fut tout heureuse de compter son père parmi les invités. Il lui servit d'ailleurs de témoin au mariage, inscrivant son nom à côté de celui de sa fille au registre de la paroisse.

Munie de son trousseau et forte de tous les conseils prodigués par sa mère et par Marie, Françoise gagna Montréal en promettant de revenir souvent, insistant pour que sa mère et sa sœur fassent fréquemment le voyage de Verchères à Montréal.

Le départ de Françoise chambarda quelque peu la vie du manoir. Justine mesurait le vide laissé par sa fille. Elle se consolait toutefois à la pensée de ne pas perdre Marie-Louise, qui fréquentait Pierre Dumesnil, le fils du notaire de Varennes. Ce garçon terminait des études qui lui permettraient d'exercer le même métier que son père. Comme le lui avait dit Justine, si jamais il décidait de pratiquer à Verchères et aux environs, il n'aurait pas à se chercher un toit : l'étude qui avait été celle de Marcellin serait désormais la sienne. Marie n'y voyait aucune objection. Il y avait longtemps qu'on n'avait pas eu d'homme au manoir, à part Abel. Si Marie-Louise y vivait avec son mari, le manoir renaîtrait et une autre génération y ferait son nid.

Le souhait de Justine et Marie se réalisa pour leur plus grand plaisir quand Marie-Louise épousa son jeune notaire. Une fois de plus, Clément vint de Québec assister au mariage de sa fille et lui servir de témoin. De Montréal arriva Alexandre, toujours célibataire, mais sur le point, à l'instar de ses sœurs, de fonder foyer. Françoise leur fit la surprise d'être présente malgré ses six mois de grossesse. Avant que Clément ne regagnât Québec, Justine lui dit :

— Je vais donner la chance à notre fille de bien s'établir au manoir, après quoi, puisque tu me sembles maintenant t'être rangé, je te rejoindrai à Québec où, par mon travail, je pourrai sans doute me tirer d'affaire.

Encouragé par les propos de Justine, Clément lui rappela :

— N'oublie pas que j'ai un appartement à Québec et que tu y seras toujours la bienvenue.

Justine calma quelque peu ses ardeurs en lui disant :

— Ne mettons pas la charrue avant les bœufs. Laissons le temps nous dicter notre conduite.

TROISIÈME PARTIE

LE COMPLOT

(1748-1759)

Prologue aux deux dernières parties

Me voilà, moi, Joseph Perré, fils d'Alexandre Perré et petit-fils de Clément Perré, rendu là où je voulais arriver. Comme ils m'en avaient fait la demande, j'ai pu, grâce aux informations obtenues d'un peu tous les membres de la famille, raconter les péripéties de la vie de mon grand-père jusqu'à ce qu'il parte pour de bon de Verchères pour regagner Québec, où la chance lui avait mieux souri qu'au manoir de son père.

Au dire de ceux qui l'ont bien connu à cette époque-là, mon grand-père Clément, qui avait toujours été considéré comme le mouton noir de la famille, changea du tout au tout. Il semble bien que son amour pour ma grand-mère fut à l'origine de cette métamorphose. Elle lui avait toujours laissé entendre que s'il recommençait à se comporter honnêtement, elle accepterait de retourner vivre en sa compagnie. Le feu du pavillon de chasse joua également un rôle important dans sa décision de s'amender et de cesser de courir après une fortune insaisissable.

Il décida donc de se rendre travailler à Québec. Lui qui s'était juré de ne jamais reprendre la plume mit son orgueil de côté et s'engagea comme commis aux écritures auprès du notaire Barolet. Mes tantes Françoise et Marie-Louise avaient trouvé mari. Ma tante Isabelle, établie aussi loin que la Louisiane, donnait très peu de ses nouvelles, aussi ma grand-mère Justine quitta Verchères pour Québec où elle avait passé de belles années. Elle cousait très bien et comptait pouvoir y vendre aux bourgeoises les robes qu'elle créait.

Je m'apprêtais à continuer d'écrire l'histoire de mes grands-parents quand, parmi les papiers qu'on m'avait remis, je trouvai un manuscrit. Mon grand-père y faisait le récit de son séjour à l'emploi de l'intendant Bigot. Je me dis : « Qui pourrait mieux que lui-même raconter la suite ? » Voilà pourquoi j'ai décidé de vous faire prendre connaissance du contenu de ce précieux document. Mon grand-père Clément y fait d'abord quelques considérations sur ce que fut sa vie avant de travailler pour l'intendant :

Le 14 mars 1734, mon père, Marcellin Perré, mourait à son manoir de Verchères. Moi qui jusque-là avais peiné pour gagner ma vie et celle de ma famille, je pensais toucher ma part d'héritage, ce qui, en raison de l'opiniâtreté de ma sœur Marie, et, dois-je l'admettre, des sages conseils de mon épouse Justine, ne fut pas le cas. Pour ne pas tuer la poule aux œufs d'or que constituaient les terres et le manoir de Verchères, j'acceptai de ne recevoir qu'une partie de mon héritage. Il m'était préférable de toucher en rente chaque année la moitié des revenus générés par le manoir et ses dépendances plutôt que d'encaisser le montant global que j'aurais eu vite fait de dépenser, tout en mettant en péril la survie même du manoir.

Après que le feu eut détruit le pavillon de chasse dont j'avais hérité et qui constituait ma demeure, n'étant pas à mon aise de vivre au manoir sous le même toit que ma sœur, je résolus de repasser à Québec afin d'y travailler de nouveau comme clerc. Le notaire Barolet accepta de me prendre, ce qui, nos enfants n'étant plus avec nous, et ajouté à la rente annuelle provenant de mon héritage, m'assurait un bon toit et une vie convenable. Désireuse de reprendre notre vie commune, mon épouse quitta le manoir de Verchères pour se rapprocher de moi. Après quelques années au service du notaire Barolet, je me retrouvai par hasard à la maison d'été de l'intendant où mon maître m'avait prié de porter l'expédition d'un jugement. À partir de ce jour, ma vie fut profondément bouleversée.

Est-ce par intérêt personnel, par curiosité malsaine ou tout simplement par souci de vérité qu'à maintes reprises, on m'a incité à rendre compte par écrit de ces faits inusités ? Je l'ignore et tout cela me semble maintenant fort lointain.

Aujourd'hui, alors que le poids des années courbe mes épaules et me rapproche chaque jour de la terre, lieu de mon dernier repos, l'idée m'est venue de faire part des principaux événements qui ont tissé la trame de ma vie à compter du moment où je fus mêlé à la pire des fourberies dont les auteurs, fort heureusement, ont connu leur juste sentence, mais non sans qu'au préalable mon nom et celui des miens soient traînés dans la boue et mêlés à ceux des pires forbans. Pour le rachat de mon honneur et le repos de mon âme, avant de plier bagage et de rejoindre les miens au-delà de ce triste monde, je me dois de faire part de ces événements dont le souvenir hante mes nuits.

Voilà pourquoi, avant de faire mes adieux à ce monde, je me suis enfin résolu à soulager ma conscience en racontant ces malheureux événements dont, si j'avais eu alors plus de courage, j'aurais peut-être pu faire dévier le cours. Hélas, mon silence craintif en aura fait pâtir plus d'un. Puisse ce récit, s'il ne me vaut pas leur pardon, attirer sur moi leur sollicitude ! Auraient-ils agi autrement s'ils avaient été à ma place ? Que celui qui n'a jamais péché me lance la première pierre !

Chapitre 39

De retour au palais

Il y avait maintenant quatre années que je travaillais comme clerc chez le notaire Barolet, cet homme droit et généreux à qui, en plus de son travail de notaire à Québec et en Beauce, on confiait l'écriture de maints documents juridiques.

Un beau matin du mois d'octobre de cette année 1748, alors que la nature nous gratifiait de son plus beau spectacle de couleurs, maître Barolet me fit demander à son bureau.

— Pourquoi, cher Clément, me dit-il, ne profiteriez-vous pas de cette magnifique journée pour vous remplir les yeux de ce que la nature a de plus beau à nous offrir ?

Je me demandais bien à quoi il voulait en venir. Avait-il l'intention de me congédier ? S'apercevant de mon incompréhension, il se fit plus explicite.

— Je parle du spectacle des arbres en couleur. L'intendant et sa suite sont présentement à Beaumanoir. J'ai à lui faire parvenir l'expédition d'un acte judiciaire de première importance. Je ne veux pas le confier au premier messager venu. Je préférerais que vous vous transformiez vous-même en commissionnaire pour lui remettre ce document en main propre. Vous pourrez ainsi admirer les splendeurs de la nature tout en me rendant ce précieux service. Vous comprenez, maintenant?

J'acceptai son offre et me mis en route vers Beaumanoir sans plus attendre. Arrivé sur place, je me servis du heurtoir de la porte principale à maintes reprises sans obtenir de réponse. Au bout de cinq minutes, je décidai de pénétrer et de voir venir. Au moment où j'entrais, je faillis bousculer une jolie dame qui passait en coup de vent dans le corridor. J'en étais à m'excuser quand surgit le majordome qui avait mis un temps fou à venir me répondre et qui m'apostropha en ces termes:

— Qui êtes-vous?

— Clément Perré, clerc du notaire Barolet.

La jeune femme, qui avait poursuivi son chemin, entendant ma réponse, s'esclaffa et revint sur ses pas en disant:

— Barolet! Vous travaillez pour ce vieil original?

— Depuis près de quatre ans.

— Êtes-vous clerc?

— Oui!

— Vous avez du mérite. Je suppose que vous ne faites que recopier des documents dont vous comprenez plus ou moins le sens?

Je me dis : « Elle me prend pour un imbécile, eh bien, jouons le jeu ! » Je fis celui qui ne saisissait pas sa question.

— Euh ! Que voulez-vous dire ?

Elle me dévisagea en souriant avant de reprendre :

— Quand vous transcrivez des textes, prenez-vous le temps de bien saisir leur sens ?

Ses questions m'avaient rendu méfiant. Je feignis l'étonnement :

— Pardi, madame, s'il fallait en plus comprendre tout ce baragouin !

Ce fut sans doute la réponse qu'elle attendait, car elle ajouta :

— Comme clerc, vous auriez meilleur avenir auprès de l'intendant.

— Il a besoin d'un clerc ?

— Il se cherche un commis aux écritures pour seconder son secrétaire. Si cela vous intéresse, je lui parlerai de vous.

— C'est bien aimable à vous, dis-je. Je saurais bien être à la hauteur.

— Dans ce cas, suivez-moi !

Puis, s'arrêtant, elle me dévisagea et me demanda :

— Au fait, qu'est-ce qui vous amenait à Beaumanoir ?

— Ce document à remettre en main propre à l'intendant.

— Fort bien, venez !

Je la suivis dans le corridor menant aux appartements de Bigot. Elle s'y déplaçait comme chez elle et, tout en me demandant qui elle était, j'avoue que je la trouvais charmante et d'une démarche fort gracieuse. Elle m'introduisit chez l'intendant sans faire de cérémonie. En l'apercevant, Bigot se leva d'un bond de son fauteuil et dit d'une voix mielleuse :

— Qu'est-ce qui me vaut le bonheur de votre visite, chère Sultane ?

— Je vous amène ce clerc de chez Barolet qui a un document d'importance à vous remettre.

L'intendant tendit la main et je le lui remis. Je m'apprêtais à retourner d'où je venais quand la jeune femme me retint et s'adressa à l'intendant.

— Mon ami, n'avez-vous pas laissé entendre dernièrement que vous souhaitiez trouver un nouveau clerc fiable pour seconder ce cher Descheneaux ?

— En effet !

— Alors pourquoi ne profitez-vous pas tout de suite de l'aubaine ? Voici un clerc dont Barolet est satisfait, puisqu'il travaille pour lui depuis quatre ans. Sans doute saurait-il répondre à vos attentes.

— Si on ne vous avait pas, dit Bigot, il faudrait vous inventer !

— Mais vous m'avez, répliqua-t-elle d'une voix enjouée, vous n'avez donc point à le faire.

— Et qui s'y risquerait, renchérit l'intendant, ne pourrait égaler l'original.

La remarque de l'intendant la fit s'exclamer.

— C'est trop de flatteries !

L'intendant, qui durant tout ce temps n'avait d'yeux que pour elle, les tourna à regret vers moi.

— Vous pouvez disposer, dit-il, j'aviserai et nous vous ferons signe, le cas échéant.

Ce fut ainsi que, pour mon plus grand malheur et parce que j'espérais une meilleure rémunération, grâce à l'intervention de la belle Angélique Des Meloizes et au grand déplaisir de maître Barolet, j'entrai comme clerc au service de l'intendant Bigot. Sans le savoir, j'allais travailler pour la pire bande d'escrocs vivant en Nouvelle-France. J'avais vu agir l'intendant Bégon, mais Bigot allait le surpasser, et de beaucoup.

Chapitre 40

Angélique Des Méloizes

Est-il besoin d'avouer qu'en apercevant la si belle créature qui m'avait conduit auprès de l'intendant, je fus fort ému et tentai de me souvenir où je l'avais déjà vue ? À force de me creuser les méninges, la mémoire me revint. Quatre années plus tôt, un peu contre mon gré parce que pressé par Justine, alors que je commençais à travailler pour le notaire Barolet, j'avais assisté au contrat de mariage du sieur Péan et de cette gracieuse femme, la belle Angélique Des Méloizes. Sans doute n'était-elle pas aussi sémillante à cette époque, ou encore n'avais-je pas l'esprit aussi éveillé, car je ne l'avais pas reconnue de prime abord. Pourtant, en y songeant bien, plusieurs détails de cette journée m'étaient demeurés en mémoire.

Il faisait froid à pierre fendre. C'était en plein mois de décembre. Toutefois, il faisait chaud à mourir chez les Des Méloizes. Chauffés à outrance, les foyers répandaient une si grande chaleur que tout ce beau monde poudré suait à grosses gouttes. On avait d'ailleurs rarement vu pareil déploiement pour un simple contrat de mariage. Le notaire Panet, qui secondait son maître, soupirait d'impatience, et grognait à tout instant :

— Va-t-elle daigner enfin paraître, la prétentieuse !

Barolet le faisait taire :

— Chut ! Nous n'avons pas à commenter.

Panet se taisait une minute, puis récidivait en haussant le ton :

— Que fait-elle donc, cette pie coquette ?

Heureusement, les invités, qui au début s'étaient contentés de chuchoter, parlaient maintenant à voix haute, leurs conversations se ponctuant d'éclats de rire qui étouffaient les grognements du notaire Panet.

Un bon nombre de dames avaient répondu à l'invitation, par curiosité d'abord, par intérêt ensuite. Toutes se voulaient dans les bonnes grâces du couple Péan.

— C'est Péan pour tout de suite, mais ça deviendra payant à la longue, glissa malicieusement le notaire Panet, l'air méprisant.

Maître Barolet, qui gardait ordinairement son calme, se montra offusqué et lança :

— Vous pourriez garder pour vous vos réflexions déplacées !

La future continuait cependant à se faire attendre. Nous étions installés depuis plus d'une heure, prêts à rédiger le contrat, mais elle ne donnait pas signe de vie. Panet se grattait, pianotait nerveusement et poursuivait ses insinuations malveillantes :

— Quand on n'a qu'un beau corps et l'esprit que les autres nous prêtent, la seule façon de se faire remarquer, c'est de se faire attendre.

— C'est le privilège des grandes dames, tenta d'atténuer maître Barolet.

— Pouah ! enchaîna dédaigneusement l'autre. Savez-vous ce qu'elle fait présentement ? Elle tente d'imaginer ce qu'elle pourrait concocter pour se faire remarquer davantage. Je vous gage, mon cher Barolet, qu'en ce moment même, elle jette un coup d'œil à son miroir et lui en veut de ne pas refléter l'image qu'elle désirerait tant y voir.

— Vous exagérez comme toujours ! protesta le notaire. Tout le monde, sauf vous, s'entend pour la trouver fort jolie.

— Jolie comme un épouvantail à moineaux, oui ! Elle doit être en train d'ajuster sa perruque, d'ajouter un peu de poudre ici et là où je pense, tout en rembourrant son corsage. Quand on n'a pas de seins et rien d'autre à montrer qu'un long cou surmonté d'une tête de linotte, on se cache derrière un éventail. Vous verrez ! Elle va entrer en s'éventant. Vous avez deviné pourquoi ils chauffent tellement ? Pour lui donner raison de paraître avec cet instrument à la main !

Panet continua à médire ainsi pendant que les invités causaient en élevant de plus en plus le ton à chaque verre.

— Regarde-les, chuchota-t-il en les imitant discrètement. L'intendant Hocquart ressemble à un croque-mort. L'évêque Pontbriand, que dis-je, l'évêque pas brillant, fait baiser son anneau à qui mieux mieux. Quelle bande d'hypocrites ! Ils font semblant de se sentir bien alors qu'ils ne sont pas capables de se sentir. "Bonjour monsieur le gouverneur ! Votre Grandeur se porte-t-elle bien ?" Et Sa Petitesse de répondre par de petits roucoulements, puis tout ce beau monde de se féliciter et de se congratuler en multipliant les sourires forcés.

Plus Panet avait continué de se moquer, plus Barolet s'était agité sur sa chaise. Son supplice ne s'était terminé qu'au moment où, enfin, la belle avait daigné paraître. Un silence admiratif avait gagné les invités, anéantissant d'un coup toutes les médisances du notaire Panet. Cette femme avait réellement fière allure. Et c'était cette même prestance que j'avais retrouvé ce jour-là à Beaumanoir.

Chapitre 41

Chez l'intendant

Quelques jours après cette rencontre inopinée, je fus avisé que l'intendant acceptait de me prendre à son service. Je me rendis donc à Beaumanoir, lieu temporaire de son séjour. Le majordome, qui m'avait apostrophé quelques jours plus tôt, et dont la Sultane m'avait tiré des griffes, me fit les honneurs de la maison. Cet homme m'intriguait par ses gestes brusques et son air solennel. Il me paraissait vieux comme le monde, un Mathusalem perdu en Nouvelle-France : jamais un sourire, jamais un mot plus haut que l'autre. Pourquoi l'intendant le gardait-il à son service ? Cette question me trottait dans la tête pendant que nous arpentions le salon meublé de fauteuils venus de France, de tables à cartes révélant le goût marqué de l'intendant pour le jeu, et de chaises à haut dossier et de sièges capitonnés de velours rouge, prostrés comme des moniales en attente d'un miracle. Des rideaux or masquaient les hautes fenêtres. Un foyer de granit rose semblait veiller, tel un chien de berger, sur cette pièce encore remplie des rires de la veille. L'intendant y avait donné à ses invités un bal fort goûté, au dire des domestiques, qui, à mon arrivée au déjeuner, m'en avaient décrit les moindres incidents.

Le majordome me montra tout au fond du salon un escalier de pierre s'enfonçant dans les entrailles du manoir.

— Mon ami, commenta-t-il en désignant de l'index le sous-sol, cet endroit vous est formellement défendu, comme d'ailleurs à tout le personnel de ce manoir. Si jamais je vous vois rôder dans ce coin, vous serez congédié sur-le-champ.

Je fis celui qui n'avait pas bien saisi.

— Pourquoi ?

Le majordome s'offusqua :

— Écoutez ce que je vous dis sans poser de questions idiotes.

Je me demandai ce que pouvaient cacher les voûtes du sous-sol pour valoir un tel avertissement. Je me promis de prendre information auprès des autres serviteurs : ils avaient sûrement leur opinion à ce sujet.

À l'opposé du salon, toujours au rez-de-chaussée, se trouvait la salle à manger où trônait une massive table de noyer de France avec une douzaine de chaises à sièges cannés. Les murs étaient ornés de tapisseries verdures de Flandre rappelant les verts tendres des forêts avoisinantes. Ce n'était que la maison d'été de l'intendant, mais rien de ce qu'il y a de plus beau ni de plus cher n'y manquait. Quelques armoires de pin s'alignaient le long du mur où s'ouvrait la porte menant aux cuisines, derrière lesquelles se trouvaient les quartiers des domestiques. Je connaissais déjà ce secteur pour y avoir déjeuné, mais le majordome insista pour me le faire visiter, dans le but évident de faire sentir son autorité aux domestiques.

À l'étage, auquel on accédait par un escalier central, se trouvaient deux corridors donnant accès, d'un bout, aux chambres des invités et, de l'autre, aux appartements de l'intendant. Au centre, une pièce aménagée en boudoir servait d'antichambre au salon et à la chambre de l'intendant. Tout près se situait la pièce occupée tout le jour par son secrétaire, le sieur Deschenaux. Ce fut là que le majordome se dirigea. Après avoir discrètement frappé à la porte, il annonça :

— Monsieur ! Votre nouveau commis aux écritures.

Un grognement se fit entendre de l'autre côté de la porte.

— Fais-le entrer !

Je pénétrai sans plus attendre.

— Bonjour, monsieur, dis-je. Clément Perré, pour vous servir.

Le secrétaire m'examina de pied en cap. C'était un homme aux cheveux gris, tout de noir vêtu. Il arborait sur la joue droite une tache de vin grande comme un écu. Ce fut d'abord tout ce que je retins de son visage étroit, puis j'aperçus, comme autant de surprises, ses deux oreilles déployées en feuilles de chou et son nez busqué où reposaient des lunettes dont les montures disparaissaient sous des sourcils broussailleux. Je restai ensuite fasciné par sa bouche tordue sur un menton en pointe de charrue.

Après avoir feuilleté un moment un registre, il y écrivit quelques mots sans plus se préoccuper de moi, puis, semblant revenir sur terre, il me dit sans lever la tête :

— Vous étiez clerc chez Barolet ?

— Oui, monsieur !

— Ici, il ne faut pas poser de questions. Vous n'avez qu'à transcrire, rien de plus.

— J'écrirai ce que vous voudrez, monsieur.

— Faites ça, jeune homme, et vous n'aurez pas à vous en repentir.

Sur ce, il m'indiqua une table sur laquelle étaient posés quelques plumes et un encrier. D'une armoire, il tira une liasse de papier neuf qu'il déposa sur la table.

— À l'ouvrage, dit-il en me tendant un registre. Transcrivez-moi ces pages, que je vois ce que vous valez.

Ce fut ainsi que je commençai mon travail au service de l'intendant Bigot.

❖

En m'engageant, l'intendant me garantissait une chambre à Beaumanoir, et au palais quand il l'habitait. J'avais aussi droit à tous mes repas avec les serviteurs.

Comme j'étais marié, je demandai que Justine pût vivre également à Beaumanoir et au palais. Voilà pourquoi on accepta de l'ajouter aux servantes, ce qui la décida à quitter définitivement Verchères pour que nous reprenions notre vie commune.

Le soir de ce premier jour à Beaumanoir, je m'entretins de leur travail avec les serviteurs. Je me rendis vite compte que la plupart d'entre eux soupçonnaient que tout n'était pas blanc dans la conduite de l'intendant et de ses acolytes. Ils ne le disaient pas ouvertement, mais des réflexions comme celle du cuisinier étaient éloquentes : « Il a plusieurs bras droits, ce qui fait plusieurs mains, beaucoup de bouches et beaucoup de bourses. »

Mon expérience auprès de l'intendant Bégon m'avait mis la puce à l'oreille. Je résolus de protéger mes arrières. Pensant que ça pourrait m'être utile à un moment ou à un autre, je décidai de prendre note au jour le jour de tout ce qui se passait chez l'intendant. Quels visiteurs recevait-il ? Où se réunissaient-ils ? Quelle était leur humeur à leur arrivée et à leur départ ?

Je ne fus pas long à comprendre pourquoi il nous était interdit, quand nous étions à Beaumanoir, de nous aventurer au sous-sol. C'était tout simplement là que se tramait l'avenir de la Nouvelle-France.

Chapitre 42

Bréard et Estèbe

Le lendemain de mon entrée en fonction, en me rendant au marché, j'entendis par hasard une femme prononcer un nom qui me fit sursauter. J'allais acheter un pain quand, en passant devant son étal de fruits et légumes, la marchande dit à sa voisine :

— Mon homme est revenu de la pêche au loup-marin plus tôt que prévu.

— Comment ça ?

— Il paraît que les terres où ils allaient pêcher ont été données à un dénommé Bréard et au magasinier. Quand ils sont arrivés pour la pêche, mon mari et les autres ont été repoussés au large par leurs hommes.

Je m'approchai et demandai :

— De quel Bréard parlez-vous ?

— Je l'ignore, c'est mon mari qui a dit ce nom.

— Et votre mari, il y a moyen de le voir quelque part ?

— Il doit être à prendre un coup à l'auberge du Chat noir.

— Comment se nomme-t-il?

— André Morand. C'est un rouquin pas très grand.

Je me dirigeai sans perdre de temps au Chat noir. L'homme, que je reconnus tout de suite à sa crinière, y était en grande conversation avec d'autres qui me semblaient passablement furibonds. Je pris le temps de me faire servir un verre de rossoli avant de m'approcher d'eux. Ils parlaient abondamment d'Estèbe et de Bréard. Quand j'eus ma chance de placer un mot, je leur demandai :

— Quelqu'un peut-il me dire quel est ce Bréard dont vous parlez?

— Le nouveau contrôleur de la Marine, me répondit un type au regard aussi noir que sa tignasse.

— Serait-ce René Bréard?

— Tout ce qu'on sait, dit le dénommé Morand, tu viens de l'apprendre. Mais que veux-tu savoir à propos de ce Bréard? Serais-tu un de ses amis?

— Non point. Je dois un chien de ma chienne à René Bréard. Si c'est lui, il va mal dormir.

— Et si c'en est un autre comme lui, tu pourrais lui régler son compte à notre place! s'exclama l'un d'entre eux au grand plaisir de ses amis.

— On verra bien, dis-je en vidant mon verre.

Je les laissai pour me diriger au bout du marché, où je savais pouvoir habituellement trouver mon ami Pierre Huberdeau, un négociant toujours bien informé au sujet des nouveaux arrivants. Je l'abordai sans détour :

— Pierre ! Peux-tu me dire qui est ce Bréard tout juste arrivé chez nous ?

— Jacques-Michel Bréard, le nouveau contrôleur de la Marine. Il est ici de quelques jours à peine. Eh bien, Clément, toi qui travailles auprès de l'intendant, tu ne me feras pas croire que tu n'avais pas entendu parler de lui ? À ce que je vois, Deschenaux et l'intendant ne sont pas pressés de nous le faire connaître. Ils ont été plus diligents à le faire gratifier de terres sur la côte du Labrador.

— J'ai entendu dire que quelqu'un d'autre a reçu des terres au même endroit et en même temps que lui.

— L'autre, c'est Guillaume Estèbe, le garde-magasin de Québec. Bigot semble placer ses pions.

Les explications de mon ami clarifiaient la situation dans mon esprit. Ainsi Bréard, le nouveau contrôleur de la Marine, devenait l'ami, s'il ne l'était pas déjà depuis quelque temps, de nul autre qu'Estèbe, le garde-magasin du roi.

— Il paraît, repris-je, que les deux comparses se sont emparé de tout ce que les pêcheurs de loup-marin avaient installé sur leurs terres. Ils ont veillé à ce que les pêcheurs ne puissent plus avoir accès à ces lieux. C'est ce dont causaient quelques hommes à l'auberge du Chat noir, il y a un instant à peine.

— À ce que je vois, dit mon ami Huberdeau, l'intendant fait tout pour les mettre dans sa manche.

— Ça me fait penser à l'époque de Bégon, dis-je. Il nageait souvent dans des eaux passablement troubles.

Mon ami tira une bonne bouffée de sa pipe en regardant le fleuve. Après avoir craché par terre, il murmura :

— Bégon et Bigot, deux noms qui se ressemblent, fit-il remarquer. Peut-être devons-nous nous attendre à pareille façon de procéder et à devenir de nouveau les dindons de la farce…

Chapitre 43

La bande à Bigot

Déjà, ces bribes de conversation me donnaient lieu de croire que tout ce beau monde jouait gros jeu. Je résolus d'être sur mes gardes. Dès le lendemain, je m'aperçus rapidement du bien-fondé de ma décision. Je vis un homme que je ne connaissais pas entrer chez l'intendant. Ayant décidé d'aller écouter à la porte, je cherchai une façon de m'en sortir au cas où le major-dome me surprendrait. Je me dis que je prétexterais un manque de papier et je m'approchai de la porte interdite. Comme j'y arrivais, j'entendis clairement ces paroles de l'intendant :

— Ils sont encore plus bêtes qu'ils en ont l'air, mon cher Estèbe. Je connais mille moyens de profiter de leur ignorance pour faire de nos petits pécules d'aujourd'hui nos fortunes de demain. Réfléchis un instant, nous avons ensemble le pouvoir, pourquoi n'aurions-nous pas aussi la richesse ?

Comme je le pressentais, au même moment, je vis paraître le majordome qui se dirigeait droit vers moi.

Je frappai à la porte. Le majordome arbora une expression interdite et fit demi-tour. L'intendant mit du temps à répondre. J'insistai. Estèbe lui-même vint m'ouvrir. Bigot parut contrarié par cette interruption et poussa un long soupir en tapotant le couvercle de sa tabatière. Je m'approchai. Son visage allongea quand il m'aperçut. Il s'apprêtait sans doute à m'apostropher de verte façon quand je dis :

— Mes excuses, monsieur, je n'ai plus de papier.

— Qu'est-ce que cette histoire ? S'il vous manque de papier, demandez-en au secrétaire et ne venez jamais plus m'importuner de la sorte.

Je fis le simplet.

— C'est que, quand il n'y a plus de papier, je ne peux plus faire de copies.

— Allons, intervint Estèbe, disparais, va voir ton maître !

Il me poussa dans le corridor et claqua la porte derrière moi. Mon coup d'audace m'avait bien servi, j'avais la preuve que mes soupçons étaient fondés. Il était maintenant certain qu'ils manigançaient pour faire fortune sur le dos du peuple. Pouvais-je avoir réponse plus claire à mes interrogations ? J'avais eu ma leçon avec Bégon. À compter de ce moment, je m'intéressai de plus près au va-et-vient de ces individus et au contenu de tout ce qui me passait entre les mains, ce que je n'avais pas toujours fait auparavant avec l'attention requise. Au besoin, je fis deux copies des documents me paraissant douteux, conservant une de ces copies au fond de mon coffre. Puis, après avoir fait part de mes doutes à Justine, je suivis son conseil. Il me fallait en savoir plus long sur chacun d'entre eux. Ce fut alors que je commençai mon enquête.

❖

Quelques jours plus tard, avec le secrétaire Deschenaux, qui ne me comptait pour rien et me voulait fréquemment à ses côtés, j'assistai à l'arrivée de «la bande à Bigot», comme la populace se plaisait à nommer les créatures de l'intendant.

Le sieur Cadet se présenta le premier. C'était un petit homme qui, je m'en rendis compte aussitôt, ne ménageait pas les courbettes et se montrait toujours prêt à rendre service. De caractère aimable, il savait attirer la sympathie sans laisser entrevoir la moindre fourberie. Pourtant, j'appris bientôt que sous ces dehors rassurants se cachait en cet homme une conscience élastique qui ne laissait pas de place aux scrupules. Son ambition lui avait attiré l'estime de l'intendant.

À peine eut-il mis les pieds au salon que s'y présentait à son tour Michel-Jean-Hugues Péan, accompagnée de la Sultane, son éblouissante épouse, qui, pour un motif que j'ignore toujours, peut-être en raison de son mépris pour maître Barolet, m'avait recommandé à l'intendant. Par l'éclat de sa beauté, elle reléguait son mari dans l'ombre. Ne disait-on pas que toutes les qualités de Péan résidaient dans les charmes de son épouse? Il s'en accommodait fort bien, préférant de toute évidence se tenir en retrait. Cet officier militaire laid et bossu considérait tout, comme je l'appris par la suite, avec l'œil du tacticien, tel un joueur d'échecs plaçant pions, fous, chevaux, roi et reine à ses propres fins. Pour s'attirer les grâces de l'intendant, la chose était on ne peut plus flagrante, il lui poussait sa femme dans les bras.

Ambitieuse et sûre de ses moyens, celle-ci jouait le jeu sans détour, usant de ses charmes pour les fins les plus basses. Je l'entendis, un jour, confier à son mari :

— Péan, crois-moi, notre vie commence aujourd'hui. Mon charme allié à ton intelligence fera notre fortune. Dans quelques années, nous pourrons nous offrir la France, avec toutes ses folies et tous ses avantages.

En l'entendant parler avec autant de certitude et d'enthousiasme, son mari avait esquissé un sourire, chose rare chez lui. Ses petits yeux de souris s'étaient allumés d'admiration devant celle qu'il adorait et pour qui tous les trésors du monde, il en était persuadé, ne suffiraient jamais. Il s'était contenté de dire :

— Je n'en doute point et je vous le devrai.

Au moment où les Péan offraient leurs civilités, deux autres invités entrèrent. Ils se connaissaient bien à l'évidence, car leurs échanges étaient vifs et cordiaux, et ce fut en riant qu'ils saluèrent Bigot. Quelques jours plus tard, j'appris qui ils étaient. Je surpris cette conversation entre les trois hommes :

— À ce que je vois, les affaires vont bien, messieurs, insinua l'intendant en leur donnant la main.

— Elles iront mieux demain, reprit le plus âgé des deux en retroussant le nez, qu'il avait fort long.

— Vous me semblez bien sûr de vous, mon cher Bréard. D'où vous vient tant d'assurance ?

— D'une invitation comme la vôtre ne peut résulter que la richesse.

— Que d'illusions, mon cher ami ! clama l'intendant en faisant mine de s'indigner. Je suis d'abord ici pour la bonne fortune du roi et de notre pays.

— L'un ne va pas sans l'autre, fit remarquer fort à propos le compagnon de Bréard.

— Tiens ! se moqua l'intendant, Claverie a retrouvé la parole.

— Je ménage mes mots tout autant que mes sous, murmura ce dernier, et jusqu'à ce jour je n'ai pas eu raison de m'en plaindre.

— Que de sagesse dans vos propos, mon ami ! Si un jour, j'ai besoin d'un conseiller, je saurai vers qui me tourner.

— Vous n'auriez pas à vous en repentir, enchaîna Claverie. Je suis de ceux qui savent à la fois se taire et agir.

Bigot constata :

— Ce n'est pas la modestie qui vous étouffe, mais j'aime les hommes qui connaissent leur valeur et n'hésitent pas à l'afficher.

Pendant cette conversation, Bréard souriait vaguement, le regard perdu au-delà des murs de Beaumanoir.

— Votre ami Estèbe ne vous accompagne pas? questionna à brûle-pourpoint l'intendant.

Perdu dans ses pensées, Bréard sursauta.

— Il ne devrait pas tarder, Votre Majesté!

— Appelle-moi simplement monsieur l'intendant, se moqua Bigot.

La méprise de Bréard fit bien rire la Sultane. Ce fut ce moment précis que choisit pour entrer le garde-magasin du roi, Guillaume Estèbe, dont on disait qu'il ne savait ni rire ni sourire. Il marcha droit vers Bigot, fit la révérence et dit d'un air entendu :

— Nous avons fait bonne chasse!

Les autres se regardèrent en souriant. Que voulait dire Estèbe? Rappelé à son devoir d'hôte, l'intendant les invita à être tous là dans une heure pour une rencontre d'affaires.

Ensuite l'intendant, qui, comme tous les autres, ne s'était pas soucié jusque-là de ma présence, s'adressa à Deschenaux comme s'il ne m'avait jamais vu.

— Qui est ce nouveau venu?

— Le commis aux écritures que nous attendions avec impatience et que je vous ai présenté.

— Celui recommandé par la Sultane?

— Oui, celui-là!

— Comment vous appelez-vous déjà, mon brave?

— Clément Perré.

— Madame Péan a sans doute été émue par votre nom. Elle se sera dit qu'au moment voulu, vous paierez, dit-il d'un ton méprisant. Soyez discret et vous ne paierez jamais rien ; un mot de trop et vous paierez de vos sous, sinon de votre vie.

Se tournant ensuite vers Deschenaux, il lui fit, en ma présence, les recommandations d'usage à l'égard « de ce commis », ces derniers mots prononcés du ton le plus méprisant qui fût. À peine l'intendant avait-il quitté la salle que le secrétaire m'apostropha comme s'il était le grand inquisiteur lui-même et comme s'il me voyait pour la première fois :

— Après tout, je ne connais rien de vous ! D'où êtes-vous ?

Jusque-là, il m'avait sans doute classé parmi les gratte-papier pas très futés. Ce premier contact avec l'intendant me laissait un goût amer. Déjà, avec ses airs suffisants et sa manière de me faire passer pour un idiot, Bigot m'était devenu antipathique. Je décidai de jouer mon rôle à fond et, par mes réponses, de faire croire au secrétaire et à tout le monde que mes moyens étaient vraiment limités. Après tout, me disais-je, on ne se méfie pas de celui que l'on croit imbécile.

— Je suis d'ici, répondis-je.

— Mais d'où, encore ?

— De Québec.

— Où avez-vous travaillé ?

— Chez maître Barolet.

— Il était content de vos services ?

— Ça doit !

— Où avez-vous appris à écrire ?

Je mentis.

— Chez maître Barolet.

— Que vous faisait-il écrire ?

— Des contrats.

— Qu'y avait-il dans ces contrats ?

— Je l'ignore.

— Vous l'ignorez ?

Je voyais que mes réponses commençaient à l'énerver.

— Je ne le sais pas, moi, monsieur, je ne fais que copier.

Ma réponse sembla le satisfaire, car je le vis se détendre et esquisser même un début de sourire. Il préférait certainement que je ne porte pas attention au contenu des documents. Il m'en confia justement quelques-uns à copier. Je me mis sans tarder à la tâche, espérant, en copiant un de ces documents, tomber sur quelques pièces compromettantes, mais il s'agissait tout simplement d'informations délivrées aux commandants des forts touchant la façon de commander des armes, des uniformes, des munitions et d'autres denrées.

« Il y a un commencement à tout, me dis-je. Je finirai bien par mettre la main sur des pièces plus intéressantes et alors je ne manquerai pas d'en faire les copies nécessaires. Je saurai bien reconstituer le casse-tête. Mais, en attendant, il faut me faire oublier le plus possible. »

Chapitre 44

Montréal se prépare

Il y avait maintenant quelques mois que j'étais à l'emploi du secrétaire de l'intendant François Bigot. De Beaumanoir, nous étions revenus au palais de l'intendant, à Québec. Je m'efforçais de satisfaire Deschenaux, qui semblait content de mon travail et ne trouvait rien à redire. Il me regardait de haut, avec un certain mépris, en me prenant pour un subordonné sans ambition. Aussi ne se méfiait-il pas de moi. Pourtant, non seulement étais-je assuré que l'intendant et ses bras droits ourdissaient quelque complot contre le peuple qu'ils gouvernaient, mais j'accumulais les pièces à conviction comme un collectionneur les objets de sa passion. Je travaillais comme un esclave, pratiquement jour et nuit, et ne refusais jamais aucune tâche, si bien que Justine rouspétait. Je transcrivais tout ce qu'on me demandait sans mot dire, pour un salaire de misère, tout cela afin d'accumuler, sans qu'on le soupçonnât, le plus grand nombre possible de preuves de leurs malversations.

J'avais d'ailleurs une bonne alliée sur place, puisque Justine, en tant que servante au palais, voyait beaucoup de choses qui s'y passaient et ne manquait pas de m'en faire part. De plus, mon union avec une simple servante avait conforté mes maîtres dans leur opinion : j'appartenais au petit peuple et je n'étais certainement pas très futé…

❖

Depuis son arrivée au pays, l'intendant multipliait les festins. En décembre 1748, Justine et les autres serviteurs furent informés que l'intendant s'apprêtait à séjourner à Montréal et que leur présence y serait requise pour voir à la bonne marche de sa maison et, à l'occasion, pour prêter main-forte à la préparation et au bon déroulement des bals. L'intendant fit même venir de Montréal un majordome qui avait pour tâche de veiller à ce que tous les engagés et toutes les servantes puissent remplir leur rôle selon l'étiquette.

Ce majordome avait un faible pour Justine, qui ne manqua pas de l'attirer dans ses filets, et le fit parler d'abondance de ce qui se passait à Montréal. Comme elle me le raconta par la suite, il semblait que tous les gens titrés et bourgeois de Montréal se préparaient avec enthousiasme à la venue de l'intendant.

— Ils s'y sont mis depuis l'an dernier, lui raconta le majordome. Il n'y a rien qu'ils ne tentent pas de faire pour séduire l'intendant. Ainsi, la plupart des messieurs et des demoiselles suivent des cours afin de danser le menuet à la perfection, à telle enseigne qu'on manque de professeurs! Toute la ville est en effervescence. On y multiplie les bals qui durent jusqu'au petit matin, on s'y empiffre à qui mieux mieux et on y boit autant et aussi sec que les pires des ivrognes.

—Je suis étonnée, dit Justine, que messieurs les ecclésiastiques laissent faire de telles libations…

— Ils ne manquent pas, le dimanche, de pester du haut de leur chaire contre ces abus, rappelant que les fêtes et les soirées dansantes sont toutes infâmes et à proscrire, et que les mères qui y mènent leurs filles sont des vicieuses qui ne se servent de ces plaisirs nocturnes que pour mettre un voile à leurs impudicités et fornications. Un curé s'est même permis d'imiter les gestes des danseurs avant de s'écrier que la musique qu'on y joue est composée d'airs lascifs qui ne résultent qu'en querelles et maladies honteuses.

— Ses réprimandes ont-elles produit quelque effet?

— Pas du tout! Elles ne changent rien à rien, parce que les bals prévus pour la venue de l'intendant se multiplient. Il y en a un presque chaque soir. Quand ce n'est pas chez monsieur de Longueuil, c'est chez monsieur de Lavaltrie, chez madame de Verchères ou encore chez les Ramesay.

— Si je comprends bien, insinua Justine, l'argent y coule à flot.

— Monsieur Varin, le commissaire de la Marine, est un de ceux qui dépensent le plus. Il a loué la maison de madame de Montigny pour sept ans et l'a fait transformer de fond en comble avec des planchers neufs et des cheminées de toute beauté, de telle sorte qu'elle ressemble maintenant à un vrai château. Elle est certainement devenue, avec le château des Ramesay, une des plus belles maisons de Montréal.

— Où prend-il son argent?

— Les ouvriers disent qu'il paye tout cela avec des certificats sur les réparations des maisons du roi et sur celles des fortifications.

— Lui-même est-il fortuné?

— Ça, je ne le saurais dire précisément, mais il ne semble pas manquer d'argent et il faut le voir se promener tous les jours à cheval dans les rues de Montréal, précédé par un hoqueton également à cheval et suivi à respectueuse distance par son inséparable ami et associé, le sieur Martel de Saint-Antoine. Quoique petit, Varin regarde les autres de haut et je vais vous confier…

Avant de poursuivre, le majordome se tourna de part et d'autre, comme quelqu'un qui ne veut point être entendu par des oreilles indiscrètes, et baissa la voix:

— … qu'on le surnomme déjà à Montréal le "Quêteux à cheval".

— Et à quoi ressemble donc ce quêteux?

— Ne l'avez-vous jamais vu?

— Non pas!

— Il est petit, mais vif d'esprit et très travaillant. Il s'entend bien en finance, mais, à mon avis, sa fortune ne lui est pas tombée du ciel. Il mène une vie libertine, en plus d'être vain, menteur, entêté et capricieux. Voilà ce qu'est cet homme, que je méprise pour tout cela et pour son arrogance !

— Eh bien ! dit Justine, à ce que je vois, nous nous préparons à nous jeter tête première parmi une belle bande de concussionnaires.

— Des concussionnaires doublés de flagorneurs de bas étage. Varin et Martel ne cessent de courir partout depuis des mois pour préparer la maison où logera l'intendant. Ils l'ont fait réaménager à neuf et se fendent en quatre pour la meubler le plus parfaitement possible. Ils empruntent à l'un un bureau, à l'autre une commode, à un troisième un lit et à un autre encore des potiches et des tapisseries. Ils n'épargnent rien pour satisfaire celui qui peut les faire monter en grade.

Justine, que tout cela amusait, s'exclama :

— Voilà qui promet pour les jours à venir !

Mais la venue de ce majordome et toutes ces mises en scène furent vaines puisque l'intendant décida soudainement qu'il n'amènerait avec lui à Montréal que son domestique particulier, la gouvernante et un autre homme à tout faire.

Chapitre 45

Varin

Le secrétaire Deschenaux devant accompagner l'intendant à Montréal, je pus, durant son absence, fouiner à ma guise dans le palais. Dans la masse de documents à transcrire qu'il m'avait laissée, j'espérais y trouver quelques renseignements utiles à ma quête. Mais l'homme était prudent et ne laissait jamais rien de compromettant à la vue. Je pus cependant glaner quelques bribes de ce qui, j'en avais le pressentiment, me serait fort utile un jour. Le soir, je reprenais la plume pour transcrire au hasard les informations qui pourraient éventuellement me servir. J'avais l'impression de réaliser, morceau par morceau, un vaste casse-tête dont je ne pouvais encore me figurer l'image.

❖

L'intendant fit fureur à Montréal. Il avait expédié devant lui son maître d'hôtel et sa gouvernante. Leur tâche principale consistait, comme me le raconta le serviteur qui les accompagnait, à surveiller le transport de sa grande argenterie.

— Il fallait, me dit-il, qu'un d'entre nous se tienne constamment dans le chariot où se trouvait la vaisselle et voie à ce que rien ne s'entrechoque ni ne se brise.

— Ces plats et ces assiettes sont de si grande valeur ?

— Des milliers et des milliers de livres, je n'ai jamais rien vu de si beau au pays.

Durant ce séjour d'un mois de l'intendant à Montréal, il y eut bal sur bal, réception sur réception. On qualifia le carnaval précédant le carême comme le plus gai jamais vu au pays. Le jour du Mardi gras, la fête que l'intendant fit donner dura toute la nuit. Le lendemain, mercredi des Cendres, comme il avait manifesté l'intention de se faire construire une maison à Montréal, on l'entoura de toute part, qui pour lui offrir un terrain, qui une maison déjà érigée. Comme je l'appris par un document dont j'eus à faire copie, il opta pour la maison de la veuve de son frère, qu'il loua mille cinq cents francs par année. Je peux certifier que durant toutes mes années passées à son service, il n'alla que très rarement à cette maison dont la location était défrayée par les deniers du roi, et quand il s'y rendait, c'était bien plus pour y procéder à de grands dîners et à des bals étourdissants que pour les affaires du pays.

❖

À son retour de Montréal, l'intendant prépara son séjour à l'île Royale et j'appris que le sieur Jean-Victor Varin de la Marre le remplacerait comme commissaire ordinateur durant ce voyage. Je ne connaissais de ce Varin que ce que m'en avait raconté le majordome venu de Montréal: qu'il jouait à Montréal le même rôle de commissaire de la Marine que Cadet à Québec. Il me fallait en savoir plus long à son sujet et sur son travail. Quelles étaient au juste les attributions d'un commissaire de la Marine? Mon ami Huberdeau me renseigna sur ce sujet:

— Le commissaire de la Marine n'est rien d'autre qu'un marchand qui négocie l'achat des marchandises nécessaires au roi.

— Les marchandises nécessaires au roi?

— Oui, toutes les fournitures pour les magasins du roi devant servir à la construction et l'entretien des maisons, des forts, des casernes et des postes avancés de la colonie, de même que des vaisseaux servant au transport de ces fournitures, et également tout ce qui concerne les besoins du gouverneur, de l'intendant et des représentants du roi au pays, de même que des soldats et autres officiers du roi.

— Ce qui veut dire que le roi investit des millions au pays...

— Pense seulement à ce que peut coûter en armes, en habits et en nourriture l'entretien de milliers de soldats!

— Et il n'y a que Varin et Bréard qui sont autorisés à faire de tels achats?

Je le vis esquisser un sourire qui en disait long.

— À vrai dire, il ne devrait y avoir qu'eux, mais Bigot a son mot à dire dans tout cela, tout comme leurs amis Cadet et Péan. C'est, d'après moi, une clique bien organisée. Tu sais, là où il y a de la nourriture, tu risques de trouver des souris ou des rats. C'est pareil là où il y a de l'argent: tu peux être certain de trouver des rats à deux pattes qui s'y intéressent de très près.

— Qu'est-ce que font Cadet, Chapeau et Péan dans le décor?

— Depuis l'arrivée de Bigot, Cadet et Chapeau sont les seuls autorisés à vendre de la viande de boucherie à Québec. Ils ont en quelque sorte le monopole. L'intendant en fixe lui-même le prix. Je te laisse imaginer le genre d'abus qui peut en découler...

❖

Je revins au palais avec ces informations en tête. Justine m'y attendait, impatiente de me faire part de ce qu'elle avait appris de la bouche d'une servante récemment arrivée de Montréal. C'est curieux parfois comment le hasard fait les choses. Nous songeons à quelque chose le matin et voilà que le soir, par le biais d'un événement quelconque, nous trouvons réponse à ce qui nous préoccupait. J'avais grand hâte de m'entretenir avec ma fidèle Justine, toujours aussi à l'affût que moi, et tout heureuse de m'apprendre ce qu'elle avait entendu plus tôt.

— Nous étions à terminer les préparatifs du dîner quand le nom du commissaire Varin fut glissé par je ne sais trop qui dans la conversation. Annabelle, notre nouvelle servante, s'empressa de chuchoter : "Je pourrais vous parler longuement au sujet de cet homme." Nous l'avons tout de suite entourée afin de ne rien perdre de ses propos.

«Je travaillais, dit-elle, chez une des bourgeoises les plus en vue de Montréal. Les hommes les plus influents de la place, le général, le gouverneur de l'île et le curé, défilaient dans sa maison. Ils venaient fréquemment y dîner. Ces messieurs nous tenaient pour rien et ne se privaient pas de parler même en notre présence quand nous faisions le service à table.

— Ils ne sont guère différents de ceux de Québec, dit Marcelline. Nous ne comptons guère plus que les meubles pour eux. Pourvu que nous soyons aux petits soins avec eux.

— Chut! firent les autres, laisse parler Annabelle.

— Un beau jour, monsieur le juge vint dîner et raconta à notre bourgeoise que le commissaire Varin avait confié la fourniture de lard et de farine au nommé Dufy Desauniers, un des gros marchands de la place. Varin lui donna un billet à ordre pour qu'il puisse toucher ce qui lui revenait. Dufy se montra étonné du fait que cette somme était beaucoup plus élevée qu'il s'y attendait.

— Voilà qui est étonnant de la part d'un marchand, dit Thérèse.

— En effet, reprit Annabelle. C'est d'ailleurs ce qui me fit davantage porter attention à ce qui se disait, car, le plus souvent, leurs beaux discours, je ne les écoutais point. Mais voilà que le juge ajouta : "Dufy, qui croyait s'être trompé dans ses calculs, les refit et dit au commissaire que le billet à ordre qu'il lui donnait dépassait de quatre mille livres le montant de la facture." Le commissaire partit d'un grand rire et dit : "Empresse-toi, mon cher Dufy, d'empocher le tout sans mot dire." Dufy s'indigna : "Je suis un honnête homme, moi, et je ne trempe point dans ces eaux troubles."

— Est-ce qu'il a touché la somme en question ?

— Au dire du juge, il ne pouvait faire autrement. Toutefois, il est allé porter les quatre mille livres sup-plémentaires sur le bureau de Varin et lui a dit de les donner aux pauvres.

— Varin l'a-t-il fait ?

— Monsieur le juge ne le savait pas, mais il était persuadé que Varin a glissé le tout dans ses goussets.

Justine me confia ensuite qu'après que les autres se furent retirées, Annabelle, avec qui elle a bonne amitié, lui dit : « Ce n'est pas tout ce que j'ai appris sur cet homme. » « Vraiment ? » dit Justine. Annabelle lui assura que le commissaire Varin était un homme irascible qui ne contrôlait pas ses humeurs. Il faisait de si grandes colères parfois qu'il en avait la fièvre et devait se mettre au lit. Il avait aussi des querelles avec des officiers pour des questions de salaires ou de remboursements de dépenses. Il ne démordait pas de ses idées, si bien que plusieurs disaient, ce qui le rendait encore plus furieux, qu'ils allaient régler leur affaire avec l'intendant.

Justine me dit encore qu'Annabelle lui avait raconté une anecdote qui m'a bien fait rire.

— Nos gens ne sont pas si sots que ce Varin le croit. Il est, paraît-il, avec ses amis Martel et Despins, en société pour le commerce de toutes les fournitures des magasins du roi. Il détient l'exclusivité du commerce du bois de chauffage. Aussi s'est-il avisé de faire couper cinq cents cordes de bois sur une terre du sieur de Beaujeu, coupant l'herbe sous le pied des habitants. Se montrant encore plus odieux, il a fait prévenir les habitants que s'ils venaient lui vendre du bois de moins de quatre pieds de longueur, il le confisquerait. Il paye quatre livres pour une corde de bois qu'il revend neuf livres. Mais les habitants se sont bien vengés de lui : quand il a voulu faire traîner ses cinq cents cordes de bois jusqu'à Montréal, les charretiers s'y sont tous refusés. Quant au bois de moins de quatre pieds, les gens en ont fait du charbon, si bien qu'à Montréal, en raison de l'entêtement de ce Varin, il est plus difficile de se procurer une corde de bois que dix bouteilles de vin !

Je notai précieusement tout ce que je venais d'apprendre au sujet de Varin.

Chapitre 46

Construction de deux navires

Il m'arrivait parfois, quand j'en avais le temps, de me retrouver le long du fleuve, là où bon nombre d'ouvriers s'affairaient à la construction des vaisseaux du roi. J'aimais les voir habilement construire à partir de rien les plus beaux des navires. Il y en avait justement deux en chantier. Un midi, j'y croisai nul autre que le sieur Dufau, le contremaître du chantier que j'avais connu quelque temps plus tôt à l'auberge du Chat noir, car il m'arrivait d'aller y boire un verre. Il se montra fort heureux de notre rencontre. Je lui demandai si ces deux nouveaux vaisseaux étaient bien construits pour le roi. Après avoir jeté un coup d'œil par-dessus son épaule, l'air méfiant, il me répondit:

— Entre nous, je ne suis pas assuré que ce soit pour le roi.

— Pour qui donc, alors?

Me désignant une pile de bois de mâture, il m'y entraîna et nous nous y assîmes.

— Deux messieurs, commença-t-il, que je ne connaissais point et qui sont depuis repassés en France, sont venus me voir, munis d'un pli de l'intendant me disant qu'ils étaient des envoyés du roi et me priant de les accommoder au sujet de deux vaisseaux que Sa Majesté désirait faire construire sur ses chantiers. Ils m'en ont donné les plans, puis ont fait venir le secrétaire Deschenaux, porteur d'un contrat de construction en bonne et due forme.

— N'as-tu pas trouvé cette façon de faire un peu particulière ?

— Non pas, parce que ces messieurs étaient porteurs de l'appui de l'intendant.

— D'après ce que je vois, tu as signé le contrat.

— J'ai signé sans me méfier, mais voilà que depuis le départ de ces messieurs, je reçois du commissaire Bréard ou de son ami Estèbe des ordres d'ajouter telle ou telle chose, ou de transformer telle ou telle partie du vaisseau. Ces deux messieurs, qui sont comme cul et chemise, ne laissent guère filer une journée sans venir s'assurer que les travaux avancent à leur guise.

— Crois-tu qu'ils y ont des parts ?

— C'est ce que je pense de plus en plus. Je me demande si, avec la complicité de l'intendant, ils n'en profitent pas pour se faire construire deux vaisseaux en se servant gratuitement dans la réserve de bois prévue pour les vaisseaux du roi.

— En es-tu certain ? Bréard et Estèbe n'auraient pas l'audace de se faire construire deux vaisseaux en se servant du bois et de l'argent du roi !

— Il ne faut jurer de rien. Mais quant à moi, je fais mon travail, je ne regarde pas à la couleur de l'argent, pourvu que ça me permette de mettre du pain sur ma table.

Mon ami s'arrêta sur ces mots pour fumer une bonne pipe. J'allais le quitter quand je lui demandai :

— Tu as bien encore copie du contrat que t'ont fait signer les deux messieurs de France ?

— Je l'ai. Voudrais-tu le voir ?

— Ça m'intéresserait.

Voilà comment je pus jeter un coup d'œil sur ce contrat et comment j'y reconnus tout de suite l'écriture de Deschenaux. Je m'empressai d'aller relever les signatures. J'y lus celle de mon ami, celle de l'intendant et celles des deux représentants du roi, un qui se nommait Jacques Desbrérat et l'autre Godefroi Guillaumain. Quant à la signature du notaire qui était censé avoir rédigé le contrat en France, elle était illisible. Quand je rapportai le tout à Justine, elle se montra tout de suite intéressée par les noms de Desbrérat et Guillaumain. Les femmes ont des intuitions que nous n'avons point. Justine aime beaucoup démembrer les mots pour enrefaire d'autres. Ce fut ce qu'elle fit du nom de Desbrérat. Elle me revint soudain triomphante.

— Clément, tu ne devineras jamais ce que je viens de découvrir !

— Quoi donc, ma mie ?

— Si on reprend les lettres du nom Desbrérat, on peut y trouver ceux de Bréard et d'Estèbe.

Mais je fus encore plus impressionné quand elle me demanda :

— Cet Estèbe s'appelle bien Guillaume ?

— Tout juste !

— Et Bréard ?

— Jacques-Michel, si j'ai bonne mémoire.

— Eh bien ! On retrouve dans Charles Guillaumain, Michel et Guillaume !

Chapitre 47

Les bals de l'intendant

Plus les jours passaient, plus me venaient, par toutes sortes de voies, des indices que ces messieurs profitaient largement de leur situation pour remplir leurs goussets. Mais je n'étais pas capable de le prouver et je n'avais encore rien vu.

Nos compères Bréard et Estèbe se servirent de leurs deux vaisseaux pour leur commerce. À l'évidence, ils agissaient de connivence avec l'intendant, mais ils n'étaient pas les seuls. Un autre triste sire fit soudain son apparition dans le décor, Joseph-Michel Cadet, qui avait obtenu de l'intendant l'exclusivité sur la viande de boucherie.

Comment des individus de cette espèce, partis de rien, étaient-ils parvenus à des postes aussi élevés ? Cadet était l'un d'entre eux. En peu de temps, il devint le munitionnaire général de la Nouvelle-France. Il fallait, j'en étais persuadé, que l'intendant soit de mèche avec eux. Nous n'avions, pour nous en convaincre, qu'à observer le train de vie de cet homme.

Ce n'était certes pas avec son argent qu'il payait les
bals donnés presque chaque jour avant le carême.
Justine était bien placée pour m'en décrire les fastes :

— Clément, tu devrais voir la vaisselle d'or et
d'argent que nous disposons chaque soir sur les tables
de ces dames et de ces messieurs. Je te le dis, je n'ai
jamais rien vu de si somptueux ! Et ce qu'ils mangent,
donc, et ce qu'ils boivent !

Curieux d'en savoir plus, je lui fis raconter comment
se passaient ces repas et ces bals.

— Après dîner, toutes les jeunes filles de la bourgeoisie, en compagnie de leur mère, se retrouvent au
palais ou ailleurs, chez l'un ou l'autre bourgeois où se
donne le bal. L'intendant y fait transporter vaisselle,
vivres et boissons. On se réunit au salon. Des musiciens
font danser le menuet. Les messieurs invitent les
demoiselles, qui ne se font pas prier pour briller au
milieu de la place. L'après-midi y passe et plus le temps
file, plus ces messieurs amoureux du bon vin sont gris
et moins sûrs de leurs pas de danse. Il n'est pas rare de
voir l'un ou l'autre s'effondrer, lui d'un bord et sa perruque de l'autre ! Chaque fois, on s'empresse autour
du malheureux. On parle bien sûr d'étourdissement et
on fait vite asseoir le pauvre homme en attendant avec
impatience le repas. Parfois, un de ces messieurs s'en-
dort sur place et si on n'y prête pas garde, il roule
soudain sous la table.

— J'aimerais, dis-je, être un petit oiseau, pour assister à pareille mascarade. J'y aurais beaucoup de plaisir.

— Point n'est besoin d'être un petit oiseau, reprit Justine, fais-toi maître d'hôtel !

— Ces messieurs, dis-je, n'ont donc rien d'autre à faire que de courir les bals ?

— Leur fortune leur permet de ne rien faire et ils tuent le temps de la sorte.

— Ce qui me préoccupe, ajoutai-je, c'est bien de savoir d'où vient leur fortune.

— Eux, ça ne semble pas les inquiéter, à les voir s'empiffrer aux repas. Il faut dire qu'ils peuvent y manger de tout, car rien n'y manque, du porc au lièvre en passant par le daim et, même, me croiras-tu, du cheval ! On le sert de toutes les façons, sauf en soupe. Il y a de petits pâtés de cheval à la façon espagnole, du cheval à la mode, de l'escalope de cheval, du filet de cheval à la broche avec une poivrade bien liée, des semelles de cheval au gratin, de la langue de cheval au miroton et du gâteau de cheval. Ces messieurs disent que c'est meilleur que l'orignal, le caribou ou le castor.

Ce que Justine me disait là ne manqua pas de me rappeler un fait qui était depuis longtemps sorti de mon esprit, mais qui se passa à peu près en ce temps-là, je pense bien, quand il y eut disette de pain. Pour éviter que les pauvres crèvent de faim, le gouverneur fit remplacer le pain par des rations de bœuf et de cheval. Les femmes se soulevèrent et se rassemblèrent pour protester devant les portes du gouverneur. Monsieur de Vaudreuil sortit et demanda :

— Dites-moi, mesdames, ce qui vous met tant en émoi ?

L'une d'elles répondit au nom de toutes :

— Nous ne mangerons pas de cheval, monsieur, parce qu'il est ami de l'homme.

Une autre alla même jusqu'à ajouter ce précepte issu de son imagination :

— La religion nous défend de les tuer et nous aimerions mieux mourir que d'en manger.

Voyant qu'il n'aurait jamais le dessus avec elles, le gouverneur demanda aux sieurs Monrepos et Martel, respectivement juge de police et commissaire de la Marine, de les mener à la boucherie afin qu'elles constatent par elles-mêmes le bon état des viandes chevalines. Ils en furent pour leur peine. Une fois à l'abattoir, les femmes se récrièrent :

— Nous n'en prendrons jamais !

Le sieur Martel ayant insisté pour leur en donner, elles en prirent et, se dirigeant de nouveau directement chez le gouverneur, elles jetèrent le tout à ses pieds. Il faut dire que si ces femmes se laissaient prier pour en manger, les bourgeois dans les bals s'en régalaient à s'en rendre malade. Il n'était pas rare, au dire de Justine, que plusieurs de ces messieurs sortent de ces bals vers les trois ou quatre heures du matin, complètement saouls.

— J'en ai vu après souper danser le menuet comme s'ils étaient âgés de cent ans, tellement ils avaient peine à bouger. Mais le pire, c'est qu'en sortant du bal de l'intendant, ils se retrouvaient bien souvent chez l'un ou l'autre pour continuer leur orgie.

Comme je n'assistais jamais à ces bals, Justine ne manquait pas de me les décrire et j'avais peine à croire que, le pays baignant dans la misère, les gens en autorité et ceux qui auraient dû nous diriger dignement se prêtaient à de telles exagérations. Il est vrai qu'ils se goinfraient ainsi aux dépens du roi. Je n'avais que du mépris pour eux, d'autant plus que Justine me disait :

— Tu devrais les voir quitter les bals après avoir enfilé bouteille de vin sur bouteille de vin. Les serviteurs doivent les aider à se tenir debout. Ils les poussent en paquet dans les carrioles pour les mener chez eux. Montrant ordinairement plus de retenue, les femmes et les filles retournent chez elles dans leurs beaux équipages… À moins que l'une ou l'autre d'entre elles ne soit déjà partie au bras de son amant !

Chapitre 48

La Friponne

J'avais remarqué que l'on construisait depuis quelque temps une belle maison à proximité du magasin du roi. Je me demandais qui pouvait habiter là. Je pensai qu'il pouvait s'agir de Pierre Claverie, nouvellement arrivé dans le décor. Je l'avais vu pour la première fois au palais en compagnie d'Estèbe et de Bréard. Ce petit négociant de Québec ne me semblait guère futé ni de taille à faire fortune, et je me disais qu'il venait sans doute tenter d'obtenir les faveurs de l'intendant. Je ne me trompais pas. Il les avait déjà grâce à ses amis, dont en particulier Péan.

Ce fut mon ami Huberdeau qui m'informa de ce qu'il en était :

— Tu connais la Friponne ? me demanda-t-il.

— La Friponne ?

— Tu sais, la maison qui vient d'être construite tout près du magasin du roi. On l'a ainsi baptisée. C'est en réalité le magasin de Claverie.

— Mais pourquoi ce nom ?

— Parce qu'elle est menée par un fripon et qu'une femme y a été prise à voler, mais surtout parce que c'est une façade et qu'elle sert d'entrepôt à toutes les fournitures destinées au magasin du roi.

J'avais peine à comprendre toutes les manigances qui entouraient ces hommes, à commencer par l'intendant. Huberdeau poursuivit ses révélations :

— La Friponne est en réalité construite en partie sur un terrain appartenant au roi. Je suis à peu près certain que, par cette astuce, elle n'a rien coûté à Claverie.

Huberdeau, qui s'y entendait beaucoup mieux que moi en ce genre d'affaires, me précisa que depuis l'apparition de cette maison, les marchands de Québec ne pouvaient plus vendre aucune marchandise au roi.

— Seul Claverie peut le faire. Je pense qu'il est de mèche avec l'intendant. Chaque année, Bigot dresse la liste des marchandises dont le roi a besoin au pays. Je pense qu'il en diminue le nombre, de telle sorte que les magasins du roi en manquent. Les marchandises manquantes, Claverie les a et il les revend deux et trois fois leur prix au roi. Bien plus : je suis persuadé que les mêmes marchandises sont vendues plusieurs fois au roi. Ne te demande pas qui empoche les surplus.

— Où prennent-ils leurs marchandises ?

— Ils les font venir de France sur les bateaux du roi.

— Qui les leur fournit ?

— Ça, je ne le saurais dire, mais je ne serais point étonné d'apprendre un jour que Bigot a des parts dans une société en France et qu'il achète ces marchandises à cette société…

❖

Jusque-là, je n'avais jamais pu me faire une idée de ce que pouvait empocher Bigot et ses bras droits. Ils s'arrangeaient toujours pour ne rien faire paraître par écrit. Les ententes avec les marchands étaient verbales. Mais on nous annonçait l'arrivée prochaine d'un nouveau gouverneur et le ministre Moras, en France, insistait de plus en plus afin d'obtenir des rapports détaillés de l'administration du pays. L'intendant s'aperçut qu'il allait devoir bientôt rendre des comptes. De plus en plus nerveux, ses amis se sentirent tout à coup bien mal à leur aise. Quand le navire commence à couler, les rats l'évacuent en premier. Ce fut ce qui se passa avec les amis de l'intendant. Bréard, en particulier, me semblait de plus en plus désemparé. Il venait presque tous les jours au palais. Le secrétaire Deschenaux, qui se montrait plein de sollicitude pour ces hommes et qui leur aurait volontiers léché les bottes, lui demanda un jour :

— Monsieur Bréard, vous me semblez bien mal en point…

— Ah ! Si vous saviez comme je suis malade ! L'air de ce pays ne me convient point. Il me faudra repasser en France avant longtemps, sinon j'y laisserai ma peau.

— Monsieur l'intendant appuiera volontiers votre rappel.

— Je n'en doute point, mais peut-être sera-t-il trop tard. Il faut des mois en ce pays avant de recevoir une réponse de la mère patrie. Mon état ne souffrira pas une telle attente.

Il faut croire que Bigot n'était pas trop pressé de se défaire de ses services, parce qu'on revit régulièrement Bréard en pèlerinage au palais pour supplier son ami de le laisser partir. Bigot était pris entre l'arbre et l'écorce; il avait une grave décision à prendre. Il lui fallait remplacer le contrôleur par un nouvel homme de confiance. Il jeta son dévolu sur son ami Martel comme contrôleur intérimaire, tout simplement parce qu'il se fit remplacer par Varin, le temps de se rendre lui-même se faire voir en France.

Chapitre 49

Le retour de Bigot

Il n'est que de causer avec les gens pour se rendre compte à quel point nous sommes impuissants devant ceux qui nous dirigent. Tout le monde se plaignait, mais personne n'avait vraiment les moyens de changer quelque chose. Je voyais bien que nos dirigeants se servaient de leur situation pour s'enrichir. Ce qui m'étonnait le plus, c'était qu'ils le faisaient impunément.

L'intendant étant passé en France en 1754, mon ami Huberdeau me dit :

— De deux choses l'une : ou il y va pour se disculper aux yeux du roi, ou il y va pour obtenir des faveurs.

— Je crois que là-bas, en haut lieu, certains se rendent compte que son administration laisse à désirer. Il devait sans doute sentir la soupe chaude.

— Peux-tu justifier ce que tu dis ? demanda Huberdeau.

— Justement non. Mais si moi, qui ne suis qu'un simple commis aux écritures, j'en suis venu à le soupçonner d'être derrière toutes les malversations qui se passent au pays, j'imagine qu'en France, le ministre et ses assistants doivent bien se rendre compte que tout ne tourne pas rond en Nouvelle-France. Aussi, sans doute devait-il aller se justifier devant ses pairs.

— Il est vrai que certains lui reprochent amèrement sa conduite.

— En effet, dis-je, j'ai pu m'en faire une idée à la lecture d'une lettre que le ministre lui a fait parvenir.

— Par contre, d'autres le louangent outrageusement.

— Tu as tout à fait raison. Je viens de m'en rendre compte lorsque, tout à fait par hasard, j'ai mis la main sur un bout de lettre écrite par le sieur Gaultier, son médecin.

— Vraiment? Et que disait-il?

— Qu'il est sûrement un des meilleurs intendants du roi. Qu'il est juste, extrêmement zélé pour le service du roi et de l'État. Qu'il a un esprit vif et pénétrant, en un mot, qu'il est aussi propre à être premier ministre qu'intendant. On peut dire qu'il a toutes les plus éminentes qualités qu'on puisse souhaiter retrouver chez un grand homme.

— En voilà un, fit remarquer Huberdeau, qui doit être en quête de quelques faveurs. Tu sais que l'intendant fait la traversée en bonne compagnie, puisque son ami Péan et la belle Angélique, qui ont sans doute ramassé suffisamment de sous pour vivre à Paris, vont s'y établir.

— Il ne pouvait certainement pas faire ce voyage sans la compagnie de sa maîtresse…

❖

Bigot passa quelques mois en France et nous revint précipitamment, toujours en compagnie de Péan et de la belle Angélique. Qu'avait-il fait en France? Je l'ignorais, mais son retour précédait de quelques jours l'arrivée de plusieurs milliers de soldats, ce qui laissait présager l'état de danger grandissant qui guettait notre pays. C'était d'ailleurs afin de préparer leur venue que Bigot revenait en vitesse de France sur une frégate. Mais j'appris bien vite qu'une autre raison l'avait forcé à se dépêcher d'être à Québec: on y attendait en effet l'arrivée du nouveau gouverneur, le sieur Rigaud de Vaudreuil. Bigot le reçut en même temps qu'il accueillait à sa table les officiers nouvellement arrivés. Ce fut, au dire de Justine, une soirée grandiose et mémorable où les dirigeants du pays s'empiffrèrent à qui mieux mieux. Dès cette première soirée, me raconta Justine, le feu s'alluma entre le nouveau gouverneur et l'intendant.

— Vous êtes le bienvenu dans nos murs, dit l'intendant. Ils seront désormais les vôtres.

Le sieur de Vaudreuil répondit d'un ton mesuré:

— Pourvu qu'il en reste toujours quelques-uns debout.

Sa réflexion laissait entendre que le nouveau gouverneur avait l'intention de mettre de l'ordre dans la cabane. Jusque-là, Bigot avait fait un peu tout ce qu'il voulait. Vaudreuil semblait déjà informé des abus de l'intendant, car son premier geste fut d'abolir la Société du Canada. En apprenant la chose, le secrétaire Deschenaux, à l'encontre de ses habitudes, rouspéta ouvertement. Je l'entendis dire :

— Quelle stupidité de dissoudre une société si utile au pays !

Comme j'ignorais ce qu'elle était, une fois de plus j'eus recours aux lumières de mon ami Huberdeau. Comme négociant, il devait être informé du rôle de cette société. Je ne m'étais pas trompé, car il satisfit ma curiosité :

— Il n'y a pas un négociant de ce pays qui ne se réjouit pas de la dissolution de la Société du Canada. Elle avait pour directeurs Bigot, Bréard et Gradis.

Le lendemain, la bande à Bigot arriva à la dérobée au palais. J'étais bien placé pour les voir, car il leur fallait passer par nos appartements pour rejoindre ceux de l'intendant. Ils avaient la mine basse. J'étais certain qu'ils allaient réagir, à commencer par Bigot, qui détenait le pouvoir d'ordonner. Il ne manqua pas de le faire. Nous, du secrétariat, fûmes les premiers à l'apprendre. Deschenaux, qui les appuyait, nous réunit pour nous donner des instructions :

— Nous avons à produire, le plus tôt et le mieux qu'on le pourra, des affiches d'une importance majeure.

Il s'agissait en fait de s'assurer que les ordonnances de l'intendant soient reproduites en nombre suffisant pour être affichées à la porte de toutes les églises. Une première ordonnance tomba. Sous prétexte que le pays était en guerre, Bigot interdisait aux marchands de Québec de vendre des provisions aux équipages des navires de France.

Quand mon ami Huberdeau vit paraître cette ordonnance, il me dit :

— Ce n'est là que le début de son offensive. Il va certainement aller plus loin.

— Pourquoi ?

— Il a besoin d'autres moyens que sa société frauduleuse pour continuer à faire sa fortune. Le gouverneur n'a pas été long à se rendre compte de son trafic avec Bréard et Gradis.

— Qui est Gradis ?

— Un des gros marchands juifs de Bordeaux. Bigot et lui sont comme les deux doigts de la même main. Ajoute-leur Bréard, Cadet et Péan, et tu as la main entière pour vider tes goussets.

Huberdeau avait raison, car après avoir laissé filer quelques mois, Bigot fit sceller tous les bluteaux de la Pointe-de-Lévis jusqu'à Kamouraska ainsi qu'à l'île d'Orléans et la Côte-de-Beaupré. Seulement deux moulins ne furent pas touchés, ceux de Péan et de Cadet. Seuls ces deux-là pouvaient continuer à produire de la farine.

L'ordonnance était à peine décrétée qu'on vit paraître au palais la Sultane et son mari. Angélique et Péan exultaient. Une réunion secrète se tint chez l'intendant.

— Ils sont à faire le partage de leurs profits anticipés, grogna Hubert, le premier des serviteurs.

— La Sultane va coucher ici ce soir, insinua une des femmes de chambre.

— C'est le moins qu'elle puisse faire ! s'indigna un troisième. Elle a si bien travaillé l'intendant qu'elle a eu sa part du gâteau. Son mari va maintenant faire le reste.

L'ordonnance fit rapidement son effet : la farine devint de plus en plus rare, ce qui provoqua l'augmentation des prix. Les soldats commandaient beaucoup de nourriture, ce que fit que les denrées se raréfièrent. Les prix des aliments grimpèrent de vingt-cinq à quarante pour cent. Le lait doubla de prix, celui des œufs tripla. Tout cela ne me rappelait que trop bien l'époque de l'intendant Bégon. L'un avait-il appris de l'autre ?

Chapitre 50

Tout le monde en pâtit

Il y avait maintenant près de dix ans que je travaillais auprès du secrétaire de l'intendant. Ce que je raconte ne doit pas faire oublier que le pays était en pleine guerre depuis plusieurs années. Les Anglais avaient résolu de conquérir la Nouvelle-France. Ils s'étaient d'abord emparés de l'Acadie et, pour s'assurer de ne pas avoir de troubles avec les habitants, ils avaient décidé de les déporter. Ils ne mirent pas de gants blancs pour exécuter leur projet.

Après avoir été laissés pour compte sur les côtes de la Nouvelle-Angleterre, certains Acadiens gagnèrent les bois et remontèrent jusqu'à Québec. Ils nous apprirent de quelle façon les Anglais s'étaient comportés à leur égard. Je revois encore le dénommé Savoie, un beau vieillard, nous raconter, à Huberdeau et moi, dans son langage savoureux :

— Le gouverneur de la Nouvelle-Écosse, ce mécréant menteur, nous a invités à une réunion. Il savait que nous voulions rester neutres.

— Rester neutres, dit Huberdeau, ça voulait dire que vous ne vouliez pas vous soumettre au roi d'Angleterre ?

— En plein ça ! On nous a fait venir pour écouter ce que le roi avait à nous dire.

— Où se tenait votre réunion ?

— Dans l'église. Une fois qu'on a tous été là comme des morues dans les filets, ils nous ont fait prisonniers.

— Ils vous ont mis en prison ?

— Oui, mais dans des vaisseaux. Ensuite, ils nous ont menés le long des côtes de Virginie et de Nouvelle-Angleterre et là, ils nous ont lâchés comme des veaux en pleine nature avec rien, à la différence que les veaux peuvent manger du foin, mais pas nous autres. Nous, on a pu remonter jusqu'icite, mais y en a ben qui sont morts de misère en chemin.

Cet épisode était bien triste. Il fut suivi de plusieurs autres semblables. Au début, les troupes du général Montcalm parvinrent tant bien que mal à empêcher les Anglais de nous envahir, mais nous sentions bien qu'ils se faisaient de plus en plus menaçants. Ils apparaissaient un peu partout et ne manquaient pas de créer des brèches dans nos défenses.

— Penses-tu, me dit Huberdeau, que la guerre fatigue Bigot et sa bande ? Pas en toute, même que ça les arrange.

— En quoi ?

— Ça leur permet de multiplier les moyens de faire des sous sur le dos du peuple et aux dépens du roi de France.

Il avait raison, car je crois bien que ce fut au cours de cette période de troubles qu'ils remplirent le plus leurs goussets, s'enrichissant comme jamais par toutes sortes de stratagèmes. Sous prétexte de nourrir les soldats et de les approvisionner en armes et en munitions, ils s'évertuèrent à contrôler tout ce qui entrait de marchandises au pays. Ils s'accaparèrent le tout et le revendirent à leur profit jusqu'à vingt-cinq fois sa valeur. Il était évident que ça faisait le bonheur de Bigot, car, par des ordonnances, il encourageait ces détournements et les amplifiait, ce qui augmentait d'autant sa fortune. Tout cela je l'appris plus tard et je dirai dans quelles circonstances.

Je continuais mon travail auprès du secrétaire Deschenaux. Les copies de documents se multipliaient et il m'en confiait de plus en plus qui me semblaient comporter des éléments compromettants. Je ne manquais pas d'en faire copie pour mes dossiers et le soir venu, je les lisais à Justine. Ce fut ainsi que je tombai sur la liste des denrées déchargées dans les magasins de Québec : six cents barils de lard, trois cent cinquante d'eau-de-vie, cent de farine et quatre-vingt-quinze tonneaux de vin. Je mourais d'envie de savoir à quel prix ces denrées avaient été achetées et combien elles seraient vendues.

Je dis à Justine :

— Je suis certain que l'intendant touche un pourcentage sur tout ce qui se vend. Malheureusement, je ne suis pas en mesure de le prouver. Lui et ses amis

Bréard et Péan s'enrichissent à nos dépens. Un jour, j'apprendrai combien ce commerce leur rapporte.

— Même si tu savais tout cela, qu'est-ce que ça te donnerait ?

— Je pourrais enfin prendre ma revanche sur ces bourgeois qui m'ont jadis enlevé le pain de la bouche.

— Je vois que tout cela t'est resté sur le cœur.

— Comment pourrais-je oublier ? Je suis persuadé que si la justice existe ici-bas, ces hommes devront payer pour toutes les souffrances que leur avidité sans borne nous a causées. Comme je travaille auprès de ces coquins, je ne veux pas risquer d'être emporté dans la même tourmente qu'eux. Voilà pourquoi je tiens tant à conserver toutes les preuves de leurs malversations afin de me protéger, le cas échéant.

Chapitre 51

Des registres contrefaits

Puis, comme pour me confirmer dans mes doutes, arriva l'épisode des registres contrefaits. Il est bien connu qu'en l'absence du chat, les souris dansent. Connaissant bien les malversations auxquelles se livrait le commissaire Varin, je n'avais guère de mal à imaginer les tractations que menait cet homme sans scrupule. Aussi, je m'aperçus que dès son retour de France, l'intendant, qui n'avait sans doute pas la conscience tranquille, s'agita de belle façon. Pour demeurer dans la même veine de maximes, je dirais qu'il craignait que le chat sorte du sac. Redoutant que Varin ait découvert durant son absence ses manigances, Bigot décida de protéger ses arrières en faisant réaliser de faux registres. Ces transcriptions demandaient des heures et des heures de travail. Le secrétaire Deschenaux était débordé. Ne pouvant plus suffire à la tâche, il eut la bonne idée de faire appel à mes services. Qui mieux que moi, le petit commis aux écritures pas très futé, pouvait remplir cette tâche ?

Un beau matin, Deschenaux m'aborda avec toute la hauteur dont il était capable pour me dire :

— À compter de ce matin, j'ai un travail particulier à te confier. J'ignore si tu vas être en mesure de l'exécuter.

— Je veux bien le tenter.

— Tu vas d'abord faire un essai.

Il me remit une feuille sur laquelle il avait aligné une colonne de chiffres vis-à-vis desquels, à gauche, figuraient les quantités de diverses denrées. Il s'agissait pour moi de retranscrire toutes ces quantités en diminuant leur valeur de moitié. Je passai le test avec brio et désormais, je consacrai toutes mes journées à falsifier les registres officiels. Je risquais gros, mais j'avais aussi beau jeu puisque j'avais tout loisir de retranscrire des pages du premier registre et de les conserver pour ma défense éventuelle, ce que je ne manquai pas de faire.

❖

Depuis l'arrivée du gouverneur de Vaudreuil, Bigot et ses amis n'avaient plus les coudées aussi franches. J'ignorais ce qu'il avait fait, mais il me semblait bien que l'intendant et sa bande avaient perdu du pouvoir tant se multiplièrent les rencontres où les visages longs et préoccupés faisaient contraste avec les sourires d'avant l'arrivée du nouveau gouverneur. Puis je découvris, en voyant fleurir de nouveau le sourire sur leur visage, qu'ils avaient créé une société assurant le transport des vivres pour l'armée. Je mis bien du temps à savoir qui en faisait partie. Il y avait, bien sûr, Bigot lui-même, mais je finis par savoir que Péan, Bréard et Varin étaient du groupe, avec Estèbe et un certain Lamaletie qui se mit à paraître plus fréquemment au palais.

Au jour le jour, je notais les allées et venues de ces tristes sires. Ce fut ainsi que j'écrivis dans mon journal : « Aujourd'hui, Varin est venu. C'est Péan lui-même qui l'a accueilli. Réunion au sommet chez l'intendant. Pendant cette réunion sont venus les commis Estèbe et Lamaletie. » Le lendemain, ceci : « Nous apprenons que les sieurs Estèbe et Lamaletie désirent vendre leur magasin. Il paraît qu'ils ont liquidé un bon nombre de marchandises. » Une semaine plus tard, cela : « Les sieurs Bigot, Péan et Varin ont acheté le magasin qui, comme par magie, s'est tout à coup rempli des marchandises achetées par l'intermédiaire de Bigot sur les réserves de l'État. Il y a anguille sous roche. »

Pendant que ces canailles affamaient le peuple, je savais que leurs bourses engraissaient à vue d'œil. J'avais beau me démener pour tenter de comprendre leur micmac, je n'y parvenais pas, jusqu'au jour où entra dans le jeu le munitionnaire Joseph Cadet. Il ne se présenta d'abord comme un négociant à l'achat de bestiaux pour son oncle. Il n'y avait qu'un fournisseur pour le roi à Québec, le sieur Dolbec. Lui seul avait le droit de débiter du bœuf dans la Haute-Ville, tandis que dans la Basse-Ville, le seul qui y était autorisé était le sieur Dupont. J'appris par Huberdeau une chose étonnante :

— Sais-tu que Cadet a obtenu la fourniture de la viande pour l'État et le privilège exclusif de la boucherie publique ?

— Je l'ignorais.

— Il détient le monopole sur tout ce qui touche la vente de viande. De plus, il vend de la farine, du vin et de l'eau-de-vie, sans compter qu'il fait le commerce de toutes sortes de marchandises avec la France. Nous sommes menés par une belle racaille.

J'avais remarqué, dans une lettre que j'avais eu à transcrire, avant le voyage de Bigot et de Péan en France, que Cadet offrait au ministre de la Marine de fournir toutes les vivres dont le roi avait besoin pour ses soldats et ses administrateurs. Il n'y avait apparemment pas eu de suites à sa demande. Il revint à la charge, car passa sous mes yeux une autre demande de sa part en ce sens. Il offrait de fournir la ration dans les forts et les villes, de même que les denrées et les boissons dont le roi avait besoin à ces divers endroits pour ses soldats. Sa lettre, restée sur le bureau de Deschenaux, ne manqua pas d'attirer mon attention. Elle eut une suite heureuse, puisque Cadet obtint de fournir non seulement la viande, mais tous les aliments et tout le nécessaire pour les troupes du roi, cantonnées tant à Montréal, Québec et Trois-Rivières que dans les forts Frontenac, La Présentation, Saint-Régis, Niagara, Toronto, Saint-Jean, Saint-Frédéric, Chambly,

Carillon, de La Presqu'île, Rivière-au-Bœuf, Rivière-Oyo, Miramichi et Gaspé.

Tout cela demandait beaucoup de travail et de paperasses. Il fallait de plus en plus justifier les dépenses, parce qu'était entré en scène le marquis de Montcalm, le nouveau commandant des troupes, qui ne s'entendait guère avec Bigot et semblait avoir un œil sur tout ce qui concernait l'armée.

— Tu vas voir, me dit Huberdeau, maintenant que son ami détient le monopole, le temps n'est pas loin où notre cher intendant va émettre des ordonnances et les prix de tous les aliments vont augmenter...

Il avait tout à fait raison, car, à peine quelques jours plus tard, l'intendant émit une série d'ordonnances pour fixer le prix des denrées. J'écrivis dans mes notes : « Bigot fixe les nouveaux tarifs de viande de boucherie, le prix du blé, celui de la farine, et interdit toutes les exportations. » Je n'étais pas dupe. Tout cela me rappelait à s'y méprendre les exactions de Bégon.

Je me rendais bien compte que si Cadet avait obtenu un tel monopole, il avait des associés qui se graissaient la patte sous la table, à commencer par Bigot. Mais comment le démontrer ? Ce fut alors, comme on voit parfois paraître un bout de jupon sous la jupe, que cette supercherie laissa dépasser le bout de son nez. La Sultane et son mari rencontraient de plus en plus souvent Bigot. La belle Angélique passait toutes ses nuits au palais. Son époux était affairé comme jamais. Tout allait pour le mieux dans le meilleur des mondes.

Mais voilà que tout à coup, les choses se corsèrent. Pour pouvoir expédier des vivres dans les forts, Cadet ne pouvait compter que sur les billets fournis par le garde-magasin sur ordre du commandant en chef. Pour les garnisons des villes, les choses étaient moins compliquées, puisque l'intendant lui-même donnait les ordres d'achat sur des billets fournis aux garde-magasins.

Tout semblait baigner dans l'huile, mais la cupidité de Bigot et de Péan, alliée à celle de Cadet, fit que Deschenaux apporta la réponse à mes questions. Il se mit à me faire transcrire ce que je reconnus tout de suite comme de faux certificats de vivres jamais vendus ni consommés. Je ne manquai pas d'en copier quelques-uns de surplus que je cachai dans mon coffre.

❖

Puis, je m'aperçus que je n'étais pas seul à soup-çonner Bigot de fraude. Huberdeau m'apprit qu'on avait envoyé de France un enquêteur nommé Querdisien. Il avait parlé à Huberdeau, lui disant qu'il enquêtait en particulier sur les agissements de Cadet, et voulait savoir s'il avait bien raison de le faire. Huberdeau lui avait dit :

— Nous sommes conscients que Cadet, tout comme Bigot et ses associés, s'engraissent à nos dépens, mais comment le prouver ?

— Ils ne laissent certainement pas de traces de leurs fraudes, fit remarquer l'enquêteur, mais leurs comportements peuvent nous en apprendre long.

— Je connais, dit Huberdeau, le commis aux écritures du secrétaire de l'intendant. Vous gagneriez à lui parler. Je sais qu'il a vu passer certains papiers qui pourraient s'avérer intéressants.

Ce fut ainsi que je fus convoqué par cet enquêteur à qui je révélai le peu que je savais, tout en lui affirmant être certain que Bigot et son entourage s'enrichissaient par toutes sortes de moyens malhonnêtes. Mais lui, pas plus que moi, ne disposait des preuves nécessaires pour le démontrer.

Il m'enjoignit tout de même d'être très attentif à tout ce qui me passait entre les mains et d'en garder la moindre preuve. Je ne lui avouai pas que j'avais déjà commencé à le faire. Il nota mon nom en me disant :

— Qui sait ? Un jour, peut-être, aurons-nous besoin de votre témoignage. Le ministre est bien résolu à ne pas laisser ces fraudeurs s'en tirer. Ils finiront bien par payer pour leurs escroqueries.

— Soyez assuré, dis-je, que ce jour-là, tout ce que je sais, je le révélerai volontiers. J'ai gardé depuis des années un journal où je note les noms de chaque visiteur venu voir l'intendant. Je puis déjà vous dire qu'ils ne sont pas nombreux et que ce sont toujours les mêmes. Ils se montrent, sourire aux lèvres, dès que l'intendant fait paraître une nouvelle ordonnance. Expliquez-moi, par exemple, pourquoi les deux seuls moulins à farine encore en marche sont ceux de Péan et du munitionnaire Cadet?

L'enquêteur prit note de tout ce que je lui racontais. Il repassa en France peu de temps plus tard. Je dis à Justine :

— En voilà un autre qui fera chou blanc.

— Consolons-nous. Il semble bien qu'en haut lieu, en France, on ait entendu parler de ce qui se passe ici. La venue de cet enquêteur en est la preuve.

Chapitre 52

Le commencement de la fin

La guerre, qui nous était favorable au début, tourna rapidement à l'avantage des Anglais. Il y eut quelques brillantes victoires de Montcalm, dont en particulier celle de Carillon, puis ensuite tout se dégrada.

J'eus encore la chance de dénicher une information qui ne fit que renforcer la haine que je vouais aux bandits qui dirigeaient le pays. Alors qu'on évaluait les troupes à dix mille soldats, je me rendis compte que les billets produits chiffraient les rations des militaires à onze mille cinq cents par jour. Des billets étaient produits où étaient aménagés des espaces vierges. L'intendant pouvait y inscrire ce qu'il voulait. Qui empochait les surplus? Bigot et ses associés, pardi!

Il n'y avait plus de limites à leurs exactions. Le pain se fit de plus en plus rare, faute de farine. Les moulins de Cadet et de Péan tournaient jour et nuit pendant que les autres moulins à farine du pays n'avaient toujours pas recommencé à fonctionner, par ordre de l'intendant. Pour rendre les choses encore pires, toujours sous le couvert de la guerre, Bigot fit rationner le pain dans les boulangeries. Justine m'arriva un beau matin en disant :

— J'ai appris que nous ne pourrons plus manger que deux onces de pain par jour !

— Nous allons crever de faim !

— L'intendant a fait afficher l'ordonnance à la porte de l'église. Mais il y a encore pire : sais-tu qui est le seul à avoir le droit de recueillir le blé des récoltes, réservé exclusivement à l'armée ?

— Sans doute Cadet.

— Oui ! Lui et lui seul !

— Dans ce cas, dis-je, je vais te demander un service.

— Quoi donc ?

— Tu vas t'informer auprès des habitants combien ils ont obtenu pour un minot de blé.

Elle me revint bientôt avec la réponse.

— Ils m'ont tous assuré qu'ils n'ont touché que six livres.

Quelques jours plus tard, le minot de blé se vendait vingt-quatre livres. Justine retourna voir les vendeurs de blé et leur fit signer une attestation écrite de ma main, comme quoi, pour leur blé, ils n'avaient obtenu que six livres le minot. Elle en fit autant auprès des acheteurs qui affirmèrent avoir payé leur blé vingt-quatre livres le minot. Toutes ces attestations se retrouvèrent au fond de mon coffre.

La guerre et les misères du peuple n'empêchaient pas Bigot de donner des bals qui se terminaient par des orgies. Tout le gratin de Québec y était convié. Bigot jouait au lansquenet où il perdait régulièrement et engloutissait en une seule soirée jusqu'à mille cinq cents louis.

Ce fut vers cette époque, alors que la population avait tellement besoin de nourriture, que des navires ravitailleurs accostèrent au port. L'intendant envoya ses hommes inspecter la cargaison. Huberdeau, qui avait suivi la manœuvre, me dit :

— Ils prétendent que la nourriture est avariée. Crois-moi, j'ai trop vu de navires livrer des marchandises ici pour savoir que ces denrées sont en très bon état.

— J'imagine que la cargaison va être détruite.

— Penses-tu ? L'intendant va leur en offrir un prix ridicule… Et tu me diras si j'ai raison, mais je mettrais ma main au feu que dès que les navires vont être retournés en France, toutes ces marchandises vont apparaître sur le marché.

Huberdeau, une fois de plus, avait raison. Ces denrées rachetées par Bigot furent vendues sept fois le prix qu'il les avait payées.

❖

Bigot savait que les Anglais étaient en route pour attaquer Québec. Un jour, je fus témoin d'une de ses discussions, en plein corridor du palais, avec un émissaire venu au nom du général Montcalm réclamer des voitures afin de transporter des matériaux devant servir aux fortifications.

— Mon bon ami, où voulez-vous que je trouve ces voitures? Les habitants qui en ont ne veulent pas les prêter. Les gens ne quittent plus leur demeure.

— Vous êtes l'intendant. C'est à vous de voir à ce genre de fournitures.

— Toutes celles dont nous disposons au nom du roi sont employées aux travaux de défense de la ville.

Ce qu'il appelait des « travaux de défense » consistait à faire transporter divers matériaux afin de constituer des abris pour ses amis, et plus particulièrement pour madame Péan, à qui il fit construire une casemate résistant aux bombes.

❖

Nous étions dans la misère. Les nouvelles de la guerre s'avéraient de jour en jour plus mauvaises. Des palissades furent érigées un peu partout pour fermer la ville et des batteries de canons installées à tous les points qu'on jugeait névralgiques. Les Anglais remontaient le fleuve vers Québec, brûlant villages et récoltes sur leur passage. Leurs navires apparurent devant Québec au début de juillet de cette année 1759.

L'intendant avait quitté Québec pour se réfugier au quartier général de l'armée, à Beauport. Le secrétaire

Deschenaux l'y accompagna, mais je refusai de les suivre. À compter du 12 juillet, les Anglais se mirent à bombarder la ville à l'aide de bombes, de boulets et de pots à feu. Je dis à Justine :

— Il nous faut trouver un endroit sûr, sinon nous risquons d'y laisser la vie.

— Il n'y a pas de lieu plus sûr que le palais de l'intendant qu'on nous laisse habiter et que nous avons ordre de bien garder.

Pendant plus de deux mois, pas un jour ni une nuit ne se passa sans que les bombes anglaises tombent sur Québec et détruisent maison après maison. En peu de temps, la Basse-Ville ne fut plus que ruines fumantes. Bientôt, les boulets atteignirent la Haute-Ville. L'église brûla, comme les principaux bâtiments. Dieu merci, vu son emplacement, le palais de l'intendant fut épargné. Nous survivions tant bien que mal, subissant un siège dont nous pensions ne jamais voir la fin. Puis, le 13 septembre, on nous apprit que les Anglais qui occupaient les plaines d'Abraham avaient vaincu notre armée. Quelques jours plus tard, ils entraient dans la ville. Les principales grandes familles avaient été évacuées vers Trois-Rivières et Montréal. Les Anglais s'installèrent au palais et nous en chassèrent.

— Qu'allons-nous devenir ? s'inquiéta Justine.

— Les Anglais ne nous exileront pas, dis-je. Ils ont besoin de nous pour faire marcher le pays. Nous devrons désormais travailler pour eux.

Je récupérai le peu de biens que nous avions. Un charretier nous conduisit du côté de l'Hôpital général, dans le seul secteur de la ville qui avait été épargné. Il nous fallait désormais nous trouver de quoi vivre, ce qui était fort difficile. Heureusement, les Anglais, tout comme nous, avaient besoin de manger. Ils laissèrent les quelques marchands demeurés à Québec libres de faire leur travail. J'allai frapper à la porte du marchand Levasseur, qui avait besoin d'un commis aux écritures. Il m'engagea à condition que Justine travaillât chez lui comme bonne, mais sans rémunération. Nous vivions dans un appartement délabré de la Basse-Ville que les bombardements avaient épargné. L'hiver fut rude. Notre souci quotidien consistait à savoir si nous aurions de quoi manger. Mais il nous restait un espoir. Le bruit courait que le chevalier de Lévis, réfugié à Montréal, tenterait avec ses soldats de reprendre la ville aussitôt les neiges disparues.

Dès que les routes furent praticables, je proposai à Justine :

— Pourquoi ne tenterions-nous pas de gagner Montréal ?

Elle hésitait, mais la pensée de pouvoir y retrouver Alexandre et Françoise vint à bout de ses réticences.

Chapitre 53

Montréal

Quand l'heure fut venue de concrétiser notre projet de gagner Montréal, Justine me demanda d'une voix inquiète :

— Comment penses-tu que nous pourrons nous y rendre ?

— Commençons d'abord par rassembler ce que nous désirons transporter là-bas.

Nous n'avions pas beaucoup de biens. Parmi ceux-là, je tenais cependant à conserver l'armoire et le coffre dont j'avais hérité. Justine apporta les tissus nécessaires aux robes qu'elle confectionnait. Un charretier accepta de nous conduire en banlieue, jusqu'à l'Hôpital général. Là, je m'informai auprès de l'un et de l'autre sur la façon la plus appropriée de gagner Trois-Rivières, sachant que, rendus là, nous pourrions nous faire conduire à Montréal en barque. Mais avant tout, il nous fallait trouver quelqu'un pour nous rendre aux Trois-Rivières. En ce temps de guerre, rares étaient ceux qui se risquaient sur les routes, mais je finis par persuader un charretier chargé de quérir des vivres du côté de Trois-Rivières de nous y conduire avec nos effets. Il ne manqua pas de charger le gros prix, même si nous lui fournissions l'occasion de ne pas faire le trajet à vide.

Des Trois-Rivières, il fut facile de nous faire conduire à Montréal, car il y avait un grand va-et-vient de vaisseaux sur le fleuve. Comme je le souhaitais, je parvins à laisser mon armoire et mon coffre à Verchères en passant. Marie-Louise et son mari furent fort heureux de notre visite. Je promis à notre fille que nous reviendrions bientôt passer quelque temps en leur compagnie au manoir. Ce fut une joie de voir Justine retrouver sa fille et je dois admettre que ma sœur Marie se montra elle aussi fort aimable, tellement elle était heureuse de notre présence.

❖

Notre fille Françoise fut, elle aussi, enchantée de nous retrouver lors de notre arrivée à Montréal.

— La guerre nous a chassés de Québec, dit Justine. Nous en avons profité pour venir voir comment tu t'en tirais avec ton marchand de mari.

— On ne peut mieux, mère. Les coureurs des bois ont toujours besoin de marchandises à échanger contre des peaux.

— La vie risque cependant de devenir plus difficile, dis-je. Avec les Anglais qui sont à nos portes, il deviendra bien compliqué de faire venir des marchandises de France.

— Nous passerons par la Nouvelle-Angleterre.

— C'est plus facile à dire qu'à faire...

— Mais père, René a plus d'un tour dans son sac. Il fait déjà produire ici beaucoup de petits objets qu'aiment les Sauvages. Il dit que l'avenir réside dans tout ce que nous pouvons fabriquer nous-mêmes.

— Son raisonnement est bon. Peut-être pourrai-je conseiller ton mari, moi qui ai quelques expériences dans la vente de marchandises.

— René sera enchanté de vous entendre. Il est ouvert à toutes les suggestions.

Justine brûlait de poser une question. Elle profita d'une pause dans la conversation pour demander :

— Aurais-tu des nouvelles de ta sœur Isabelle ?

— Nous avons tenté d'en apprendre à son sujet par les coureurs des bois, mais personne ne semble la connaître, non plus que son mari.

— Les coureurs des bois avec lesquels ton mari fait affaire se rendent sans doute du côté de Michillimakinac ? lui demandai-je.

— Oui, c'est bien là qu'ils vont à l'automne ou au printemps.

— Ce qui me laisse croire qu'Isabelle et son homme doivent se trouver du côté de la Louisiane. Et Alexandre, que devient-il ?

— Il se porte bien et est très apprécié comme chirurgien à l'hôpital. Il a été appelé à soigner plusieurs blessés de guerre. Il a tellement de travail que nous n'avons eu le bonheur de le voir que deux fois depuis notre établissement à Montréal. Votre venue sera l'occasion toute rêvée de le sortir de son hôpital…

❖

Quelques jours plus tard, ce fut la fête chez les de Lamirande. Il y avait des années qu'Alexandre et Françoise n'avaient pas été réunis avec nous. Ils eurent beaucoup de plaisir à évoquer le passé. Toutefois, l'avenir m'inquiétait.

— Si les Anglais s'emparent du pays comme ils l'ont fait de Québec, il y a lieu de se demander ce que nous deviendrons.

— Nous sommes trop nombreux pour qu'ils nous exilent, soutint mon gendre. Ils devront s'accommoder de notre présence.

— Pourvu qu'ils nous laissent gagner notre vie.

— Je ne m'en fais pas avec ça. Ils auront besoin de marchands comme nous pour continuer la traite avec les Sauvages.

— Mais tu dois t'attendre à ce qu'ils en fassent venir d'Angleterre. La concurrence sera féroce.

— Nous verrons, dans le temps comme dans le temps. Mais pour lors, le pays ne leur appartient pas encore.

— Le chevalier de Lévis et ses soldats assiègent Québec en attendant des renforts de France. Espérons que le roi de France ne nous a pas oubliés.

Malheureusement, quelques jours plus tard, une nouvelle fit le tour de Montréal : plusieurs navires anglais avaient jeté l'ancre devant Québec et le chevalier de Lévis avait dû lever le siège. La France nous avait abandonnés.

QUATRIÈME PARTIE

LE PROCÈS

(1760-1774)

Chapitre 54

Montréal et Verchères

Comme nous n'avions pas de toit à Montréal, mon gendre et notre fille nous offrirent généreusement de partager le leur. J'acceptai, mais pour un temps seulement. L'appartement où ils vivaient n'était pas assez grand pour accueillir longtemps quatre adultes. Je savais que nous finirions par nous marcher sur les pieds et qu'au bout de quelques semaines, la belle harmonie du début finirait par s'étioler et se transformer en ressentiments retenus. Je dis à mon gendre :

— Ne t'inquiète pas. Nous ne moisirons pas chez vous. Je vais d'abord tâcher de me trouver du travail et ensuite nous saurons bien nous dénicher un toit quelque part.

Je mesurai alors comment je n'étais pas parvenu, malgré tout le travail que j'avais abattu, à posséder la maison dont j'avais rêvé toute ma vie. J'étais maintenant aux portes de la vieillesse et je ne détenais pratiquement rien. Montréal était une ville effervescente, malgré et peut-être en raison de ce dont nous étions menacés. Qu'allions-nous devenir ?

Aucun notaire n'eut besoin de mes services. Je finis par être engagé pour quelque temps par un marchand, ami de mon gendre. Puis, d'un mois à l'autre, je continuai sa tenue de livres et grâce à lui, je pus trouver un appartement que Justine décora convenablement, et notre séjour à Montréal se prolongea près d'une année. Une fois de plus, mon épouse s'usa les yeux sur les robes qu'elle produisait, mais non sans retirer de bons profits de ses ventes. Elle s'était créé une bonne clientèle parmi les dames et les demoiselles de la bourgeoisie.

Je sentais cependant que nous étions un peu comme des oiseaux de passage. Nous avions le bonheur de fréquenter notre fille, et notre fils Alexandre nous fit la surprise de nous annoncer ses noces prochaines avec une jeune femme fort distinguée du nom de Thérèse de Blonval. Son père possédait un vaisseau faisant chaque année l'aller-retour aux Antilles, d'où il rapportait des boissons prisées par les Anglais comme les Français. On le considérait comme l'un des meilleurs fournisseurs de rhum de Montréal. Le mariage eut lieu au printemps. Notre fille Marie-Louise, bien qu'enceinte de plusieurs mois, fit le voyage de Verchères à Montréal pour cette occasion. La noce fut grandiose. Notre famille était de nouveau réunie. Il n'y manquait qu'Isabelle, dont, de temps à autre, des nouvelles parvenaient à Verchères. Elle et son époux nous laissaient entendre qu'ils viendraient bientôt nous voir avec leurs trois enfants (deux garçons et une fille), mais l'occasion ne se présentait jamais et c'est moi qui, à la fin, proposai à Justine de leur rendre visite. Mais la Louisiane n'est pas à nos portes et les temps ne se prêtaient pas à un tel déplacement. Nous en parlâmes beaucoup, Justine et moi, mais jamais nous ne pûmes réaliser ce voyage.

Le marchand pour lequel je travaillais vit ses affaires péricliter et, une fois encore, je me retrouvai sans travail. Pilant sur mon orgueil, je décidai alors que nous pourrions jouir d'une vie plus stable et plus tranquille à Verchères, sous le toit qui m'avait vu naître. L'été étant à nos portes, nous gagnâmes le manoir. Je promis à Justine de m'y rendre utile. Mais avant tout, la sagesse venant avec l'âge, ne voulant causer aucun problème à Justine si je venais à partir avant elle, je décidai de mettre de l'ordre dans mes papiers.

Ce fut en me livrant à cette tâche que je me rendis compte à quel point, au fil des années au service de Bigot, j'avais accumulé passablement de documents : copies de toutes sortes de lettres complètes, de bouts de lettres, de reçus, de registres, d'ordonnances, de billets, de déclarations, de factures et de tout ce qui me semblait pouvoir être utile pour démontrer les malversations de l'intendant et de ses comparses. Mais ce dont je me félicitais le plus, c'était d'avoir inscrit au jour le jour dans mon journal les allées et venues de ces prévaricateurs.

Je pus de la sorte classer chaque document que je possédais dans un ordre bien précis et j'avais, en les relisant, l'impression de posséder tout ce qu'il fallait pour confondre ces malfaiteurs. Ainsi me passa sous les yeux la copie du fameux contrat concernant la construction de deux navires, supposément pour le roi, et signée par Jacques Desbrérat et Godefroi Guillaumain, dont Justine avait eu vite fait de découvrir l'identité, celle de Bréard et d'Estèbe, en reconstituant les lettres de leurs noms.

Je me disais que les fraudeurs deviennent si fantasques et si certains de leur fait qu'ils ne pensent même pas que leurs ruses peuvent être découvertes. Ils prennent tout le monde pour des idiots, ce qui leur permet par exemple de faire falsifier des registres en croyant que leurs astuces ne seront jamais découvertes.

J'avais sous les yeux les ordonnances de l'intendant, et en les lisant, j'avais nettement l'impression que derrière chacune d'elles se cachait une ruse pour soutirer des milliers de livres au roi et à chacun de nous. Je mesurais à quel point, comme la viande et le sang attirent les requins, l'argent et le pouvoir séduisent les ambitieux sans conscience. Je me disais qu'il fallait être bien droit, quand on détient le pouvoir, pour ne pas se laisser tenter par l'idée d'augmenter les prix des denrées ou de les faire vendre de manière à grossir sa fortune personnelle.

J'étais persuadé que Bigot et ses alliés avaient largement joué à des jeux de cette sorte. Est-ce qu'ils en paieraient un jour le prix? N'avaient-ils pas regagné la France sur le navire mis à la disposition de Bigot? Celui-ci avait pris la précaution d'y faire charger tous les papiers de son administration et s'était fait accompagner par ses amis, et, en particulier, par sa maîtresse la belle Angélique Des Méloizes, et tout son entourage féminin, mesdames de Repentigny, de Lino et Mercier. Quand, cependant, je faisais le relevé de ceux qui étaient partis, je n'y voyais pas le nom de Deschenaux, m'étonnant de constater qu'il était demeuré à Québec comme un brave, sans peur et sans reproche.

Chapitre 55

Une visite fructueuse

L'année 1761 n'aurait rien eu de particulier dans ma vie sans une rencontre que je fis à Montréal. Ce sont des événements de ce genre qui nous laissent croire que les desseins de la Providence nous échappent. Notre fille Françoise devait donner naissance à un enfant au cours du mois d'avril. Justine voulut se rendre auprès d'elle afin de l'assister lors de l'accouchement. Je me trouvais bien à Verchères, où j'avais fait la paix avec ma sœur Marie, et je n'avais pas l'intention de me rendre à Montréal. Mais Justine insista tellement pour que je l'accompagne que je décidai de faire le voyage avec elle. Arrivé chez notre fille, mon gendre voulut me faire rencontrer un de ses amis qui, me dit-il, pourrait éventuellement me donner du travail. Toutefois, j'étais si bien à Verchères que je ne songeais pas à revenir à Montréal et j'accompagnai mon gendre uniquement pour lui faire plaisir.

Quelle ne fut pas ma surprise, une fois chez cet homme, de croiser nul autre que mon ami Huberdeau ! En l'apercevant, je m'écriai :

— Tiens, qui vois-je ? Que fais-tu à Montréal ?

— Clément ! Où étais-tu passé ? Je t'ai vainement cherché à Québec et personne n'a pu me dire ce que tu étais devenu. Je ne le prononcerai pas fort, mais je te croyais défuntisé.

— Comme tu vois, je suis encore bien vivant et j'espère le rester longtemps.

— À propos, dit Huberdeau, j'en ai long à te raconter sur qui tu sais. Ne pourrions-nous pas en causer devant un bon verre ?

❖

Le lendemain, dans une auberge, après avoir un peu tourné autour du pot, sans doute pour s'assurer d'avoir toute mon attention, Huberdeau me dit :

— Te souviens-tu de l'enquêteur Querdisien ?

— Celui de qui Justine m'a dit qu'il ferait chou blanc ? Que vient-il faire de nouveau dans nos jardins ?

— Il n'est pas revenu au pays, mais il m'a écrit. Ah ! C'est dommage que je n'aie pas sa lettre sur moi, je ne manquerais pas de te la faire lire. Qu'à cela ne tienne, je saurai bien t'en résumer le contenu. D'abord, tu dois savoir que ce cher Cadet a été arrêté et qu'il croupit dans les prisons de la Bastille depuis la fin de janvier dernier.

— Vraiment ? Quelle bonne affaire ! A-t-il fraudé en France et s'est-il fait prendre la main dans le sac ?

— Non, il semble bien que ce soit à la suite de sa conduite ici.

— Je présume alors que quelqu'un l'a dénoncé.

— C'est le cas, mais Querdisien ne précise pas qui. D'ailleurs, comme il le dit si bien, le procureur manque de preuves pour le garder en prison encore longtemps, à moins qu'il ne finisse par craquer. Il est soumis régulièrement à des interrogatoires en règle, paraît-il. Il proteste continuellement, tant et si bien qu'on a fini par répondre à un peu tous ses caprices. Il a droit, semble-t-il, à des sucreries, du bon vin et autres douceurs qui me font croire qu'il a parlé, et que bientôt ses amis iront le rejoindre là où ils devraient tous être depuis belle lurette.

— Réjouissons-nous de voir enfin ces concussionnaires derrière les barreaux.

— Oui, mais n'exultons pas trop vite.

— Et pourquoi donc ?

— Parce que ces escrocs risquent bien de s'en tirer sans trop de difficultés.

— Comment cela ?

— Le secrétaire d'État, tout comme le procureur, n'ont pas en main suffisamment de preuves pour les accuser de façon formelle. De la sorte, ils finiront par sortir de prison la tête haute, en se frottant les mains. Voilà pourquoi Querdisien insiste tant pour réclamer des preuves tangibles de leurs malversations.

— Si je comprends bien, il faudrait au procureur des écrits compromettants pour accuser ces messieurs ?

— Voilà précisément ce que Querdisien m'écrit. Il dit : "Nous avons beaucoup de soupçons, mais peu de preuves. Bigot et ses alliés étaient beaucoup trop futés pour laisser des traces écrites de tout ce qu'ils manigançaient."

— J'en sais quelque chose, moi qui me suis toujours efforcé de mettre la main sur le moindre bout de papier prouvant leurs fraudes.

— Mais puisque tu as travaillé pour Bigot, tu as sans doute été témoin de leurs manigances ?

Les paroles d'Huberdeau me firent réagir. Je ne lui avais jamais parlé des copies que j'avais réalisées. L'heure était venue de l'en informer :

— Je détiens des documents qui seraient sans doute fort utiles au procureur.

— Vraiment ! Des preuves ?

— Oui, et surtout un agenda passablement révélateur de leurs moindres faits et gestes.

— Mais qu'attends-tu pour le faire savoir à l'enquêteur ? Écoute-moi bien : j'écrirai sous peu à Querdisien et, si tu n'as pas d'objections, je me propose de lui répéter ce que tu viens de me dire. Vois-tu, dans sa lettre, il se plaint du fait qu'un grand nombre de personnes lui font part de leurs soupçons sans pouvoir ne rien démontrer de plus. Il serait fort heureux de connaître les renseignements que tu possèdes. À propos, je veux savoir où il pourrait t'écrire s'il lui prend l'idée de le faire.

— Il peut m'écrire en tout temps au manoir Perré de Verchères, où j'ai bien l'intention de finir mes jours.

Étant certain que cet enquêteur très méticuleux ne manquerait pas de me contacter, Huberdeau promit de communiquer incessamment avec lui.

— N'oublie pas, insista-t-il, que le procureur et lui cherchent désespérément des preuves irréfutables permettant de les faire condamner sévèrement. D'autant plus que Bigot lui-même s'est vanté de pouvoir justifier la provenance de chaque sou qui constitue sa fortune. Querdisien s'est juré de démontrer le contraire…

❖

Les jours qui suivirent, je les passai à arpenter les rues de la ville, m'arrêtant çà et là à observer le va-et-vient des gens au marché et sur les quais, me réjouissant de ne pas être, comme eux, pris dans ce tourbillon incessant. Fort heureusement, notre séjour à Montréal fut de courte durée, car à peine deux jours après notre arrivée, notre Françoise mit au monde une fille. Justine se loua d'être arrivée à temps. L'accouchement s'était fait sans complications.

— Françoise, commenta Justine, a donné naissance aussi facilement que le font les chattes et les lapines.

— Elle a de qui tenir, dis-je en souriant. Elle est comme sa mère. Tout doit être vite fait et ce n'est pas moi qui vais m'en plaindre.

Nous étions heureux d'être de nouveau grands-parents, mais cette fois en ayant la joie de tenir dans nos bras l'enfant nouveau-né. Il y eut tout un conciliabule autour du choix de son prénom. Françoise eut gain de cause, car elle nous demanda d'en être le parrain et la marraine. Aussi, la petite hérita-t-elle du prénom de sa grand-mère. Est-il besoin de dire quel bonheur et quelle fierté en conçut Justine?

N'ayant plus rien à faire à Montréal, je décidai de retourner à Verchères, quitte à revenir chercher Justine quelque temps plus tard.

— Fais donc ça, dit-elle, comme ça nous n'aurons pas à nous préoccuper de ce que tu deviens. À te voir tourner ainsi en rond, nous finirons tous par devenir malades.

Je retournai à Verchères pour en revenir, deux semaines plus tard, chercher une marraine très fière et fort heureuse de son séjour dans la grande ville.

Chapitre 56

Des suites inattendues

De retour à Verchères, je relus fébrilement tous les documents concernant Bigot, me mettant à douter de leur utilité pour l'enquête menée par Querdisien. Cependant je savais que dans ce genre d'affaires, la moindre information pouvait mener loin. Je me revoyais devant l'intendant, quand il avait laissé entendre d'une voix méprisante, en faisant un jeu de mot avec mon nom :

« Soyez discret et vous ne paierez jamais rien ; un mot de trop et vous paierez de vos sous, sinon de votre vie. »

Je me disais que c'était maintenant le temps de faire payer cet homme pour tout le mal qu'il avait causé.

Puis les jours passèrent, si bien que je finis par être moins préoccupé par ce passé récent. Puisque je n'avais plus à me soucier du pain quotidien, je pus enfin m'intéresser à un art que j'avais toujours aimé sans pouvoir m'y adonner vraiment : le chant. Pendant le siège de Québec, non loin du palais, j'avais croisé à maintes reprises un soldat qui chantait comme un rossignol. Un beau jour, je l'avais arrêté pour lui demander où il avait appris tous les airs qu'il fredonnait sans se soucier du temps qu'il faisait, non plus que de la situation pénible dans laquelle nous nous trouvions. Il m'avait répondu :

— Ces chansons, je les ai apprises au berceau. Elles me font vivre.

Je n'avais pas oublié ses paroles si pleines de sagesse. Malgré le malheur qui nous accablait, malgré les ruines, malgré la faim, malgré les bombardements, cet homme-là chantait tout le temps. Je me dis, comme il me l'avait laissé entendre : « La chanson fait vivre. » Et comme je voulais respirer encore longtemps, je décidai d'apprendre à chanter.

Nous avions au manoir un clavecin. Marie-Louise en jouait suffisamment pour me montrer les airs de certaines chansons, mais encore fallait-il que j'en trouve la musique et les paroles. En réalité, toute cette passion pour le chant me venait en particulier d'une chanson que ce soldat fredonnait souvent et qui me rappelait à s'y méprendre la situation dans laquelle nous étions plongés. Tout ce que j'en avais retenu, c'était son curieux titre : *Contre la Poisson*. Je tenais tellement à la retracer que je me rendis au fort de Verchères où on me mit en contact avec le musicien qui animait les bals. Je lui demandai :

— Connaissez-vous la chanson intitulée *Contre la Poisson* ?

— Bien sûr ! m'assura-t-il. Il s'agit d'un air satyrique contre la Pompadour.

— Vous pourriez me l'apprendre ?

— Certainement, cher ami.

Et bientôt je pus me promener dans le manoir en chantant de ma voix de fausset :

> Les grands seigneurs salissent
> Les financiers s'enrichissent
> Tous les poissons s'agrandissent
> C'est le règne des vauriens
>
> On épuise la finance
> En bâtiments en dépenses
> L'État tombe en décadence
> Le roi ne met ordre à rien
>
> Une petite bourgeoise
> Élevée à la grivoise
> Mesurant tout à sa toise
> Fait de la Cour un taudis
>
> Le roi malgré son scrupule
> Pour elle follement brûle
> Cette flamme ridicule
> Excite donc tout Paris
>
> Cette petite catin subalterne
> Insolemment le gouverne

Et c'est elle qui décerne
Les honneurs à prix d'argent

Devant l'idole tout plie
Le courtisan s'humilie
Il subit cette infamie
Et n'est que plus indigent.

En réalité, si j'aimais autant cette chanson, c'est qu'elle me rappelait exactement la situation qui avait prévalu sous le règne de Bigot. Il aurait suffi d'y mettre son nom à la place de celui du roi, et d'y ajouter à la place de la Pompadour celui de la Sultane, cette petite catin subalterne qui le menait par le bout du nez.

❖

Je ne devais pas me libérer facilement de ce passé qui m'avait profondément marqué. Si cette chanson me le rappelait, la lettre que je reçus de France au printemps 1762 ne manqua pas de me préoccuper bien davantage. Elle venait du commissaire enquêteur Querdisien. Il me disait qu'à la recommandation de mon ami Huberdeau, je devrais me faire un devoir, au nom de tous les habitants de la Nouvelle-France, de lui communiquer au plus tôt tous les documents pouvant aider à mener à bien le procès tenu en France contre l'ex-intendant Bigot et ses amis, Péan, Cadet, Bréard, Martel, Varin, Lamaletie, etc.

Si vous ne pouvez pas vous convaincre de l'utilité de votre témoignage, songez que ces malfaiteurs vous ont causé un tort considérable comme à tous les habitants de Nouvelle-France. Apprenez, par exemple, qu'en 1729 les dépenses annuelles du gouvernement du Canada n'étaient que de quatre cent mille livres. Mais à compter de l'arrivée de Bigot, ces dépenses ont explosé. Pour votre information, en 1750, elles se chiffraient à un million sept cent mille livres et sous Bigot, en 1751, elles passaient à deux millions de livres. L'année suivante, elles doublaient, s'élevant à quatre millions de livres. En 1755, elles touchaient les six millions pour atteindre onze millions trois cent mille livres en 1756, dix-neuf millions en 1757, et vingt-sept millions les deux années suivantes. Ne vous demandez pas ensuite pourquoi la France a perdu le Canada. Nous n'avons pas encore terminé les calculs de la dette du Canada. Mais nous sommes persuadés qu'elle atteindra les quatre-vingts millions.

Il m'apprenait par sa lettre que Bigot avait été arrêté à la fin de novembre 1761 et qu'il était incarcéré, tout comme Cadet, à la Bastille, de même que tous ceux qui les secondaient dans leurs exactions et leurs fraudes. Plus loin, Querdisien écrivait :

Vous semblez avoir en main des papiers qui pourraient nous être d'une grande utilité. Il est de votre devoir de nous les faire connaître. Vous devez me faire parvenir ces papiers. Ils nous seront de la plus grande utilité dans la poursuite de notre enquête, mais également pour faire la preuve des exactions commises par ces crapules. Songez que si vous ne faites rien pour aider à la condamnation de ces hommes, vous vous le reprocherez jusqu'à la fin de vos jours.

Il me priait de nouveau de les lui faire parvenir au plus tôt, me mettant cependant en garde de ne révéler à personne de quoi il s'agissait, car Bigot avait beaucoup d'amis qui se chargeraient de mettre la main dessus et de les faire disparaître. Il m'assurait qu'il les remettrait lui-même au juge qui saurait en faire bon usage.

Je désirais collaborer, mais j'avais mis tellement de temps à constituer le dossier que je possédais que je craignais qu'avant de se retrouver entre les mains du procureur, il tombe en d'autres mains qui ne se feraient pas scrupule de les faire disparaître. De plus en plus, j'avais idée de les porter moi-même en France. Ce qui m'en empêchait ? Je n'avais pas l'argent nécessaire pour me permettre un tel voyage. Je songeai à me rendre auprès de certains marchands qui avaient particulièrement souffert du traitement infligé par Bigot et de la conduite de Cadet, de Bréard et des autres. Ils m'auraient sans doute aidé à défrayer les coûts de mon passage en France. Mais il m'aurait fallu, pour les convaincre, leur montrer les papiers que je détenais en preuve et je craignais trop que, le tout s'ébruitant, je sois bientôt aux prises avec certains amis de l'intendant, tel Deschenaux demeuré au pays. S'ils n'avaient pas eu de scrupules à aider Bigot et sa bande, ils n'en auraient pas à se saisir de mes papiers et à les faire disparaître, et moi de même. Un mort ne peut témoigner.

Je parlai de tout ça à Justine, ma meilleure conseillère.

— Si tu veux vraiment te rendre en France afin de te soulager le cœur à propos de ce que tu sais, écris tout de suite à cet enquêteur et fais-lui part de tes craintes au sujet des documents. Demande-lui, par le même courrier, d'obtenir pour toi l'argent nécessaire pour passer en France et y séjourner quelque temps. Sinon, cesse de te faire des remords pour ce que tu ne peux accomplir. Tu n'y es pour rien. Je sais parfaitement bien que si nous avions suffisamment d'argent pour te payer pareil voyage, tu serais déjà en route pour Paris.

— Tu as raison, ma mie, mais si je ne fais pas le voyage en France cette année, tout ce que j'ai ramassé de preuves contre ces escrocs ne servira à rien. Peut-être vaut-il mieux que je prenne le risque de les voir se perdre en route plutôt que de renoncer à ce qu'elles se retrouvent entre les mains du juge.

Malgré tout, je ne me décidais pas à expédier ces documents si chèrement amassés. J'étais tellement tourmenté par cette question que je n'en dormais plus, quand un vrai miracle se produisit. J'en remercie encore le ciel tous les jours.

Chapitre 57

La surprise

Ne me demandez pas pourquoi, chaque fois que je déménageais, je faisais suivre l'armoire et le coffre hérités de mon grand-père. L'armoire me servait à ranger un peu de hardes, et dans le coffre, je conservais précieusement mon journal et les importants papiers concernant les tractations de l'intendant. En partant de Québec, j'avais fait transporter l'armoire et le coffre au manoir. Je les utilisais presque tous les jours jusqu'à ce qu'un soir, voulant ouvrir l'armoire pour y prendre mon pourpoint, je ne pus y parvenir. La porte restait coincée, sans doute en raison des nombreux déménagements subis.

J'attendis qu'il fasse jour pour y voir plus clair, mais rien n'y fit. Comme un âne têtu qui ne veut pas avancer, la porte ne voulait pas ouvrir. Ne souhaitant pas abîmer ce meuble ancien, je m'adressai à un menuisier, l'invitant à venir au manoir voir s'il pourrait me décoincer cette porte sans tout briser. Il inspecta longuement le meuble et tenta de l'ouvrir comme nous l'avions fait, en glissant un riflard entre la porte et le côté de l'armoire. Mais il eut beau essayer et essayer encore, il ne parvint pas à la faire céder. De peur d'endommager le meuble, lui non plus ne voulut pas forcer davantage.

Nous n'étions pas plus avancés que la veille et nous n'arrivions pas à solutionner le problème. J'avais pourtant besoin de mon pourpoint. Justine se moqua quelque peu de moi en disant :

—Peut-être que pour s'ouvrir, cette armoire a besoin d'une main féminine.

—Pourquoi pas ! dis-je, en guise de moquerie. Nous y sommes allés par la force, peut-être faut-il y aller par la douceur.

Justine s'approcha et fit mine de flatter l'armoire. Elle s'appuya dessus et au moment où elle allait toucher la porte, un craquement, comme une longue plainte, se fit entendre. Il fut suivi par le bruit de pièces de monnaie qui tombent d'une bourse. Puis, en grinçant, la porte s'ouvrit tranquillement. Je ne crois pas à la sorcellerie, mais là, j'en fus tout chaviré. Justine elle-même recula comme si elle venait de voir un fantôme. Il nous fallut plusieurs minutes pour nous décider à nous approcher de l'armoire et ce que nous y vîmes nous bouleversa. Le fond était couvert de pièces d'or et d'argent. Je n'en croyais pas mes yeux. Je me décidai à les ramasser, tout en me demandant d'où elles pouvaient provenir. Je ne reconnaissais aucune de ces pièces, mais je savais qu'elles étaient fort anciennes et, peu à peu, je me fis une idée de leur provenance. Je dis à Justine :

— Cette surprise, si je ne me trompe pas, nous la devons à mon grand-père Arnaud.

— Tu crois ?

— Regarde bien, tout au fond de l'armoire, il y a les restes d'un bas de laine. C'était sans doute toute sa fortune. Il est mort si vite qu'il n'a pas eu le temps de la toucher, non plus que d'en révéler l'existence. Mon père ne savait certainement pas que lorsqu'il a récupéré cette armoire, elle contenait un trésor.

Marie s'était approchée. Elle examina l'armoire de plus près et dit :

— Père m'a raconté que notre grand-père Arnaud était un spécialiste de l'escamotage. Il avait, paraît-il, réalisé des dispositifs pouvant faire disparaître des objets passablement grands sous le banc avant d'une voiture ou de la proue d'un vaisseau. Sans doute a-t-il usé de la même astuce pour faire disparaître sa fortune dans cette armoire. Le mécanisme se sera brisé et en s'ouvrant, la porte a livré son secret.

Marie disait vrai, car j'examinai cette porte de plus près. Il y avait à l'intérieur un compartiment dans lequel, sans doute, était rangé le bas de laine et les pièces d'argent qu'il contenait. J'avais pourtant ouvert souvent cette armoire sans jamais remarquer quoi que ce soit. Pendant que j'examinais le meuble de plus près, Marie s'intéressa aux pièces d'or et d'argent.

Elle s'y connaissait passablement plus que moi en ce domaine, car elle dit :

— Il y a là-dedans des louis d'or et d'autres pièces provenant d'Espagne et d'ailleurs. Cet héritage n'est pas à dédaigner.

— Nous le partagerons, dis-je, quand nous en connaîtrons la valeur.

J'examinai le meuble de plus près et demandai à Justine :

— Pourrais-tu refaire les gestes qui t'ont amenée à ouvrir l'armoire ?

Elle s'approcha doucement et s'y appuya un moment.

— C'est tout, dit-elle.

— Tu en es certaine ?

Je m'appuyai à mon tour là où elle l'avait fait. Mon index s'introduisit tout naturellement dans une cavité du bois et je compris que c'était par là que s'activait le mécanisme permettant d'avoir accès au compartiment dissimulé à l'intérieur de la porte. Jamais je ne l'aurais su si la porte n'était pas restée coincée. Mon grand-père avait doté son armoire d'une bien astucieuse cachette.

— S'il l'a fait pour l'armoire, dis-je à Justine, sans doute en a-t-il fait de même pour le coffre !

— L'idée n'est pas mauvaise ! Examinons-le de plus près !

Il nous fallut quelque temps avant de trouver, tout à l'arrière du coffre, l'aspérité nous permettant de

déclencher le dispositif d'ouverture d'un compartiment secret. Le couvercle comportait, tout comme
l'armoire, un espace dans lequel il y avait possibilité
de glisser de menus objets ou encore des livres ou des
documents. Quand il s'ouvrit, il était vide à l'exception
d'une vieille lettre qui en tomba et dont le sceau était
resté intact. Avant de le faire sauter, je tins à ce que
Marie, Justine, Marie-Louise et son époux soient
présents. Ce fut donc au souper, alors que nous étions
tous réunis autour de la table, que je lus cette lettre
datée de l'année 1664.

> *Celui ou celle qui trouvera ce mot doit savoir qu'il est
> de la main d'Arnaud Perré, maître charpentier de
> moulins en Nouvelle-France et auteur de l'appareil
> permettant de dissimuler dans ce coffre les secrets les
> mieux gardés. Je n'ai jamais révélé à quiconque la façon
> de parvenir à réaliser ce genre de cachette. Mais comme
> je ne voulais pas disparaître en emportant avec moi mon
> secret, vous trouverez au revers de cette lettre, expliqué
> très clairement, comment parvenir à en réaliser de
> semblables. Puisse le tout vous être utile !*

La signature de mon grand-père figurait au bas de
ce message. Par cette lettre, il se manifestait à nous à
plus de cent ans d'intervalle. Tout comme ce matin à
l'ouverture de l'armoire, nous avions l'impression que
son fantôme se promenait autour de nous. Cette

lecture nous laissa songeurs. Vraiment, cette journée n'en était pas une comme les autres. Je me souviens qu'aucun de nous ne mangea ce soir-là avec beaucoup d'appétit.

Chapitre 58

Évaluation de la fortune

Sans l'avoir cherché, nous étions devenus soudainement beaucoup plus riches. De là où il était, notre grand-père Arnaud venait de nous faire un formidable cadeau. Mais, nous n'avions aucune idée de la valeur de ce que nous possédions. Est-ce que ces pièces anciennes étaient maintenant dévaluées au point de ne plus rien valoir ? Telle était ma préoccupation. Aussi, je décidai de me rendre à Montréal en emportant un spécimen de chacune de ces pièces afin de les faire évaluer par un marchand s'y connaissant en ce domaine. Justine voulut bien m'y accompagner. Ce fut l'occasion de mettre ma barque à l'eau en ce début de la nouvelle saison de navigation.

À Montréal, je ne savais vraiment pas à qui m'adresser. J'étais pourtant certain qu'il y avait quelque part un marchand ou un individu en mesure de me renseigner, d'abord sur l'identité de chacune des pièces que j'apportais et ensuite sur leur valeur actuelle. Je savais que certains s'intéressaient aux pièces anciennes.

Je connaissais l'existence de la numismatique, cette toute nouvelle science relative aux médailles et aux monnaies. Mais encore fallait-il que je retrace un spécialiste en ce domaine.

Je fis d'une pierre deux coups en me rendant chez mon gendre, ce qui nous permit de revoir notre fille Françoise, et Justine fut tout heureuse de tenir sa filleule dans ses bras. Mon gendre connaissait un marchand qui, selon lui, pourrait répondre à nos interrogations. Ce marchand logeait près du port. Quoique fort occupé, il voulut bien s'intéresser aux pièces que je lui présentai. Il commença par les identifier. Il y avait un louis d'or et un louis d'argent, comme me l'avait mentionné Marie, mais aussi un ducat, une piastre, un doublon et une pistole d'Espagne, sans compter un écu d'or de France et un sequin d'Italie.

S'il pouvait les identifier, le marchand n'était pas en mesure de m'en préciser la valeur. Il me conseilla de me rendre rue Notre-Dame, où un marchand de ses amis saurait me renseigner à ce sujet. J'allai donc frapper à sa porte, confiant d'être ensuite en mesure de calculer le montant exact de la fortune laissée par mon grand-père. Comme je pénétrais chez ce marchand, un homme y entra en même temps que moi. Je présentai mes pièces anciennes au marchand et demandai :

— Combien m'en donneriez-vous ?

Il s'empara du louis d'or et m'en offrit dix livres. Quant au louis d'argent, il l'évalua à cinq livres. Pour la pistole d'Espagne, il était prêt à me payer cinq livres, et autant pour le ducat et la piastre d'Espagne.

— Mais pardi! s'exclama l'homme entré avec moi. Vous êtes en train d'escroquer ce pauvre monsieur! Ses pièces valent le double, voire le triple de ce que vous lui en offrez!

Je me rendis compte à son accent que cet individu était un Français.

— C'est mon prix! cracha le marchand. S'il ne lui convient pas, qu'il aille voir ailleurs!

— Voilà ce que je vais faire, dis-je.

Le Français sortit en même temps que moi. Je lui demandai ce que valaient vraiment ces pièces.

— Je l'ignore, dit-il, mais c'est ainsi qu'il faut agir avec ce genre de marchand. Je suis certain que vous pourrez en obtenir en France le double sinon le triple de ce qu'il vous offrait. Ce sont des pièces anciennes et rares qui valent certainement très cher.

Je n'étais pas plus renseigné sur ce que pouvait rapporter le trésor du grand-père, et je ne voulais pas quitter Montréal sans être fixé là-dessus. Le mieux à faire était d'entrer chez plusieurs marchands en leur demandant de me préciser la valeur de chacune des pièces que j'avais apportées. Ce que je fis. Toutefois, les écarts variaient tellement entre chaque marchand que j'en arrivai à la conclusion que pour avoir l'heure juste, il faudrait me tourner vers quelqu'un d'autre. Ce fut alors seulement que je songeai à demander aux prêteurs. Les hommes pratiquant ce métier connaissent mieux que quiconque la valeur de toutes les monnaies leur passant entre les mains. Je ne fus pas long à me louer d'avoir écouté le Français. Les louis d'or valaient pas moins de vingt livres, les doublons d'Espagne autant, sinon plus, et les pistoles dix livres. Je me fis donc préciser la valeur actuelle de chaque pièce sur le marché. Fort de cette liste, je calculai, une fois de retour à Verchères, le nombre de louis trouvés dans l'armoire, de même que le nombre de pistoles et ainsi de suite, et je multipliai le tout par ce qu'on m'avait certifié être leur valeur sur le marché. Je me rendis compte que nous étions assis sur une fortune : nous possédions tout près de dix mille livres.

Comment notre grand-père était-il parvenu à mettre de côté une pareille somme ? Il est vrai que la construction de moulins rapportait beaucoup et quand il les construisait, il ne dépensait pour ainsi dire pas un sou, étant la plupart du temps logé et nourri, recevant entre cinq cents et mille livres pour son travail. Il devait défrayer le salaire de ses aides, mais il lui revenait certainement une bonne somme pour chaque moulin bâti. Au fil des années, il avait ainsi constitué sa fortune. Je l'imaginais quand, après avoir terminé la construction d'un moulin, il revenait chez lui, tout fier de déposer dans son bas de laine le fruit de six, sept ou huit mois de travail. Il préparait de la sorte ses vieux jours, mais, hélas, il n'avait jamais pu jouir de ce qu'il avait si chèrement gagné. C'étaient nous, ses petits-enfants, qui allions profiter de ce qu'il nous laissait en héritage. Mais encore fallait-il nous assurer d'en obtenir le juste prix.

Cette fortune me tombait à point du ciel. Moi qui, moins d'un mois plus tôt, désespérais de pouvoir me rendre en France, je pouvais maintenant le faire sans hésiter. J'aurais à payer quarante à quarante-cinq livres pour le prix de mon passage. Là-bas, je trouverais à me loger et à me nourrir pour quelques livres par jours. Je résolus de répondre à l'invitation pressante de Querdisien, cela d'autant plus que je sentais qu'en accomplissant ainsi mon devoir, je rachèterais du même coup les années où, n'en faisant qu'à ma tête, j'avais mené une vie qui m'avait valu le surnom de mouton noir.

Chapitre 59

Le voyage en France

Quand je révélai à Justine mon intention de me rendre en France, elle ne souleva pas d'objections. Les premiers navires devaient déjà être à l'ancre à Québec. C'était exactement la bonne période pour partir. Je préparai mes hardes et tous les effets dont j'avais besoin pour ce séjour à Paris. Je glissai dans le compartiment du coffre une bourse et tous les documents dont je comptais me servir pour confondre Bigot et les siens.

Abel attela le cheval. Mon coffre fut chargé dans la charrette et tous les habitants du manoir m'accompagnèrent jusqu'au fleuve pour assister à mon départ. Ma pauvre Justine se montrait courageuse, mais je la sentais bien triste de me voir la quitter pour si longtemps. Il avait été question que je fasse un aller-retour. Mais il n'était pas dit qu'une fois là-bas, j'aurais le temps de me rendre à Paris y rencontrer Querdisien et le procureur, leur remettre les documents et revenir à temps à La Rochelle pour monter à bord d'un hypothétique navire sur le point de gagner Québec. Il était donc plus sage de penser que je ne reviendrais au pays qu'au printemps 1763. Je me fis conduire à Québec avec ma barque par Arthur Lebœuf et son fils, à qui je demandai de ramener l'embarcation à Verchères.

Dès mon arrivée à Québec, je me précipitai chez Huberdeau afin de le prévenir de mon départ imminent pour la France. Encore me fallait-il obtenir auparavant la permission du gouverneur pour quitter le pays. Ce fut en compagnie de mon ami que je me rendis chercher cette autorisation et il me seconda également dans mes démarches pour obtenir un passage à bord du vaisseau *L'Albatros* devant lever l'ancre pour La Rochelle quelques jours plus tard. Je pris une chambre à la Basse-Ville à l'auberge du Cheval blanc. J'eus amplement le temps de causer avec Huberdeau et de suivre ses bons conseils à propos des démarches que je m'apprêtais à entreprendre à Paris. En sa compagnie, j'assistai au chargement des fourrures que le navire transporterait en France. Je me permis, ayant les moyens de le faire, de me payer une cabine à bord, étant assuré de la sorte de profiter au maximum de ce voyage. Je n'étais pas sans appréhender cette longue traversée. Même si j'étais habitué de naviguer et que j'avais déjà été en France, je demeurais craintif. Cependant, à voir avec quelle dextérité les hommes d'équipage préparaient cette traversée, je m'y engageai confiant.

Les vents nous étant favorables, il ne nous fallut que quelques jours pour nous retrouver dans le golfe du Saint-Laurent puis en pleine mer, du côté de Terre-Neuve et, ensuite, au grand large. Il ne se fait guère de voyages de la sorte sans que nous ayons à subir une ou deux tempêtes. Je ne sais trop à quelle hauteur nous nous trouvions quand de grands vents et des pluies diluviennes nous assaillirent. Je me réfugiai dans ma cabine, qui craquait de toutes parts, et je passai là les heures les plus angoissantes de la traversée. Je pensais à tout moment que nous allions sombrer, tant le navire était secoué. Mais notre heure n'était pas venue puisque, après deux jours et une nuit d'enfer, le beau temps étant revenu, nous pûmes continuer notre route paisiblement.

Le mois de juillet se terminait quand le navire toucha le port de La Rochelle. En route, j'avais eu l'occasion de causer avec les autres passagers dont un sieur Aramy, qui m'offrit de loger chez lui à La Rochelle, le temps que je puisse organiser mon départ pour Paris. Quelques jours plus tard, en coche de diligence cette fois, et non en patache comme avec Bréard, je gagnai la capitale, heureux de m'y rendre enfin, de nouveau fort impressionné par tout ce que je voyais.

Je me sentais comme un messager de bonheur pour les uns et de malheur pour les autres. J'avais hâte de pouvoir me présenter devant l'enquêteur et, surtout, d'étaler sous ses yeux les documents si précieux dont j'étais porteur. J'avais déjà, pour y être allé quarante ans plus tôt, une bonne idée de Paris, mais dès mon arrivée je me rendis compte que cette ville s'avérait beaucoup plus vaste et plus grandiose que dans mon souvenir. J'avais bien du mal à m'habituer à voir tant de monde et tant d'activité dans les rues.

Je me fis conduire à travers les multiples rues de la ville non loin de la Bastille. Suivant les conseils du cocher, je me logeai à l'hôtel Impérial, à quelques pas de là. Une fois installé dans ce qui allait devenir ma pension pour quelques mois, j'entamai les démarches devant me permettre de rencontrer Querdisien. Je lui écrivis un billet l'informant de mon arrivée à Paris et je le confiai à un jeune porteur chargé de le lui remettre en main propre.

Dès le lendemain, Querdisien me donnait rendez-vous dans un restaurant situé tout près de la Bastille où je devais le rencontrer à une heure. Il pleuvait à boire debout, mais je me sentais tout de même heureux de pouvoir enfin toucher au but, et ce mauvais temps ne me fit pas perdre ma bonne humeur. Je rencontrai l'enquêteur à l'heure dite.

— Vous avez pu venir, dit-il d'entrée de jeu, vous m'en voyez fort heureux. Vous savez que le secrétaire d'État, le procureur et moi-même, avons mis tout en œuvre pour faire payer à ces messieurs leurs méfaits. Mais depuis le début de notre enquête, nous nous butons constamment au même problème : nous manquons de preuves tangibles.

— C'est précisément ce qui m'a décidé à faire le voyage jusqu'ici. Je possède des copies de certains documents qui les incriminent, mais j'ai également tenu un journal qui pourra certainement être utile.

— Ces documents, sont-ils en lieu sûr ?

— On ne peut plus.

— Si je vous pose cette question, c'est afin de vous mettre en garde. Ils ont de puissants alliés qui ne manquent pas de les seconder dans tout ce qu'ils entreprennent pour leur défense. Vous pouvez être assuré que si l'un d'entre eux apprend votre arrivée à Paris et la raison de votre séjour, vous risquez d'avoir leur visite. Aussi est-il urgent que vous puissiez nous remettre les documents en question.

— Je le ferai volontiers, mais en présence du procureur et de ses assistants. Je tiens à ce que tous ces gens soient témoins de cette remise. J'ai à protéger mes arrières. Je ne veux point que l'un ou l'autre d'entre eux, pour faire du zèle, m'accuse d'avoir été de connivence avec ces escrocs. Personne ne doit oublier que je n'étais qu'un subalterne. J'obéissais aux ordres. Cependant, comme je soupçonnais l'intendant et ses acolytes de ne pas jouer franc jeu, je me suis résolu à monter le dossier que je vous apporte.

— Vous n'avez rien à craindre. Par votre venue, vous rendez un grand service au roi lui-même ainsi qu'à tous ceux à qui ces malfaiteurs ont fait tort, c'est-à-dire tous les habitants de la Nouvelle-France.

Avant d'aller plus loin, je rappelai à l'enquêteur que ce voyage en France me coûtait fort cher. Il promit d'obtenir pour moi, par l'intermédiaire du procureur, de quoi rembourser toutes les dépenses que m'occasionnerait mon séjour. Après quoi, il me dit qu'il me ferait savoir quand je pourrais rencontrer le procureur.

Le lendemain, je me promenai dans Paris où j'étais venu quarante ans plus tôt en compagnie du marchand Bréard. Je voulais me familiariser quelque peu avec cette grande ville où j'étais appelé à passer plusieurs mois. Je ne m'y sentais pas à l'aise. J'allai admirer Notre-Dame et le palais du Louvre, visitai la Galerie royale de peinture au palais du Luxembourg. Je n'aurais jamais pu imaginer l'existence de pareilles richesses. Quand, après une journée fort bien remplie, je revins à ma pension, ce fut pour y trouver ma chambre mise sens dessus dessous. Mon coffre avait été ouvert. Tout ce qu'il contenait avait été éparpillé sur le plancher. J'allai chercher le propriétaire de l'hôtel pour lui faire constater dans quel état j'avais trouvé mes biens. Il feignit l'étonnement, mais j'aurais mis ma main au feu qu'il savait déjà ce qui s'était passé. On l'avait sans aucun doute soudoyé, car, comme je pus le constater, les malfaiteurs avaient accédé à ma chambre sans en forcer la porte.

Fort heureusement, mon coffre avait gardé son secret. Comment ces gens avaient-ils pu me retracer ? Seule ma rencontre avec l'enquêteur avait pu attirer l'attention sur moi.

Chapitre 60

Rencontre avec le procureur

Quand je racontai à Querdisien la fouille à laquelle ma chambre avait été soumise, il ne s'en montra pas étonné.

— Ils ont des yeux partout, dit-il. Déplorez-vous le vol de vos documents?

— Heureusement non. Ils les avaient pourtant sous le nez, mais ils ne les ont pas trouvés.

— J'ai parlé au procureur. Nous le rencontrerons demain matin au tribunal.

J'avais hâte de pouvoir parler à ce sieur Moreau que je savais fort compétent et réceptif à tout renseignement. Il me reçut simplement et se montra aussitôt très vivement intéressé par les documents que je lui apportais. Je lui expliquai comment, étant à l'emploi de Deschenaux, le secrétaire de l'intendant, après m'être rendu compte que tout ne semblait pas être honnête dans les démarches de l'intendant, je m'étais efforcé de constituer ce dossier, croyant qu'il pourrait être utile un jour.

— Vous avez été clairvoyant, dit-il. Laissez-moi quelque temps pour prendre connaissance de ce que vous m'apportez, je vous dirai de façon précise en quoi ces pièces justificatives me seront utiles dans cette poursuite.

Quand je le revis, deux jours plus tard, il se déclara enchanté de ce qu'il avait lu.

— Les notes de votre journal me permettent d'avancer chacun de mes arguments avec précision. Le munitionnaire Cadet a craché le morceau, mais nous avions à démêler dans quel ordre s'étaient déroulées toutes ces fraudes. Grâce aux renseignements précis que vous nous avez fournis, nous sommes maintenant prêts à confondre Bigot lui-même et tous ses acolytes. S'ils viennent à perdre la mémoire quant aux dates, nous avons de quoi la leur faire retrouver.

Je demandai :

— Aurai-je à témoigner ?

— Non pas, mais nous vous ferons confirmer en temps et lieu, en présence de toute cette clique, ce que vous avancez.

— Je vous remercie. Je tiens particulièrement à ce que Bigot me voie, lui qui me méprisait et me tenait même comme un simple d'esprit. Je lui ferai la surprise de ma présence.

Le procureur ajouta :

— Ces messieurs ont fini de se faire plaindre et d'avoir recours à tous les passe-droits. Ils vont maintenant goûter vraiment aux rigueurs de la justice.

Je n'osai pas le questionner sur ce à quoi il faisait allusion, mais dès que je revis Querdisien, je lui fis part des paroles du procureur.

— Eh bien, mon ami, je crois qu'il est temps d'éclairer votre lanterne. Ces messieurs, depuis qu'ils sont incarcérés, ont réussi à faire adoucir leur situation par toutes sortes de faveurs.

— Vraiment?

— Hélas oui! Ils sont très riches et rompus à ce que l'on comble tous leurs caprices. Ils étaient habitués à faire bonne chère et ils font les difficiles à propos de la nourriture qu'on leur sert. Ils se font apporter un peu tout ce qu'ils désirent: des bas, des robes de chambre, du tabac, des chemises, des friandises et, bien entendu, du bon vin. Ils peuvent, quand le désir leur en prend, faire venir de la nourriture apprêtée en dehors de la prison. Vous connaissez bien monsieur Péan. Eh bien! Sachez qu'il se fait donner une ou deux douzaines de bouteilles de vin chaque semaine et pas n'importe quel vin, des bordeaux! Il n'est pas question de lui apporter une autre sorte! Il commande continuellement du chocolat et des croquignoles, et comme il a les sous pour payer, on ne manque pas d'exaucer ses vœux! Pour passer le temps, la plupart de ces messieurs lisent et, en conséquence, réclament constamment des livres. On leur en apporte à profusion. Des vins et des livres… Quoi demander de mieux?

❖

Ce beau temps des gâteries se termina pour ces messieurs pas très longtemps après mon arrivée à Paris. Le procureur se préparait à passer à l'action. Il y avait maintenant près de deux ans qu'il travaillait sur cette cause, secondé par Querdisien et d'autres enquêteurs. Quant à Sartine, le juge principal, il était épaulé par pas moins de vingt-six magistrats, qui tous avaient droit de vote sur les sentences devant condamner les coupables.

J'eus la permission d'assister à maintes délibérations et je ne manquai pas de me faire voir à Bigot et à ses bras droits. Ils avaient l'air moins arrogant que du temps où, à Beaumanoir et au palais, ils volaient allègrement le roi de France et les habitants de la Nouvelle-France en faisant tomber dans leurs goussets des centaines de milliers de livres au nez et à la barbe de tout le monde. Je les regardais et je me disais que si les quelques éléments que j'apportais en preuve pouvaient servir à quelque chose dans leur condamnation, j'avais bien fait de venir en France.

En suivant les délibérations au cours des mois que je passai à Paris, je fus à même de constater comment les enquêteurs, même sans preuves précises, parvinrent à reconstituer un grand nombre des malversations de ces hommes qui n'hésitaient pas à fausser les registres des marchandises en leur faveur, à faire payer ces marchandises en double et en triple au roi, à lui en vendre qui provenaient des magasins de leur propre société, à se payer des bals et des fêtes à même l'argent du souverain, à augmenter à leur guise le prix des denrées, à en faire payer qui ne furent jamais livrées, à créer des listes de fournitures fictives et à les inscrire dans les registres pour se les faire rembourser à deux ou trois reprises sans sourciller, à faire passer au nom du roi des cargaisons leur appartenant afin d'être exemptés de la sorte des droits d'entrée au pays.

❖

J'aurais aimé témoigner contre Bigot et sa bande, mais j'étais bien conscient qu'on n'aurait jamais cru le témoignage du pauvre commis aux écritures que j'avais été. Par contre, j'eus la satisfaction de voir que les preuves que j'avais apportées servirent à bonne fin. Peu de temps avant de regagner Québec, je demandai au procureur la faveur de dire deux mots à Bigot. Je ne croyais jamais qu'on me l'accorderait, mais on le fit. J'avais l'occasion de retourner à l'intendant ce qu'il m'avait lancé avec tant de mépris. Quand je fus en sa présence, je lui dis :

— Vous me reconnaissez sans doute, Clément Perré, le petit commis aux écritures de votre secrétaire Deschenaux. Je veux simplement vous retourner un de vos mots d'esprit d'il y a plus de vingt ans : "N'est-ce pas vous qui paierez ?"

❖

Quand je regagnai La Rochelle, au printemps de 1763, afin d'y monter sur un navire en partance pour Québec, le procès tirait à sa fin, mais les sentences n'étaient pas tombées et j'étais bien peiné de ne pas pouvoir en informer tous ceux que j'aurais voulu. Tout au long de mon séjour, j'étais devenu ami avec l'enquêteur Querdisien. Il promit de me faire part des résultats du procès dès que tout serait terminé.

Ce fut donc en paix, avec la satisfaction du devoir accompli, que je montai à bord du vaisseau *La Parfaite Union* pour regagner Québec. Je n'avais plus qu'un rêve en tête : celui de retrouver au plus tôt Verchères et de rendre heureux mon épouse, mes petits-enfants et tous ceux et celles qui habitaient au manoir. La vie m'avait appris une chose : ce n'est pas ce que nous avons qui nous fait vivre, mais bien ce que nous donnons. Je n'avais qu'à me rappeler les visages longs, tristes et soucieux de Bigot et de ses acolytes pour confirmer que rien ne sert de vouloir s'enrichir, surtout pas aux dépens des autres, car au fond, la plus grande richesse se trouve dans l'amour de ceux qui nous entourent. Il m'avait fallu toutes ces années de ma vie pour le comprendre et voilà qu'au moment où, à soixante-dix ans, j'entrais plus profondément dans la vieillesse, j'avais enfin la satisfaction de pouvoir me consacrer à mon entourage.

Le mouton noir en moi montrait désormais un pelage plus blanc.

Chapitre 61

Retour à Verchères

Rien au monde, je crois bien, n'est plus agréable que de revoir les siens après une très longue absence. Je trouvai fort longue la traversée de la mer jusqu'à Québec. Pourtant, les vents nous étaient favorables et aucune tempête ne vint perturber notre voyage. Une fois de plus, je fus profondément impressionné, quand notre vaisseau entra dans le golfe du Saint-Laurent, par l'immensité et la beauté de notre pays. Je ne m'ennuyai pas une seconde de la vie trépidante de Paris. Le simple fait de voir les goélands suivre nos voiles suffit à me faire aspirer au plus tôt à la vie paisible de Verchères. Il me semblait que toute ma vie n'avait été qu'une course et voilà qu'enfin j'allais trouver mon havre de paix.

Bien que j'aie toujours aimé Québec, je ne m'y attardai pas. Je racontai à mon ami Huberdeau les péripéties de mon séjour à Paris et du procès, et lui fis part de mes prédictions sur les sentences qui seraient rendues. Bigot, comme Cadet et Péan, et peut-être même Varin et Bréard, risquaient tous un verdict de mort. Mais il ne fallait pas trop nous faire d'illusions, car le pouvoir des malfaiteurs s'avère parfois plus grand qu'on ne le croit et ils s'en tirent souvent sans trop de mal. Mais je ne pouvais pas croire que Bigot et les siens échapperaient à l'échafaud.

Dès que je le pus, je montai à bord d'une barque en partance pour Montréal. Il fallut quatre jours avant que je puisse toucher Verchères. Je n'avais pas pu prévenir Justine du jour de mon arrivée. La joie que je lus dans ses yeux quand elle m'aperçut me consola de tout ce temps passé loin d'elle. Marie-Louise et son mari se montrèrent fort heureux de mon retour, de même que mes petits-enfants, très contents de retrouver leur grand-père. Marie alla jusqu'à me serrer dans ses bras. Mais la surprise la plus étonnante me vint de l'apparition d'enfants que je ne connaissais pas et, surtout, de leur mère, en qui il me fallut du temps pour reconnaître Isabelle. Elle, son mari Fanchère et leurs quatre enfants étaient venus rendre visite à Justine. Sachant que je devais revenir sous peu de France, ils avaient décidé d'attendre mon retour avant de regagner la Louisiane.

Beaucoup de choses se dirent en ce manoir de Verchères au lendemain de mon arrivée. Pour la première fois depuis toutes ces années, la famille entière fut réunie quand Alexandre, son épouse et leur enfant arrivèrent en compagnie de Françoise et des siens. Les jours qui suivirent furent sans contredit les plus beaux de ma vie.

Je pus enfin m'asseoir avec les miens et profiter à plein de leur présence et du récit de leur vie. Fanchère, que je connaissais à peine, se révéla être un homme honnête, intrépide et courageux. Il me raconta comment, avec Isabelle, ils avaient quitté Verchères pour gagner la Louisiane.

— Nous nous sentions coupables de partir comme ça, en cachette. Isabelle, surtout, qui répétait sans cesse qu'elle n'aurait jamais dû faire ça à sa mère…

— Vous auriez pu, en effet, nous faire part de vos projets.

— Oui, sans doute, mais nous n'aurions pas obtenu votre consentement… Et Isabelle n'était pas majeure… En Louisiane, notre vie n'a jamais été de tout repos, mais à présent nous avons notre maison et nous pouvons vivre, sinon à l'aise, du moins sans craindre l'avenir.

Il m'entretint ensuite en détail d'un peu tout ce qu'avait été leur vie jusque-là. Fanchère me dit à quel point Isabelle l'avait aidé lors de tous ses déplacements et quelle femme courageuse elle était. Je lui fis remarquer:

— Avec un père et une mère comme les siens, elle a de qui tenir!

Il s'empressa de la taquiner en lui disant:

— Plus je parle à ton père, plus je me rends compte que tu n'as guère de mérite en ce que tu fais.

Isabelle lui dit :

— Veux-tu bien me dire de quoi vous parlez ?

Il me lança un clin d'œil.

— C'est un secret entre hommes.

Je vis Isabelle froncer les sourcils, puis l'entendis dire d'un air quelque peu contrarié :

— Eh bien, gardez-le pour vous. Quand on sait ce que valent vos secrets…

Avec Fanchère, je ris de sa réplique, mais non sans admirer ma fille qui avait su traverser mille épreuves pour devenir ce qu'elle était, une femme appréciée et une mère adorée par ses enfants.

❖

À la suite du départ d'Isabelle, d'Alexandre et de Françoise, le manoir reprit sa routine de tous les jours. Après avoir longuement causé avec Justine, je me rendis compte que malgré mon âge vénérable, il me fallait trouver quelque chose pour m'occuper. Dès lors, je me mis à la rédaction de ce récit, mais je commençai également à me livrer à un passe-temps plutôt inusité, alors que j'étais de passage à Québec. En trouvant par hasard dans la falaise, au bas du Cap-aux-Diamants, ce qu'on me dit être un cristal de quartz, j'appris que le cap devait son nom aux nombreux cris-taux qui y brillaient quand les Français découvrirent Québec.

Ma curiosité fut piquée de telle sorte que je voulus connaître l'origine des noms des endroits où nous habitions. J'appris bien vite que bon nombre de noms, comme par exemple celui de Québec, venaient de l'appellation que lui avaient donnée les indigènes. Ainsi, Québec signifiait « Là où c'est obstrué » ou, en d'autres termes, « Là où ça se referme », ou mieux encore « Là où le fleuve rétrécit ». J'eus donc la curiosité de chercher la signification d'autres noms et je me mis en tête d'en constituer un genre de dictionnaire ou de lexique. Je vous ferai grâce de tout ce que j'ai relevé. Je veux simplement signaler les noms qui me parurent les plus intéressants :

Cacouna : « Où il y a toujours des porcs-épics ».
Canada : « Village ».
Chicoutimi : « Jusqu'où c'est profond ».
Gaspé : « Extrémité ou fin ».
Kamouraska : « Où il y a des joncs au bord de l'eau ».
Maskinongé : « Brochet difforme ».
Matapédia : « Jonction des eaux ».
Rimouski : « Terre des orignaux ».
Restigouche : « Rivière à cinq branches ».
Saguenay : « D'où l'eau sort ».
Tadoussac : « Mamelles ».

Mais je ne me contentai pas d'apprendre la signification des noms d'origine indienne ; je voulus connaître la provenance de certains noms français. Bien entendu, pour l'île aux Basques, je supposai que des Basques y avaient séjourné et quant à Trois-Rivières ou Cap-Rouge, il était bien évident qu'on avait nommé ces endroits d'après la configuration de ses eaux pour l'un et de la couleur du sol pour l'autre. Les côtes de Beauport et de Beaupré signaient clairement leur nom, tout comme la rivière Chaudière, qui devait le sien aux cuvettes formées par l'eau en bas de la chute du même nom. Mais d'où venaient celui de la rivière du Sault-à-la-Puce et celui de Côte-de-la-Misère ?

À Québec, s'il était facile de deviner pourquoi nous avions les appellations de côte du Palais et côte de la Montagne, il fallait plus d'imagination pour saisir ce qu'on entendait par la rue du Sault-au-Matelot. Il devait y avoir derrière ce nom une aventure particulière. Je demandai aux gens leur avis. On me sortit toutes sortes d'explications tout aussi farfelues les unes que les autres. Je savais que le mot sault faisait allusion à une chute d'eau. Mais un homme m'assura qu'un matelot était tombé de la falaise, d'où saut au matelot. Un autre soutint que c'était plutôt un chien nommé Matelot qui était tombé à cet endroit. Je préférai me faire à l'idée qu'un matelot ivre se fût affalé en tentant de traverser le ruisselet au bas de ce sault.

Je m'amusai comme cela à questionner les gens, par exemple sur la signification de la Côte-de-la-Misère. Certains me dirent que la côte était si abrupte qu'on avait de la difficulté ou de la misère à la monter, ou

encore que c'était une côte où vivaient des miséreux. J'appris qu'il s'agissait plutôt de la Côte-de-
la-Miséricorde dont le nom avait été abrégé. J'eus, une
fois de plus, l'occasion de constater comment l'imagination permettait toutes les interprétations possibles.

Chapitre 62

La fin du procès

Par un des derniers navires venus de France en cette année 1763, je reçus une lettre de l'enquêteur Querdisien. Mon ami tenait promesse. Je m'empressai d'en prendre connaissance, impatient d'apprendre enfin le sort de ces malfaiteurs.

Cher ami,

Je sais que comme beaucoup de Canadiens, vous auriez préféré que soit appliqué envers Bigot ce que Moreau, le procureur du roi, suggérait aux commissaires: la peine de mort. Voici précisément ses propos:

« Je requiers pour le Roy que ledit Bigot soit conduit aux Thuileries et qu'il y déclare à genoux, la voix haute, que méchamment, témérairement et comme mal avisé, il a, pendant tout le temps qu'il a été chargé de l'administration intérieure en Nouvelle-France, de 1748 à 1760, toléré, favorisé, commis lui-même les abus,

exactions, malversations, prévarications, infidélités et vols détaillés au procès, qu'il se repente et demande pardon. Ce fait, qu'il se fasse pendre et étrangler par l'exécuteur de la haute justice jusqu'à ce que mort s'ensuive, et ce, à une potence qui, pour cet effet, sera dressée en la place des Grèves; que ses biens soient ensuite confisqués au Roy ou à qui il appartiendra. »

Malheureusement, les juges ont choisi d'être plus cléments. Le procureur Moreau, le juge principal Sartine, de même que le rapporteur Dupont et les vingt-six commissaires appelés à se prononcer sur ce qu'on appelle ici l'Affaire du Canada, ne voulant pas discriminer l'armée, ont prétendu ne pas posséder de preuves suffisantes contre ces individus et ont acquitté les officiers militaires Rigaud de Vaudreuil, Boishébert et Des Méloizes, et les officiers civils Villers et Barbel.

Quant aux autres accusés, certains s'en tirent par des acquittements. Je m'en tiens aux principaux : les cinq officiers civils, Bigot, Varin, Bréard, Estèbe et Martel, et les quatre négociants Cadet, Corpron, Maurin et Pénissault. Ils ont tous évité la condamnation à mort, bien qu'au début certains commissaires recommandassent qu'ils soient pendus. D'autres proposaient les galères et le bannissement à vie. Mais ces malfaiteurs, tous comptes faits, s'en tirent relativement bien, vu la gravité de leurs fautes.

Voici donc le jugement final pour chacun d'entre eux. Ils étaient passibles de peines afflictives et de peines infâmantes, c'est-à-dire, pour les peines afflictives, le bannissement à vie de France et la confiscation de tous leurs biens, et pour les peines infamantes, des amendes et la restitution au Trésor royal de sommes importantes. Bigot et Varin sont bannis à perpétuité de France et voient leurs biens confisqués. Ils ont à payer mille livres chacun d'amende, et Bigot doit restituer un million cinq cent mille livres et Varin huit cent mille livres. Cadet est banni de Paris pour neuf années. Il doit payer cinq cents livres d'amende et restituer six millions de livres. S'il n'a pas été condamné à mort, il le doit au fait que comme délateur, on lui a promis la clémence. Bréard est banni de Paris pour neuf ans et doit payer cinq cents livres d'amende et restituer trois cent mille livres. Quant aux garde-magasins Estèbe et Martel, ils s'en tirent avec des réprimandes, une aumône de six livres chacun, et à restituer trente mille livres pour Estèbe, et cent mille pour Martel. Pour ce qui est de Péan, il s'en sort admirablement bien, ne se voyant condamner qu'à payer six cent mille livres au Trésor royal. Il doit certainement cette clémence des juges à toutes les intrigues de sa belle épouse qui, je l'ai appris récemment, a même réussi à établir une correspondance clandestine avec son mari incarcéré à la Bastille. Elle a inséré quatre lettres sur une toile dans la doublure d'un habit qu'elle envoya à son mari. Il paraît que le major Chevalier, chargé de la surveillance de Péan, mit rapidement la main sur ces lettres. Mais la belle intrigante, comme vous pouvez le constater, n'était pas dépourvue d'astuces.

Je vous signale enfin que le secrétaire Deschenaux est condamné pour sa part à verser trois cent mille livres au Trésor. Je vous fais grâce du reste. Toutefois, afin de vous montrer comment parfois la justice manque de rigueur, je vous informe que, depuis, Cadet a vu lever sa peine de bannissement. Quant à Péan, il a remis sans peine six cent mille livres au Trésor royal sur des lettres de change du Canada et il mène la belle vie dans son château d'Onzain. Pour ce qui est de Bigot, il s'est exilé en Suisse et se plaint, paraît-il, de ne pas pouvoir mener la vie qu'il aimerait. Le pauvre, il ne peut plus à sa guise convoquer ses amis à des bals.

Voilà, cher ami, ce qui clôt pour moi l'Affaire du Canada. Je suis maintenant appelé à enquêter du côté des Antilles. Peut-être, si mes affaires me le permettent, ferai-je un saut au Canada. Si tel est le cas, je ne manquerai pas de vous le faire savoir.

Charles-François Pichon Querdisien Trémais

Je relus cette lettre à plusieurs reprises et, une fois de plus, je mesurai comment la justice des hommes s'avère une bien pauvre panacée. Il semble impossible à ceux qui ont à juger les autres de les condamner réellement aux peines qu'ils méritent. Bigot et sa bande avaient fait souffrir des milliers de personnes durant des années et des années. Pendant qu'ils s'empiffraient à qui mieux mieux, des gens crevaient de faim à cause d'eux. Ils auraient tous mérité l'échafaud et ils s'en tiraient avec des peines en réalité si clémentes qu'ils pouvaient continuer à vivre comme des pachas grâce à l'argent qu'ils avaient volé. C'était à désespérer de voir un jour la justice s'avérer vraiment à la hauteur.

Chapitre 63

L'avenir du pays

À peine étais-je de retour à Verchères que furent affichées aux portes des églises les exigences des nouveaux maîtres du pays, à la suite du traité signé à Paris par lequel la France avait cédé le Canada à la Grande-Bretagne. Les Anglais avaient décidé de faire disparaître le nom Canada pour le remplacer par celui de Province de Québec. Ainsi, ce que nous appelions le Canada, de la Gaspésie jusqu'aux Grands Lacs, devenait une colonie anglaise puisque le mot province signifie colonie. Nous étions les nouveaux colonisés de la Grande-Bretagne. Les conquérants avaient décidé de faire de nous des sujets britanniques.

Comme me l'expliqua mon ami Huberdeau venu en visite à Verchères, le traité de Paris était très vague à propos de la langue française et demeurait très flou quant à notre religion. On laissait entendre que nous pourrions pratiquer notre religion en autant que le permettaient les lois de la Grande-Bretagne.

— Ça ne veut absolument rien dire, m'assura Huberdeau. Les dirigeants pourront se permettre de très grandes libertés à ce sujet, tout comme à celui de la langue. Et c'est déjà commencé.

— Qu'entends-tu par là ?

— Nous n'avons plus le droit d'avoir des écoles françaises. Pire, si nous voulons travailler pour eux, nous devrons renoncer à notre religion. Nous voilà soumis à leurs lois anglaises...

— Je sais déjà, dis-je, que si nous voulons vendre nos biens, nous devrons le faire uniquement à des Anglais.

— Il est évident, reprit Huberdeau, qu'ils font tout ce qu'ils peuvent pour faire de nous une colonie anglaise semblable aux treize colonies américaines qu'ils ont déjà, plus au sud. J'ai entendu dire qu'ils invitent les Anglais qui habitent dans ces colonies à venir s'établir dans la province de Québec.

Je lui fis la remarque :

— Dans cinquante ans, sous un tel régime, notre peuple n'aura-t-il perdu sa langue et sa foi ?

— Cela n'arrivera pas !

— Comment peux-tu en être si certain ?

— Nous sommes trop nombreux par rapport à eux. Il faut demeurer confiant, notre peuple va survivre.

— Qu'est-ce qui t'en assure ?

— Si les Anglais désirent vivre en paix en Nouvelle-France, ils devront revenir sur leurs décisions.

— Tu crois que nous pourrons leur tenir tête, sans armée et sans arme ?

— Absolument. D'abord, rien ne nous oblige à nous faire juger par leurs tribunaux. Nous n'avons qu'à nous adresser à nos juges seigneuriaux. Pour ce qui est de l'enseignement de notre langue, ce sont nos mères qui nous ont appris à parler. Ce sont elles qui prendront le relais et apprendront aux enfants à lire et à écrire. Personne ne pourra nous empêcher si nous le voulons de pratiquer notre religion.

Huberdeau était un bon ami et un brillant homme. Ses paroles apaisèrent mes craintes et je m'efforçai de vivre paisiblement en compagnie de ma chère Justine les dernières années qui me restaient encore en ce bas monde.

❖

Je revis Huberdeau quelques années plus tard. Il n'avait pas perdu sa foi en l'avenir de notre peuple. Il me parla longuement du gouverneur Murray :

— Cet homme est plus lucide que beaucoup de ses compatriotes, et en particulier les marchands qui le prient d'intervenir afin de faire de nous le plus vite possible des Anglais comme eux.

— Rien n'empêche qu'il a fait pendre le meunier Nadeau.

— Il voulait donner par là un exemple et nous signifier que nous n'étions pas en position pour résister.

Mais, depuis, il a constaté que ce n'est pas en se mettant le clergé et le peuple à dos qu'il viendrait à bout de nous. Aussi a-t-il accepté qu'un nouvel évêque s'installe à Québec. Bien que critiqué par les marchands anglais, il sait très bien qu'il n'y a qu'une façon pour les Anglais de ne pas perdre le contrôle : c'est de nous respecter.

Mon ami Huberdeau n'est plus, mais il avait amplement raison, puisqu'en cette année 1774, par l'Acte de Québec, nous recouvrons la plus grande partie de nos droits. Parce que nous avons résisté aux côtés de nos dirigeants à l'invasion américaine, nous avons maintenant droit à nos écoles. Nous ne sommes plus obligés de renoncer à notre religion pour avoir accès à des emplois dans la fonction publique et nous avons recouvré l'usage du droit civil.

Maintenant que tout cela est notre nouvelle réalité, je me remémore les paroles de mon ami quand il m'avait demandé :

— As-tu entendu parler de l'histoire de Jean-Baptiste Grenon, l'Hercule de Charlevoix ?

— Non pas !

— Quand les Anglais l'ont fait prisonnier en 1759, ils ont voulu lui faire plier les genoux afin de l'attacher la tête en bas à la vergue d'un de leurs vaisseaux et lui faire faire le grand plongeon dans le fleuve. Ils n'ont jamais été capables de le forcer à plier les genoux. Tout l'équipage a essayé, un homme après l'autre. Le commandant anglais, respectant la promesse qu'il lui avait faite, l'a relâché.

— Je ne vois pas le rapport.

— Comme peuple, nous n'avons qu'à ne jamais plier les genoux.

Huberdeau avait raison. Je puis maintenant partir en paix. C'est en nous tenant debout que nous continuerons à être ce que nous sommes.

Épilogue

Voilà ! Vous savez maintenant, tout comme moi, ce qu'a été la vie de mon grand-père Clément Perré, le mouton noir de la famille. Peu de temps après avoir terminé le récit de ses aventures avec la bande à Bigot, un mal incurable l'a frappé. Il a envisagé la mort comme il l'avait fait de la vie, en luttant la tête haute, soucieux de ne pas être pour son épouse un fardeau trop lourd à porter. Puis, après nous avoir réunis un soir autour de son lit de mourant, il nous a simplement dit :

« Je m'en vais, mais je ne veux pas quitter ce monde sans vous laisser un conseil que, je l'espère, vous suivrez. Croyez-moi, il n'y a que l'amour qui compte. »

Il s'est éteint au cours de la nuit suivante. Nous étions peu nombreux à l'accompagner jusqu'à son dernier repos. Le printemps redonnait vie à la nature. Le vent poussait de lourds nuages gris dans le ciel. Je me souviens fort bien, et l'image m'est restée gravée dans la tête, qu'au moment où les fossoyeurs ont descendu son cercueil dans la fosse, une éclaircie s'est produite dans le ciel et un rayon de soleil a illuminé tout d'un coup l'espace où nous nous trouvions. Je me suis dit que de là où il se trouvait, mon grand-père nous envoyait de la sorte un dernier clin d'œil.

Table des matières

PREMIÈRE PARTIE
L'ERRANCE
(1710-1726)

DEUXIÈME PARTIE
LA RICHESSE À TOUT PRIX
(1726-1747)

TROISIÈME PARTIE
LE COMPLOT
(1748-1759)

QUATRIÈME PARTIE
LE PROCÈS
(1760-1774)